# 天空の隼

新・天空の女王蜂 I

夏見正隆
Natsumi Masataka

文芸社文庫

# 目　次

episode 01　就職どうしよう ―――― 11
episode 02　ただ泣かないように ―――― 93
episode 03　わがままなアクトレス ―――― 169
episode 04　わくわくさせて ―――― 261
episode 05　誰も代わりになれないの ―――― 339
episode 06　TREASURE（宝物）―――― 409

❶ミッドウェー海戦では、綿密な索敵に基づいた作戦行動により、米海軍機動部隊の航空母艦三隻をすべて撃沈、アメリカ側に甚大な損害を与え、かつ、わが連合艦隊機動部隊は無傷でした。この戦果の裏には、これに先立つ真珠湾の奇襲で弱腰の指揮をしたある司令官を即座に配置転換した、軍令部と山本《やまもと》五十六《いそろく》司令長官の英断があった、といわれています。

❷植民地としたアジアの人々にろくな教育もせず、永久に奴隷のように働かせるという欧米の「愚民化政策」と正反対に、アジアのすべての人々に日本国民と同等の教育をほどこし、投資をして自立を促し、皆で共存共栄しようという大日本帝国の方針。

❸特にオランダの愚民化政策と植民地搾取《さくしゅ》は四百年にわたって続けられていました。日本がアジアにおける植民地をすべて独立させてしまったため、オランダ国民の日本への感情は現在でもよくない、といわれています。

❹貧窮のため、娘を売りに出す農家の様子を歌った歌が残っています。

❺東日本平等党。のちに山多田《やまただ》大三《だいぞう》が出て、委員長となりました。

❻帝都を分断する「六本木の壁」ができた場所です。平等党による帝都占領は回避されましたが、以後、西日本帝国は、この時の支援をたてに、仇敵《きゅうてき》アメリカの主導による西側陣営の一員とされてしまいます。

河山出版　高校歴史教科書『わたしたちの帝国』より抜粋

## 大東亜戦争と東日本分裂戦争

**ミッドウェー海戦の勝利❶**によって米国をはじめとする連合国側と対等な条件で講話し、大東亜戦争を終結させた大日本帝国でしたが、戦後、**八紘一宇《はつこういちう》の精神❷**によってアジアと南方の**植民地❸**に教育と社会資本などの多大な投資を行い、これらをすべて独立させたため、植民地からの収入がなくなり帝国は深刻な経済不況に襲われてしまいました。

この**戦後不況❹**の状態は、東北・北海道で特にひどく、東北地方ではソビエト共産党の支援を受けた**革命勢力❺**が勃《ぼっ》興《こう》、「平等戦争」を旗印に東北地方を席巻《せつけん》し、周辺の各都市を武力制圧しながらたちまち帝都東京へと迫りました。

ソビエト共産党は、帝都全土のあらゆる学校や工場へひそかに工作員を潜入させ、組織を作って内部から反政府武力行動を一斉に起こしたので、帝都政府はこれらの鎮圧にも追われ、革命勢力の東京突入を阻止できませんでした。

あと一歩で革命勢力が皇居へなだれ込むという時、米国軍を主体とする国連軍が参戦、革命勢力を**港区で食い止め❻**、東北地方へ押し返すことに成功しました。

こうして「東日本分裂戦争」は終結しましたが、米国とソ連の話し合いによって、日本は西と東に分断され、二つの国家に分かれることになりました。右の地図にあるのが、わたしたちの西日本帝国の今日《こんにち》の姿です。

■登場人物紹介

水無月《みなづき》忍《しのぶ》（21）
もともとアイドル歌手としてデビューしたが、現在は女優。仕事で壁にぶつかっている。

睦月《むつき》里緒菜《りおな》（20）
就職活動中の短大生。キャビンアテンダントになる夢が絶たれ、ショックを受けている。

山多田《やまただ》大三《だいぞう》（年齢不詳）
かつての東日本共和国平等党委員長。独裁者。世界征服を目論んでいる。

森高《もりたか》美月《みづき》（25）
西日本帝国海軍中尉。戦艦〈大和〉艦載のシーハリアーのパイロット。かなりの問題児。

森《もり》一義《かずよし》（49）
西日本帝国海軍大佐。戦艦〈大和〉の艦長。もともと学者だったが、今ではすっかり海の男。

星間文明TOW《トウ》の曳航船《えいこうせん》が地球の太平洋上に間違って投棄《とうき》した
惑星改造用・超大型生体核融合ユニット（廃棄処分不良品）は
現地（地球）の人々に〈海から上がってきた魔物・レヴァイアサン〉と呼ばれ
人間や家畜やあらゆる野生動物を食い散らかしたあげくに
上陸した日本で破壊の限りを尽くし、国土を蹂躙《じゅうりん》した。
人類には、もはや〈レヴァイアサン〉を倒す術《すべ》は残されていないのか。
しかしそんな時、星間文明から供与されたさるテクノロジーにより
人類は〈魔物〉に対抗し得る究極の戦闘マシーン——UFCを完成させた。
Ultimate Fighter Craft——〈究極戦機〉の誕生である。
〈レヴァイアサン〉は、〈究極戦機〉によってようやく駆逐《くちく》され
日本列島は、そして世界は救われたのである。

〈レヴァイアサン〉との戦いで主戦場となった東日本共和国の領内は
見事なまでに荒れ果て、草木一本残らぬありさまであったが、
西日本帝国の援助によって、ようやく農村地帯から立ち直りの兆《きざ》しを見せていた。
西日本帝国軍の監視の下《もと》に、初めての自由総選挙の準備も着々と進んでいる。
しかし、東日本のかつての独裁者・山多田大三《やまただだいぞう》の生死は未だ確認できず

バックについていた世界征服を狙う旧ソ連の残党、ネオ・ソビエトの一派とともに日本海、あるいは沿海州《えんかいしゅう》のいずこかに行方《ゆくえ》をくらましたままである。

ともあれ、人類の存亡をかけたあの戦いから二年。

西日本帝国の首都・西東京は、平和な日々を取り戻していた。

しかし物語は、それだけでは終わらなかった。
ある夏の日の終わりのこと――。

# episode 01
# 就職どうしよう

●西東京《にしとうきょう》上空　九月十日　15：01

森高美月《もりたかみづき》のシーハリアーFRSマークⅡは、六本木《ろっぽんぎ》の国防総省から浦賀水道《うらがすいどう》の母艦へ帰投する途中、左後ろの方向可変《ベクタード》ノズルが中間位置で固着して動かなくなり、帝都《ていと》西東京上空一〇〇〇〇フィートできり揉《も》みに入りかけていた。

キィイイイン！

「ちょっとっ！　どうなってるのよ！」

「中尉、ベクタード・ノズルのどれかがあさって向いてるんです！」

後席の着弾観測員・迎《むかえ》少尉が悲鳴を上げる。

「わかってるわ左後ろよ！」

美月は手首を利《き》かせて、両脚《りょうあし》の間の操縦桿《コントロール・スティック》を左に倒す。

「くっ」

操縦席《コクピット》の風防投影式計器《ヘッドアップ・ディスプレイ》の向こうに見えている帝都西東京・新宿《しんじゅく》都心の高層ビル群が、それでも右にかしいでいく。

キュイイイイン！

背面を海ツバメのようなブルーに、腹をアイボリーホワイトに塗った細身の機体は、美月のコントロールに逆らって右へ傾き続け、ついに白い腹部をさらけ出す。

（右回転《ロール》が、止まらない！）

美月は心の中で舌打ちした。

**●御殿山《ごてんやま》〈西東京テレビ〉第七録音スタジオ**

「わたし――」

ごほん、と咳払《せきばら》いして忍《しのぶ》はもう一度マイクスタンドに向かう。

「わたしがあなたと知り合えたことを、わたしがあなたを愛していたことを、わたしは死ぬまで、誇りにするわ」

目の前のスクリーンに、外苑《がいえん》前の緑の並木が映る。カメラは向かい合って立つ二人を遠くから望遠で捉《とら》えていて、覆《おお》いかぶさる緑のトンネルのような並木の歩道の真ん中に、主人公の外資系ＯＬと相手役の原田正和《はらだまさかず》演じる商社マンがぽつんと立っている。

「ありがとう――」

隣でヘッドフォンをつけたサマーセーター姿の原田正和が、忍と入れ替わりにマイクに向かって言う。

「フランスへ行っても、忘れないよ、君のことは」

忍はアフレコ用のヘッドフォンをロングヘアの頭につけ、広げた手のひらに最終回の台本を載《の》せて、必死に次の台詞《セリフ》を頭の中で繰り返していた。

（『わたしたち、お互いにゆずれない夢を持っていたものね』。『お互いに、ゆずれない夢……』ええとそれから——）

ほら、君だよ、と背の高い原田が横で忍の肩をつついた。

あ、はい、とうなずいて、忍はマイクの前に進み出る。

「わたしたち、お互いに——」

スクリーンの中では主人公の二十五歳のＯＬが、原田の胸に泣き崩れるのを必死にこらえている。

「ゆずれない夢を——」

忍は、そのＯＬの口の動きになるべく合わせて、マイクに台詞を吹き込んでいく。

「持っていたものね」

ふだん気の強いふりをしている美貌《びぼう》で頭の切れるＯＬは、実はとても泣き虫なのだ、という設定になっている。一人になると泣いてしまう。でも、外で口に出した主義主張は、引っ込めるわけにはいかない。

（本当は会社を辞《や》めて原田さんについてフランスへ行きたいのに、新しいプロジェクトの主任を任されたから、女の意地で結婚を断ったんだわ——でもわたしなら、そうするかなあ……）

そう思いながら、台本をめくる。『この胸にときめきを』というタイトルだ。

スクリーンの中の、外資系ＯＬ役の二十五歳の女優。

それは忍ではない。声をあてている忍ではなかった。

（まったく、相手役がわたしの憧《あこが》れの原田さんでなかったら、引き受けなかったわ、こんなお仕事――）

忍は、台本をめくって次の台詞を暗唱しながら、横目で録音スタジオの副調整室《サブ》を見やる。ガラス張りの副調の中では、演出や録音のスタッフに交じって、肩から毛布を巻きつけた姉の美帆《みほ》が「ごめん、恩に着る！」と忍に拝《おが》むような仕草をする。

（まったくもう、最終回のアフレコ前に風邪《かぜ》ひくなんて、お姉ちゃんたら！）

ほら君だよ、とまた原田が肩をつつく。

あ、はいすみません、と忍は無言で会釈《えしやく》して、マイクに向かう。

「わたし、この仕事にかけてみたいの。ずっと探していた、チャンスだと思うの」

忍は、なるべく姉の美帆のしゃべり方に似るようにして、スクリーンの姉の表情に合わせて台詞を吹き込んでいった。

でも、吹き込みながら、腹が立ってくるのを抑えられなかった。

（いくら声が似てるからって、ドラマのアフレコわたしにやらすなんて、ひどいじゃない！）

## ●西東京上空

「中尉、推力をしぼってください！」

「やってるわ！」

　くるりと背面になったハリアーは、そのままロールを続けてまた元の姿勢に戻る。

しかし機体の回転運動は止まらない。

　キィイイイイン！

　高度八〇〇フィート。じりじりと下がっている。

　英国製を西日本帝国海軍が採用し、三菱重工《みつびしじゅうこう》にライセンス生産させているシーハリアーFRSマークⅡは、正式にはFRSマークⅡJと呼ばれる。レーダー火器管制装置《FCS》をオリジナルのブルーフォックスから国産のFCS－J1に換装し、AAM3にAAM4、ASM－2対艦ミサイルまで西日本海軍の標準装備を一通り使えるように改良した、垂直離着陸《VTOL》戦闘機だ。

「機体のロールを止めるには、いっそのこといっぺんエンジンを切るしかないわ！」

「馬鹿なこと、いわないでください！」

後席で美月よりも若い迎少尉が悲鳴を上げる。

「どっちにしろこの状態じゃ、浦賀水道の母艦まで帰り着けないわよ！」

美月も怒鳴り返す。

今、森高美月の操縦する複座のシーハリアーは、事もあろうに人口の密集する西日本帝国の首都・西東京の上空で、墜落の危機に見舞われつつあった。

「胴体下面に四つあるジェットノズルのうち左後ろの一つが、あさっての方向を向いたまま、固着しているんです！　きっと国防総省の前庭で梢《こずえ》に引っかけた時、折れた枝が可動部分に挟まったんですよ！」

「わかってるわよ。ハチの巣落とす時に、一〇センチよけいに下げすぎたのよ！」

西日本帝国海軍の戦闘機パイロット・森高美月は、彼女の所属する母艦から、六本木にある国防総省へ国防機密書類を届けた帰りであった。

ＶＴＯＬ《ヴイトール》戦闘機のハリアーは、ヘリコプターよりもはるかに速く、垂直に離着陸する時もヘリコプターより場所を取らない。もし外敵に襲われても格闘戦《ドッグファイト》ならたいていの超音速戦闘機より強いので、図体のわりに飛行甲板を広く取れない彼女の母艦では、本来の主砲着弾観測機としての役割のほかにも、対空要撃や対艦攻撃や偵察や上陸支援や、内陸の司令部との連絡機としても重宝《ちょうほう》されていた。いや、こき使われていた。

「六本木から離陸する時に、中尉が前庭の木のスズメバチの巣を、ジェット噴射で落としてみせるなんて言うから！」

「あなただって『いいですねぜひやりましょう』って言ったじゃない！」

美月は二十五歳。海軍のパイロット養成コースをトップクラスで卒業し、シーハリアーに乗るようになって二年がたつ。

「そんなこと僕言ってません！『やめましょうよ統幕議長が見てますよ』って必死にとめたじゃないですかっ」

後席で悲鳴を上げる着弾観測員の迎少尉とも、コンビを組んで二年になる。この東大卒の数学の天才を（迎は航空機乗り組み希望でなかったにもかかわらず、数学が天才的にできるために戦艦の主砲着弾観測員として士官養成コース半ばにして引き抜かれ、それ以来、美月とともにハリアーに乗っている。いや、乗せられている）、美月はなんべん泣かしたであろうか。

ヒュイイイイン
美月は、左手でスロットルレバーをしぼる。

たおやかな曲線で造られたシーハリアーの細身の胴体の中で、大口径のファンを持つペガサスエンジンが回転を下げる。

ハリアーは胴体内の単発のターボファンエンジンから、胴体下面の四つのノズルを通じてジェットを噴き出させる仕組みだ。四つの方向可変《ベクタード》ノズルは、コクピットの操縦席のスロットルレバーと並んだノズルレバーによって、その向きを変えることができる。地上から離陸する時はノズルを真下に向けて、機体が浮いたらレバーでコントロールして徐々に後方へ向けてやると、ヘリコプターのように空中に浮きながらゆっくりと前進を始める。

「思ったとおりだわ。推力をしぼればロールが止まる」

「でも、高度が落ちてます、中尉！」

「わかってるっ」

離陸上昇の時には、パイロットは高度を取るに従ってノズルを後方へ向けていく。そうすればやがて主翼の揚力《ようりょく》によって機体が飛んでいられる速度に達する。そうなったらあとは、ノズルをまっすぐ後方へ向けて、普通のジェット機と同じように操縦桿《スティック》で操縦すればよい。ただしハリアーは戦闘機だから、主翼は小さく機体は重く、相当な速度をつけないと主翼だけで浮いてはいられない。その最小限界速度は、一六〇ノット――時速三〇〇キロである。

「機首を下げて速度を保たないと、失速しておだぶつよ！」

「でも、石ころみたいに落ちていきますよ！　こいつ滑空比《かっくうひ》はグライダーの十分の一もないんですから！」

「文句言ってる暇があったら、母艦呼び出して緊急事態宣言して！」

美月の左手にあるノズルレバーは、〈フル前進〉の位置に倒してあった。しかし、さっき国防総省の前庭を垂直離陸する時に、前庭の楡《にれ》の木の梢に大きなハチの巣を見つけたのがいけなかった。美月は、自分の〈一〇センチ単位〉の空中停止技術《ホバリング》を、披《ひ》露《ろう》したい誘惑に駆られてしまったのだ。おかげで左後ろのノズルが木の枝を嚙み込んで、彼女のシーハリアーはノズルの一基だけが変な方向を向いたまま固着、空中でき
り揉み寸前の危機におちいった。

「〈大和《やまと》〉〈大和〉、こちらＷＹ001、助けてくれ、メイデイ《メイデイ》！」

後席で迎が無線に叫び始めた。

「うるさいわねっ、海に向けるわよ！」

美月は、言うことを聞かない機体をなんとかコントロールして、機首を芝浦《しばうら》の海岸の方角へ向けた。東京タワーと世界貿易《ぼうえき》センタービルと汐留《しおどめ》高層ビル群の向こうに夏の終わりの東京湾が光っている。

**●広尾《ひろお》〈聖香愛隣女学館《せいかあいりんじょがくかん》〉構内**

ガーン！

戦艦〈大和〉の46センチ主砲に後ろから頭をどつかれたような衝撃が、掲示板を前

にして立つ睦月里緒菜《むつきりおな》を襲っていた。

「さ――」

里緒菜はさらさらの前髪を風に吹かれながら、木陰《こかげ》の渡り廊下に造られた学生課の就職用掲示板の前に立ち尽くしていた。息を止めたまま。

ミーンミンミンミン
今年最後のミンミン蟬《ぜみ》が、うっそうとしたキャンパスの楡の木の森で夏を惜しんでいる。

「さ――」

里緒菜は信じられないように、また口を開きかけた。しかし、今度も言葉にならない。

カナカナカナカナカナ――

ヒグラシも夏を惜しんでいる。

しかし、夏という季節は、里緒菜のような短大二年生にとっては、息も詰まるような就職戦争の真っただ中であった。

「さ、さ――」

睦月里緒菜は、掲示板を見上げて凍りついたまま、ようやく言葉を口にした。

「――採用、なしいっ?」

その学生課掲示板には、はじからはじまで無数の企業の採用案内に交じって、こういう紙が貼られていた。

●不況により、今月予定されていたキャビンアテンダント採用試験は、中止させていただきます。あしからずご了承ください。

西日本帝国航空

●右同じ。今年は客室乗務員を採用しません。

全日本アジア航空

●右同じ。ごめんなさい。

西日本エアシステム

「まあしょうがないですねえ、この不景気じゃ」

学生課の課長のおじさんは、汗を拭《ふ》き拭き言った。

「国内の大手航空会社《エアライン》は三社とも大赤字で、とても新人キャビンアテンダントを採用するどころではないようですからなあ」

「そんな。そんな。ひどいわ、『去年が採用見送りだったから今年は採用試験やります』

って説明会まで開いていたのに！」

学生課のカウンターで抗議する里緒菜は、まだ暑いのにぶるぶる震えていた。

「願書を受理して、受験票まで送ってきたのに！」

里緒菜はバッグから大事に持っていたエアラインの社用封筒を取り出した。先週、彼女の元に届いた採用試験の受験票である。封筒には、憧れの西日本帝国航空の赤とグレーのロゴマークがついている。

「あきらめるんですなあ」

学生課の課長のおじさんは、実は今朝《けさ》から、キャビンアテンダントになるのが夢で航空会社一筋に就職活動をがんばってきた数十人の女の子たちに吊し上げられまくって、いいかげんくたびれきっていた。

「確かに今年の春頃までは、各社とも客室乗務員を採《と》るつもりでいたようですよ。でもね、ほらこないだの航空協定で――あなたも新聞読んだでしょ？　わが帝国海軍が、なんでも宇宙人から供与された技術で造ったっていう〈超兵器〉だかを米国に見せなかったもんだから、報復に自由航空路協定《オープンスカイ》を強要されて、円高《えんだか》圧力かけられて、それで航空会社は軒並《のきな》みひだりまえ……」

「――」

里緒菜は、下を向いて黙ってくちびるを噛んでいた。

「ええと睦月さんあなた」

すだれ頭のおじさんは、扇子《せんす》を広げると汗で張りついたワイシャツをぱたぱた扇《あお》ぎ始めた。カウンターに立つ里緒菜は哀《あわ》れなくらいしょんぼりとして、ピンクのサマースーツの肩を落としている。

「他の企業は回られた？」

「――」

里緒菜はプルプルと頭を振った。

「どこも……航空会社一本だったんです」

「そりゃまずいなあ。大手の商社なんかは、もう内定出し始めているし、今から受けて間に合うところ……」

学生課長は、求人ファイルをパラパラめくった。

「ああ、マスコミがこれからだね。睦月さんあなた帝国テレビなんかどうだね？　今はアナウンサーも顔で入る時代だよ。ほかの子にはあまり勧《すす》めんが、あなたならきっと――おや、どうしたね？」

里緒菜はぺこりと頭を下げると、学生課の大部屋を駆け出ていった。

ミーンミンミン

「はあぁ――」

うっそうと緑が繁《しげ》るキャンパスの裏庭で、樹齢千年の楡の木の幹《みき》にもたれると、里緒菜は深くため息をついた。

（キャビンアテンダント、夢だったのに……）

国際線の客室乗務員になることが、中学時代からの里緒菜の夢だった。制服を着て、空を飛びたかった。父親からは『お父さんの銀行に入れ。若手の優秀な行員と結婚させてやる』なんて言われていたが、

「まっぴらごめんよ。毎日毎日、密室みたいな銀行の支店の中でお札《さつ》数えるなんて、冗談じゃないわ。他人をローンの返済能力と担保能力でしか見ないカチカチの銀行マンと結婚するだなんて、もっと冗談じゃないわ！」

里緒菜はキャビンアテンダントになって、親からも自立したかった。キャビンアテンダントの給料なら、帝都西東京の港区《みなとく》にマンションが借りられるのだ。

「〈六本木の壁〉の向こうの東東京《ひがしとうきょう》まで見渡せるような、高層マンションに住むのが夢だったのに……」

里緒菜は、客室乗務員になるために今まで勉強してきたようなものだった。この聖香愛隣女学館の短大だって、航空会社への就職率がいいから、下から持ち上がりのお嬢さんたちと着る物や持ち物で張り合うのが大変なのを承知の上で、入学したのだ。

「あ〜あ、それなのに、採用試験がないなんて！」

カナカナカナカナ——

里緒菜は、新調したばかりのシャルル・ジョルダンのピンクのパンプスで、裏庭の地面の土を蹴《け》ってほじくった。

「お先真っ暗だわ……空を飛べないなら、死んだほうがま——」

その時、
キィイイイイイン
（？）

里緒菜はふと、顔を上げた。

（セミの声じゃ、ない——）

キィイイイイン——

「なんだろう？」

里緒菜はもたれていた楡の木の幹から身を起こし、うっそうと繁る葉陰《はかげ》の間から、かん高い音の正体を見ようとした。

「あっ」

キュイイイイインッ！

それは一瞬、里緒菜の頭上に姿を現した。太陽の逆光線の中を、鋭い三角翼のシルエットがぶっ飛んでいく。

ズドーン！

「かっこいい！　帝国海軍の戦闘機だわ！」

里緒菜は息を呑《の》んで、あっという間に小さくなる頭上の鋭い影を追った。

「すごい、ビルをかすめて飛んでいくわ！」

わあ、と里緒菜は思わず飛び上がって手を叩いていた。

## ●西東京上空

「どうにもなりません中尉！　回路遮断機《サーキットブレーカー》を抜いてみましたが、ノズルの位置は変わりません！」

「もういいわよ、海へ持ってって脱出《ベイルアウト》するわ！」

「湾岸まで保《も》たなかったら、どうするんですかっ？　今、城山《しろやま》ヒルズのビルのてっぺんをかすめましたよ！」

「なんとかビルの谷間を縫《ぬ》って、芝浦へ出るっ！」

「ひええっ、中尉、前！　前！」

「わかってるっ！」

## ●御殿山〈西東京テレビ〉第七録音スタジオ

「もういやですからねっ、お姉ちゃんの身代わりは」

水無月忍は、アフレコのすんだスタジオの副調整室でパイプ椅子にかけ、スタッフが持ってきてくれた自動販売機の紙コップコーヒーを手にしていた。

「うー、ごめんね忍。全然声が出ないのよ」

もう夏も終わるのだが、ビルの密集した西東京はまだまだ冷房が必要だ。でも、それが姉の美帆にはこたえるらしい。肩に毛布を巻きつけて離さない。

「ここんとこスケジュールきつくて——は、はっ」

はっくしょん、美帆は大きく、くしゃみする。

「大丈夫?」

忍の姉、水無月美帆は、数年前にアイドルを卒業して、本格的な女優として成功している。いわゆるスターと呼ばれる存在だ。

「でもすごいね、お姉ちゃんは。あの原田正和さんと共演でドラマだもんね」

忍は姉の背中をさすってやりながら、ため息をつく。

「ちょっと前までは、つっぱりの女子高生の役とか、やってたのにね」

「それ言わないでよ」

背をさすられながら、風邪ひきのかすれた声で美帆は笑った。

「もう何年前のこと？」

「ええと、お姉ちゃんがデビューして映画とか初めて出だした頃だから――」

「私はもう二十五よ」

美帆は笑った。


スタジオを出ると、外の通りを見下ろす局の廊下には、夏の終わりの午後の陽射《ひざ》しが射し込んでいる。テレビ局の喧騒《けんそう》はスタジオの中だけだ。収録が詰まって騒がしくなる夜中に比べて、廊下には人通りもない。

カツン、カツン、と靴《くつ》を鳴らしながら二人の姉妹は歩いた。

「ねえお姉ちゃん」

「ん」

「家電メーカーのCMキャラクター、決まったんだって？」

「うん」

「おめでとう」

「ありがと」

「あの三田佳枝《みたよしえ》さんのあとなんでしょう？　すごいね、スキャンダルとか起こさないで真面目にやれば、十年くらい使ってもらえるよ」

「そうね。そのくらい、できたらいいね」

「若奥さんの役で、冷蔵庫のＣＦとかやるんでしょう？　あのつっぱり女子高生やってたお姉ちゃんが――」

「それ言わないの」

二人は笑った。

立ち止まって七階の窓から表を見ると、西東京テレビに隣り合った御殿山の緑が風に揺れている。

「きれい。穴蔵《あなぐら》みたいなスタジオ抜け出すと、外がきらきらしてるね」

「そうね」

姉妹はしばらく、外の緑に見とれた。

並んで立つ姉妹は、妹のほうが少し背が高い。

「ねえ忍」

姉が口を開いた。

「ん」

妹は姉を見た。

「なあにお姉ちゃん」

「こうして姉妹《ふたり》で話すことって、最近ないね」

「そうねえ」

「あんたいくつになった？」

「二十一」

「大学は？」

「三年かかって教養課程なんとか終えて、今年は春から休学状態」

「そう」

美帆はペパーミントのガムを取り出して、妹に一枚渡す。

「えらいねえ。ちゃんと教養課程、修了したんだ」

「今朝いきなり電話もらって、その日にお姉ちゃんの代役ができるくらい、暇なせいです」

忍は笑った。

「わたしね、中学生の頃、お姉ちゃんの妹だっていうことですごく勧められてデビューしてみたけど、アイドルとしていまいちぱっとしなかったし、歌のＣＤそれほど売れなかったし、二十歳《はたち》過ぎて女優に転向しても、それは今、ビデオシネマも舞台もそれなりにがんばってやってるつもりだけど、女優としての主演作まだないし――」

忍は窓の外の緑に目をやったまま、続ける。

「最近ね、わたし、大学に戻ってもう一度、真剣に勉強してみようかなって、そう思うの」

「そう」

「お姉ちゃんは〈生粋《きっすい》の芸能人〉だと思うし、わたしいつもすごいなあって見ているのよ。でも、妹のわたしはわたし。最近ね、わたしには、別の道があるんじゃないかなぁって思うの。どこかで、わたしをものすごく必要としているところがあって、そんな場所で大勢の人の役に立って、働くの。そんな〈わたしだけにしかできない仕事〉って、どこかにあるんじゃないかと思うの。見つかるような、気がするの」

美帆は笑った。

「そう——そうかもしれないね。あんた昔から勉強できたもんねえ……」

「このまま女優続けるよりね、休業して大学に戻ろうかなって、さっきまた考えちゃった。ねえお姉ちゃんどう思——」

その時、美帆は人差し指をぴっと立て、

「しっ」

片手を耳にあてた。

「え？」

「なんの音かしら、忍？」

「え――」

キィイイイイン――

「本当だ。なんの音だろう？」

二人の姉妹は、テレビ局の窓の少ない巨大なビルの七階の回廊で、かすかに聞こえてきた金属音に耳を傾けた。

（なんの音だろう――でもなんだか、ぞくぞくするな……）

裏山の緑と表通りを見下ろすガラス張りの廊下で、忍は、なぜか身体の中から、その音に興奮する自分が目覚めてくるのを感じていた。

（なんなんだろう、この音は……背中がなんだか、ぞくぞくするわ）

キィイイイイ――

ざわざわざわっ！

品川と芝浦のウォーターフロントを見下ろす、小高い緑の御殿山。今そのうっそうとした緑が、まるで台風でも来たかのように、一斉に横へなびいた。

ずざざざぁっ！

キィイイイン！

「きゃあ、何？」

姉の美帆が叫び、

「きゃっ」

「きゃあ」

姉妹は思わず、窓ガラスから一歩後ずさった。

ズグォオオッ！

背を濃いブルーに塗った複座のＦＲＳマークⅡが緑を割って現れ、九〇度近い傾斜《バンク》でほとんど背面になりながら二人の目の前を通りすぎた。

ズドンッ！

物理的衝撃に近い轟音《ごうおん》で、分厚い窓ガラスがたわんで共鳴する。

きゅわんきゅわんきゅわんきゅわん

キィイイイン――

ブルーの鋭い影は、次の瞬間、夢のように視界から消えた。

「なんだろう、忍？」

「海軍の戦闘機よ、お姉ちゃん」

「海軍の？」

「パイロットは女の人だったよ」

「あんた見えたの？」

「コクピットが、こちらを向いていたもの」

忍は、鋭い影が矢のように去った芝浦の方角に、目を凝《こ》らした。もう見えない。

「すごいなあ――」

なぜか興奮して、肩で息をしていた。

「すごいなあ。わたしと違わないような年なのに、あんなことができるんだ。すごいなあ」

**●芝浦ウォーターフロント上空**

「今かすめたのテレビ局ですよ！　まずいですよ中尉！」

「テレビ局だろうが新聞社だろうが、ぶつけなきゃいいのよ、ぶつけなきゃ！」

「そんな無茶苦茶な――あわっ」

後席で迎少尉が舌を噛んだ。

キュイインッ
シーハリアーは国道1号線の路面に接触する寸前、推力を上げて、機首を起こし上昇に転じる。しかしすぐ右ロールに入り、背面になってしまう。

（高度を失って地面にぶつかる寸前、エンジンの推力を上げてやる。すると機体は上昇するがすぐに右ロールに入る。仕方ないから逆らわず一回転させて、元の姿勢に戻ったところで推力をしぼる――なんとか高度は維持できるけど、目が回って気絶しそうだわ）

すでに港区に入ってからは、この飛ばし方で保《も》たせてきた。地面すれすれを一分間に二十数回もロールしながら、ビルの谷間を縫って飛んできたのである。美月の天才的操縦技術がなかったら、とっくに東京タワーの左脚に激突している。

「もうすぐ海よっ、がんばれ！」

「もういいですよ中尉、このへんで落下傘《ベイルアウト》で飛び降りしましょうよ身体が保ちませんよ」

「駄目っ、海に持ってくの！　戦闘機パイロットはね、絶対、地上の人《かたぎ》に迷惑をかけちゃいけないのよ！」

「もう十分かけて――あわっ」

迎がまた舌を嚙んだ。

# 1

## ●浦賀水道　帝国海軍戦艦〈大和〉

「艦長」

レインボーブリッジをくぐって浦賀水道へ出た西日本帝国海軍の戦艦〈大和〉はイージス巡洋艦〈群青《ぐんじょう》〉をともなって東京湾の出口へと速度を上げ始めた。

ざばざばざば

長大な、黒い城のようなシルエットの舳先《へさき》で、艦首が白波を蹴立《けた》て始めた。

ざばざばざばざば

「艦長、帰投中の艦載機1号から緊急救難通信が入りました」

艦橋《ブリッジ》後部の中央情報作戦室《CIC》から、当直通信士官が電報を持って現れた。

「なんだ」

忙しい出港作業が一段落して、ようやく双眼鏡から目を離した艦長の森《もり》大佐は、第一艦橋の艦長席から振り向いた。

「あのはねっ返りが、東京タワーのてっぺんにでも引っかかったか？」

〈大和〉第一艦橋は、海面から四〇メートルの高さだ。ランドマークタワー十階のレストランからでも、これほどの眺望《ちょうぼう》は得られないだろう。浦賀水道の中央を南下する〈大和〉の艦橋からは、川崎《かわさき》のコンビナートと幕張《まくはり》メッセが左右に両方見えるのだ。

「はあ。電文を、読んでよろしいでしょうか」

「読め」

「は」

若い通信士官は、六本木国防総省からの指令電報を読む時のように、さっと威儀《いぎ》を正して電文を読み上げた。たとえ中身がどうであろうと、〈大和〉艦橋ではこうするのがしきたりである。

「われ、これより着水す。お願い助けて。ＷＹ001」

以上です、と通信士官は敬礼した。

「あー」

森は偏頭痛《へんずつう》が再発したかのように、額に手をあてて〈考える人〉のようなポーズになった。

「あの馬鹿娘が。また面倒を起こしよって」

「艦長」

副長が心配そうに、

「いかがいたしましょう。救難ヘリを出しますか」

「〈群青〉にヘリを出させて拾いにいかせろ。本艦は三浦沖で、空母〈翔鶴《しょうかく》〉と予定どおり会合する。馬鹿娘一人のために遅れるわけにいくか」

「はっ、了解いたしました」

**●三浦半島沖　帝国海軍制式空母〈翔鶴〉**

「航空団司令！」

見事な銀髪《ぎんぱつ》の郷《ごう》大佐は、五ノットでゆっくりと西へ進む〈翔鶴〉の航空指揮ブリッジで、太平洋の水平線を眺《なが》めていた。この七万トンの最新鋭航空母艦は、よほどの時化《しけ》にでも遭《あ》わない限り、船に乗っていることを忘れさせるくらいに揺れない。

「航空団司令っ、おられますかっ？」

郷は、若い副官が駆け上がってくるのに気づいた。航空母艦の、飛行甲板《かんぱん》の右側に寄せて造られた艦橋はアイランドと呼ばれ、〈翔鶴〉艦載機のすべての指揮を執《と》る航空団司令の定位置である航空指揮ブリッジは、その最上階にあった。

「また騒ぎおって」

穏《おだ》やかな海の眺め。二年前に起こった〈地球存亡《そんぼう》の危機〉や、宇宙から降臨した巨大な魔物との壮絶な戦いを忘れさせるような穏やかな青い海が広がっている。

（まるであの戦いが、嘘のようだ……いやあれは幻ではない。現に〈レヴァイアサン〉との戦いで〈赤城《あかぎ》〉は沈み、俺自身も傷を負った――）

そうだ。ミッドウェー海戦の勇者、〈太平洋一年戦争〉で米国機動艦隊を完膚《かんぷ》なきまでに叩きのめし、あの大国を相手に旧大日本帝国をかろうじて五分《ごぶ》の引き分けへと導いてくれた栄光の航空母艦〈赤城〉は、艦齢八十歳を目前に、宇宙からやってきた大怪獣との戦いで、沈んでしまったのである。

（そして、地球を救ってくれた真の勇者――究極の戦闘マシーン〈究極戦機〉が、この艦の特殊大格納庫に眠っている……これを使うような事態が、二度とこなければよい。それだけが今の俺の――）

「航空団司令、ここにおられましたか！」

郷は、司令官用のリクライニングシートの上で身を起こし、この春から彼についている若い副官（この場合の副官とは副司令官ではなく、秘書のようなものだ）を見やった。

「なんだ井出《いで》少尉」

「はっ、大変なことが起きまして」

郷の身の回りで事務や雑用をする井出少尉は、直立不動で敬礼する。

防衛大学校を出たてのこの井出少尉は、在学中の成績は抜群だったらしいが、線が細くていかんと郷は思っている。特に、学業ではトップに近いのに体育や武道がさっぱりなために、卒業時の成績順位は三十五番まで下がってしまっているところが気にかかる。そのうえ三年に在学中の時、質実剛健《しつじつごうけん》をもって鳴る防衛大学校で史上初めての〈アイドル研究会〉を旗揚げしようとして、「何考えてんだこの野郎」と同期生たちから袋叩きに遭ったとも聞いている。

「この穏やかな海の上で、何が起きたというんだ」

思索《しさく》のじゃまをされた郷大佐は、顔をしかめて井出少尉を見た。

「いいか、体長一五〇メートルの翼を持ったクラゲのお化けみたいな大怪獣が、放射能をまき散らしながら海から上がってきたとかいうのでない限り、この世にそう『大変なこと』なんてありはしないのだ、井出少尉」

「は、はい」

「貴様の士官室のポスターは撤去《てっきょ》したか？　まったく、帝国海軍の制式航空母艦の士官用個室にあんなものを貼りおったのは、海軍始まって以来、貴様が初めてだぞ」

「はっ、忍ちゃんのポスターは――いえアイドル歌手のポスターは、昨日、撤去いたしました」

色白の井出少尉は、背筋を伸ばして大きな声で答える。

「よし、いいか貴様は海軍士官だ。おたくではない。自覚して行動せよ」

「はっ、自分はおたくではなく、海軍士官であります！」

「よし」

若い副官に気合を入れた郷大佐は、おもむろに訊いた。

「それで、貴様の言う『大変』とはなんだ？」

「はっ」

井出少尉は、気をつけの姿勢を取ったまま、天井に向かって怒鳴るように報告した。

「UFC開発主任の葉狩《はかり》博士が、先ほど書き置きを残されて艦内より失踪《しっそう》されましたっ！」

「なっ、何っ」

**●空母〈翔鶴〉艦内特殊大格納庫**

UFC（Ultimate Fighter Craft）――〈究極戦機〉の1号機本体は、水銀灯が照

らす大格納庫の超大型特殊格納容器の中に、何重ものシールドをかけられて密封されていた。その本体の姿を、今は見ることはできない。

「魚住《うおずみ》博士！」

七万トンの航空母艦の艦内を四層にわたってぶち抜いた巨大体育館のような大格納庫だ。

上部デッキからの鉄製の階段は、まるで四階建てのビルの外側に取り付けられた非常階段のようだった。駆け下りてきた郷大佐は、下の床面までたどり着くのももどかしく、階段の途中で下を呼んだ。

「魚住さん、いったいどういうことです？」

黒々としたロングヘアに白衣のほっそりしたシルエットが、水銀灯の照らす金属の床の上で振り返り、郷を見上げた。

「郷司令」

核融合炉の専門家、魚住渚佐《なぎさ》（理学博士・27歳）である。〈レヴァイアサン〉との戦いでUFCチームのサポート・スタッフとなるまでは、銀行のポスターのモデルをしながら食いつなぎ、鎌倉《かまくら》の山の上の屋敷で亡《な》き父の研究を細々と継《つ》いでいた。それまで西日本帝国では、『核融合というものは熱と圧力で無理やり封じ込めるしかないんだ』という東京帝国大学の学閥《がくばつ》の意見が幅を利かせていて、『自然界にまれに存在する特殊な粒子を触媒《しょくばい》として使用すれば、ほぼ常温でも核融合は成立し得る』という京都《きょうと》大学の魚住教授の学説は、異端だとされて隅に置かれ、極度に冷遇されていた。

「わたしが気づいた時には、真一《しんいち》くんは——いえ葉狩博士は、消えていたのです」

「『消えていた』っていったって、ここは海の上ですぞ魚住さん」

カンカン、と鉄階段を鳴らして郷は駆け下りていく。

郷と井出少尉が剝《む》き出しの階段を駆け下りていくと、格納庫の中央に置かれたUFC1号機の特殊格納容器が、まるで銀色の山のように目の前にそびえ立つ。

（でかいなあ——こいつのそばに寄るたびに、大きさ以上に何か不思議と怖くなるのは、俺だけだろうか……？）

郷は思う。見上げるUFCの銀色の格納容器は、まるで昔、中学校の修学旅行で見た奈良《なら》の東大寺《とうだいじ》の大仏のようだと。

帝国海軍の登録上、UFCはこの空母〈翔鶴〉の『艦載機』なのだが、通常の航空機の感覚でそれを見ることはできない。戦闘マシーンとして〈改造〉を受ける前は、星間文明の飛翔体《ひしょうたい》だったといわれている。でも郷ももちろん井出も、外宇宙から飛んできたそれの原形を見たことはない。

渚佐は、艦内用のデッキシューズの踵《かかと》を履《は》き潰し、長い白衣のポケットに両手を入れて、二人の士官が格納庫のデッキに下りてくるのを待っていた。

「これが」

渚佐は白い細長い指を伸ばして、一枚の紙片を郷に示した。

「わたしのコンピュータのキーボードの上に、置かれていました」

「何」

パリパリ
郷は四つにたたまれた三穴バインダーノートのリーフの一枚を、急いで開く。それには数行のメッセージがなぐり書きされていた。

「みなさん、僕はもう――」

銀髪の郷大佐は、自分よりもはるかに若い、天才分子生物工学者が書き残した手紙を、声に出して読み始めた。

「――僕はもう、疲れました」

井出少尉は、読み上げる郷に注目する。黒い髪の渚佐は、白衣の胸に腕を組んで、切れ長の目でそれを見ている。

郷は続ける。

「京都大学を一番で卒業しても、ハーバード大学で学位を取っても、星間文明の人工知性体と人類でただ一人対話して〈究極戦機〉を建造して地球の危機を救っても
――」

読み上げる郷の目つきが険しくなる。

「――これだけ人類に貢献《こうけん》して国連から表彰されるくらいになっても、女の子にもてないのでは、生きている意味がありません――なんだと？」

「か、貸してください」

井出少尉が郷から奪い取るように手紙をもぎ取って、続きを読み始める。

「――僕は、あの地球を守る戦いを通して、成長したつもりでした。自分は人間的に大きくなって、これからは女の子にももてるようになるだろうと思っていました。でもやっぱり僕は、好きな女の子に振り向いてもらうことができません。これでは、生きている意味がないではありませんか。僕は、頭脳なんて今の半分でいいから、大学なんかも同志社《どうししゃ》ぐらいでたくさんだから、そのぶんかっこよくなって女の子にもてたかった」

「おい、葉狩博士はまた失恋したのか？」

「どうやらそのようです」

井出少尉は、ノートのリーフを見ながらつぶやく。

「しまった、最近、元気がなさそうだと思っていたら――」

「井出少尉、貴様、葉狩博士の身辺には常に気を配《くば》らなくては駄目だろう！」

「人の心の中までは、見通せません」

「『葉狩博士と僕とは、似た者同士で気が合います』とか言っとっただろう！　だから貴様を博士の世話役に任命したのだ。いいか井出少尉」

郷は、そびえ立つ冷たい銀色のドームのような（実際その内部には液体窒素《ちっそ》が封入されている）ＵＦＣの格納容器を指さした。

「あの〈究極戦機〉は、葉狩博士がいなければ、維持も整備も、出撃準備もできんのだぞ！」

## ●東京港・芝浦沖上空高度一〇メートル

「うわーっ！」

巡洋艦〈群青〉所属のＳＨ60Ｊ対潜ヘリコプターは、白とライトグレーに塗られたスマートな機体を右へ最大傾斜《バンク》に入れて、直前方から高速でぶっ飛んできた青い戦闘機を避《よ》けた。

ヴォオオッ！

ズドンッ！

背が海ツバメのようなブルーの鋭い影が、対潜ヘリのガラス張りのコクピットの左横約五〇センチをかすめるようにすれ違った。

「なっ、なんだ今のは！」

右手のコントロール・スティックと左手のコレクティブ・ピッチレバーを右急旋回・急減速の位置にぶち込み、右方向舵《ラダー》を限度いっぱいに踏んだまま、シコルスキー・ヘリコプターの機長席の大尉はヘルメットの頭を回し、自分の肩越しに飛び去った影を捜した。

「機長、ハリアーです！　捜してた機体じゃないですか？」

副操縦士も精いっぱい後方に首を回しながら叫ぶ。

「何っ」

ヴォオオオ！

白いＳＨ60Ｊは右へ六〇度のバンクで旋回し続《ブレーク》け、天王洲《てんのうず》アイルからベイクルーズに出てきた白い豪華ヨットのマストに危うく引っかかりそうになる。

「機長、右！　右！　民間船ですっ」

「おう！」

やっとのことで体勢を立て直す対潜ヘリ。後部メインデッキでは海面救助のために電動ウィンチ《ホイスト》とボートを用意していた機上武器員と救難員が、左右に繰り返される急旋回に引っくり返って目を回す。

「うわっ」

「わぁっ」

どたどたどたっ
コクピットでは左側操縦席の機長が冷や汗を拭きながら怒鳴る。

「今の、〈大和〉のハリアーに間違いないのかっ？」

「このあたりでシーハリアーといえば、〈大和〉の艦載機だけですよ！」

「馬鹿な。トラブルで不時着水したっていうから、こうして拾いにきてやったんだぞ！」


キィイイン！

「中尉、まずいですよ、今すれ違ったの〈群青〉の対潜ヘリですよ！」

後席で迎少尉が叫ぶ。

「迎えにきてくれてたんですよ！」

「知らないわっ」

前席で美月が言い返す。

「低速で目の前ふらふら飛ばれちゃ、避《よ》けるのが精いっぱいよ！」

キィン！

美月のシーハリアーは、浦賀水道へ続く東京湾の海面を高度一〇メートルでぶっ飛んでいく。

つい数分前、芝浦の倉庫の屋根の避雷針に機体下面を引っかけた時、胴体左後ろのベクタード・スラストノズルの可動部分に嚙み込んでいた木の枝が抜けたのである。

しかし――

「姿勢とコントロールは回復したけど……迎少尉、燃料はあとどれくらい？」

「五〇〇ポンドです！　まだどんどん、胴体下面から漏れてます！」

シューッ
胴体の下の亀裂から、白い霧のような尾を曳《ひ》いてハリアーは飛び続ける。

「あと三分しか保《も》ちません！　やっぱり着水しましょうよ中尉！」

「ここまで来て機を沈められないわ！　このまま低空高速、海面の〈地面効果〉を最大限利用して母艦まで保《も》たせてみせるっ」

「そ、そんな」

「〈大和〉呼び出して、停船して待つように伝えて！」

ズゴーッ！

さらに高度を下げ、海面すれすれに小さな主翼のダウンウォッシュで猛烈なしぶきを蹴立《けた》てながら、美月のＦＲＳマークⅡは突進していく。

## 2

●世田谷区奥沢《せたがやくおくさわ》 睦月家リビング

『こんばんは。六時になりました。ITV〈ニュースの海〉、担当は木村百合子《きむらゆりこ》です』

「ねえ里緒菜、だからお母さんは航空会社一本なんてやめておきなさいって言ったのよ」

対面式キッチンから、せっせとでき上がった料理をテーブルに並べながら里緒菜の母・薫《かおる》は言った。

「お父さんがあれだけ銀行受けろって言うのを、聞かないで、『絶対キャビンアテンダントになるんだ』なんて——」

「うるさいわねっ」

睦月里緒奈は、ダイニング・テーブルの母に背を向けて、ソファでテレビのリモコンを握っていた。

「ぶー」

肩より少し下で切り揃えたロングヘアが、うつむいていると横顔にかかってうっとうしい。

（あーあ……明日からどうしよう）

里緒菜は、オフホワイトのスリムジーンズの脚《あし》を投げ出して、ソファにあお向けにひっくり返った。

どさっ

（あーあ……）

ため息は、口に出したくなかった。母親の前である。口に出る前に呑み込んだ。それくらいの気丈《きじょう》さは持っている。

（どうしよう。女子大生の就職、ただでさえどしゃ降りだし――やっぱり今からじゃ、マスコミしかないかなあ――）

それ以外に何かないかなあ、と思っても浮かぶものもない。

『――初めに政界のニュースです。木谷《きたに》首相は、今日の午後官邸で会見し、米国から執拗《しつよう》に要求されている〈究極戦機〉に関する軍事情報の公開を、今後も行うつもりのないことを明らかにしました。官邸から、桜庭《さくらば》記者がお伝えします――官邸の桜庭さん』

『はい木村さん、こちらは赤坂《あかさか》の首相官邸です』

「今日、お父さん早いんですって」

テーブルをセットしながら母が言う。

「げー、どうして？」

「里緒菜のことを電話したら、心配だから夕ごはん食べながら相談に乗るって」

「ぷー」

あーまたさんざん何か言われる、と里緒菜は眉をひそめた。

（ただでさえお父さん、『スチュワーデスなんて〈空飛ぶラーメン屋の給仕〉だ』とか言って反対してたもんなあ）

どうしよう。やっぱり、マスコミを受けようか？　でも、大学に入った頃から局アナ一本やりで、アナウンス研で発声練習までしてきたようなマスコミ志望の女の子たちに交じって、自分が今から準備して、太刀打《たちう》ちできるのだろうか。

里緒菜はつけているテレビの画面を見やった。

（テレビ局のアナウンサーは顔で採《と》られる、か……確かにそうかな。帝国テレビの木村百合子も桜庭順子《じゅんこ》も、そのまま女優にしてもいいくらいだもんな……）

画面では、首相官邸の門を背景にしたボブカットに白いスーツ姿の桜庭順子記者が、マイクを手にスタジオへ報告する。ITV・帝国テレビは、自分のところでスポンサーしているJリーグのサッカーチーム〈ヴィクトリー川崎〉を、勝手に〈帝国ヴィクトリー〉などと呼んで報道するので多くの国民からひんしゅくを買っていたが、木村百合子と桜庭順子が出るのでこの〈ニュースの海〉だけは観る、という人が多い。

『今回の問題は、二年前にネオ・ソビエトの傀儡《かいらい》国家・東日本共和国が宇宙から持ち帰ったために、東日本の領内の大部分とわが西日本帝国の領土の一部に壊滅的な破壊をもたらした巨大な核生命体、あの、人々に『宇宙から降臨した悪魔』と恐れられた〈レヴァイアサン〉との戦いに端を発します』

パッ

画面に、かなり遠くから撮影したと思われる静止画像が出た。

『これが〈レヴァイアサン〉です。中央に見える小高い山の頂上部分に、まるで骸骨《がいこつ》が剝き出しになったような、蒼白い巨大な〈翼〉のようなものがちらりと写っています。巨大な核生命体の〈本体〉は山の向こうに隠れており、放射能のために取材クルーはこれ以上は近づけませんでした。政府の公式発表では、〈レヴァイアサン〉の頭部の直径は一五〇メートル、数百本ある触手の長さは最大八〇〇メートル、両翼を広げた幅は四〇〇メートル以上で、重量は推定――』

「ねえ里緒菜、お父さんが人事の人に話してくださるっていうのよ」

「え、なーに」

「なんとか里緒菜を銀行へ入れられないかって。本社は無理だけど、ほら、地方の支店の現地採用という枠《わく》が少しあるんですって。それが駄目なら系列のファイナンス会社に――」

「えー、聞こえない。ニュース観てるの！」

ニューキャスターもかっこいいと思う。でもわたしはやっぱり、空を飛びたい。だけどその方法は、もうなくなってしまったのだ。

里緒菜は、どうしていいのかわからなくて、耳をふさぎたい気持ちだった。

●目黒区自由が丘《めぐろくじゆうがおか》　目黒通り路上

都心から多摩川《たまがわ》方面へ向かう目黒通りを、一台の黒塗りハイヤーが走っていく。

「忍、今日はありがとう。助かったわ」

美帆は少し体調がよくなったらしく、肩の毛布は外している。ハイヤーは後部座席に美帆と忍が座り、前の助手席では美帆のマネージャーの女性が携帯電話で次の仕事先と打ち合わせをしている。

「お姉ちゃん、最近よく風邪ひくね。疲れが溜まってるんじゃない？」

「そうねえ。忙しいから」

アフレコの録音がすんだあと、忍は久しぶりに姉と夕食でもしたかったのだが、美帆は七時から緑山《みどりやま》のスタジオで新番組の録《と》りがあるのだった。でもスタジオが多摩川の向こうだったから、忍の自由が丘のマンションは通り道だ。

「私の声、特徴があるでしょう。誰も真似ができないの。代役が務まるの、あなただけよ」

「どういたしまして」

忍は笑った。

「風邪ひいたお姉ちゃんの〈代役〉、今回が初めてじゃないもの」

「ああ」

美帆は笑った。

「おととし出したベストアルバムのCD？　あの時も無理言ったわね。ごめん」

「でも、CD買った人、誰も気づかなかったでしょう？」

「うん、誰も気づいてないみたい」

美帆は笑いながらうなずいた。

「私のアルバムの中の一曲を、まさか妹のあんたが歌っているだなんて、スタッフ以外、誰も気づいていないわ」

ハイヤーの後部座席の前に置かれた3インチの自動車テレビが、ニュースを流している。

『――この〈レヴァイアサン〉には、東日本共和国軍はもとより、わが西日本帝国軍の最新鋭通常兵器もまったく歯が立ちませんでした』

テレビの画像が切り替わり、スタジオの木村百合子キャスターがアップになる。

『桜庭さん、その地球の危機を救ったのが、〈究極戦機〉なのですね』

スタジオ画面に合成されて、百合子の右横に並ぶ官邸前の桜庭順子。

『そうです。この〈究極戦機〉UFC1001は、帝国海軍の秘密兵器で、開発の経緯《けいい》はいっさい秘密、一説によればまだ人類とコンタクトを持たない地球外星間文明からの〈技術供与〉があったのではないか、と噂されているものなのです。〈レヴァイアサン〉による地球の危機が去ったあと、問題となったのが、この〈究極戦機〉の管理です。〈究極戦機〉は、世界の軍事バランスを一挙にくつがえしてしまう危険性を持っているのです。米国は『国連管理にせよ』と主張していますが、木谷首相は、『ニューヨークの国連本部になど預けたら、米軍に横取りされる』との懸念《けねん》を表明し、〈究極戦機〉UFC1001はあくまで西日本が責任を持ち、空母〈翔鶴〉の格納庫で厳重に密封して保管する、と主張しています』

画面はまた切り替わって、昼間の東京港が映し出される。

海軍専用の埠頭《ふとう》だ。すごく大きな、黒々とした城のようなシルエットの軍艦が、岸壁を離れようとしている。

その画像に合わせて、次のニュースを読む百合子キャスター。

『問題の中心、〈究極戦機〉を搭載した空母〈翔鶴〉がオーバーホールのため呉《くれ》へ回航されることになり、戦艦〈大和〉が今日午後、〈翔鶴〉を護衛するため出港しました。岸壁では乗組員の家族が手を振って——』

「ねえ忍」

「なあに」

「木村百合子さんや桜庭順子さん見ていると、『美人の本番は三十からだ』って、信じられるね」

「そうね、勇気がでるね」

『〈大和〉は〈翔鶴〉をともない、太平洋を本州の南岸沿いに西へ向かって、あさっての午後には呉に到着する予定です。それから——』

小さな自動車テレビの画面を姉と二人で見ていた忍は、次の瞬間に「あっ」と声を上げた。

「ねえ観て、お姉ちゃん！」

『——もうひとつ関連するニュースです。今日の午後三時半頃、帝国海軍の戦闘機が、浦賀水道を航行中の貨物船の甲板に不時着しました』
「ほらっ」
　忍は画面を指さす。
「昼間の戦闘機だよ！」

**●世田谷区奥沢　睦月家リビング**

「だいたいおまえは世の中を甘く見ているし、世の中の仕組みもわかっていない」

　ダイニングテーブルでビールを飲みながら、里緒菜の父・睦月祐一郎《ゆういちろう》は説教を始めた。

（帰ってくるなりこれだもんなあ……やっぱりお父さんは元気で留守《るす》なほうがいいわ）

「こら里緒菜」

「は、はい」

「聞いているのか？」

　里緒菜はかしこまって、

「聞いてます。聞いてますけど――」

　父は里緒菜に次の言葉を言わせず、

「いいか里緒菜。この西日本帝国は、資本主義の社会だ。お父さんが生まれる前には隣の東日本共和国も西日本も同じひとつの国で、〈大日本帝国〉といっていたらしいが、アメリカとの戦争を引き分けたあとに猛烈な不景気が襲って、あの〈六本木の壁〉から向こう側の連中は、ソ連にそそのかされて革命を起こし、共産主義の国に分裂してしまった。だが見てみろ、東日本の国民の暮らしを。未だに子供は裸足《はだし》で駆け回っているし、冷害で米が不作になっても、西日本帝国は金持ちだからこうしてタイやオーストラリアから米が買えるが、東日本共和国は自国通貨の〈平等《びょうどう》ルーブル〉を受け取ってもらえなくて、タイ米すら買えないんだぞ」

(うー、長いんだよなあ、こういう話が始まると……)

「こら里緒菜、聞いてるのか」

「は、はい、聞いてます」

祐一郎は、ぐびりとビールを飲んで、説教を続ける。大手都市銀行の目黒駅前支店の支店長をしている祐一郎は、ふだんは夜十時を過ぎないととても上がれないのに、今日は仕事をかなり犠牲にして、一人娘の里緒菜の就職の相談をするために帰ってきたのだ。それだけに説教には、気合がこもっている。

「いいか。この資本主義社会を支配しているのは、金融機関だ。金融機関が、実は西日本帝国で一番偉いのだ。おまえの憧れていた西日本帝国航空なんて、わが富士桜《ふじざくら》銀行《ぎんこう》に比べたら単なる運送屋にすぎん。エアラインに何ができる？　連中はただ運ぶだけだ。それも運ぶための飛行機は、わが富士桜銀行からお金を借りて買っているんだぞ」

里緒菜は、ダイニングテーブルにしおらしく座りながら、祐一郎の言いたいことが早く出尽くさないものかと黙って我慢していた。

（言いたいことを全部言い終わるまで、わたしにしゃべらせてくれないもんなあ……）

里緒菜は熱心に聞くふりをしながら、横目でテレビのニュース画面を観ていた。

『――この貨物船は、タイから輸入米一万トンを積んで東京港へ向かっていた〈アジアのあけぼの〉号で、船内にはちょうど輸入米の実情を取材するため帝国テレビの取材クルーが乗り込んでいました。帝国海軍の戦闘機・シーハリアーFRSは、低空を高速で飛来し、この貨物船の甲板に突然――』

（あっ――）

里緒菜は、横目でその画面を観て、息を呑《の》んだ。

（昼間の戦闘機だわ。ビルのてっぺんをかすめて飛んでいった――）

そんな里緒菜に、父は演説するように説教し続ける。

「おまえは明日さっそく、お父さんの銀行の人事課の人に会いにいくんだ。小田原《おだわら》支店か東秦野《ひがしはだの》支店なら、まだ現地採用の枠がなんとかなるそうだ。ちょっと遠いが、仕方がない――」

　里緒菜は、全然聞いていなかった。

　テレビの画面の中では、貨物船の甲板に斜めに不時着してエンジンを止めたシーハリアーの海ツバメ色の機体から、フライトスーツ姿のパイロットが降りてくる。

（ずいぶんほっそりしたパイロットね……）

　里緒菜は横目で、あんなふうに空を飛ぶことができるうらやましい人は、どんな人だろうと画面に見入った。

『どうしたんですかっ』

　取材クルーのカメラが駆け寄っていく。

　機体を背にしたパイロットは、革手袋の手でヘルメットを取る。黒々としたロングヘアが、散るようにパッと広がる。

（女性だ――！）

　里緒菜はまた、息を呑んだ。

「里緒菜。里緒菜こら、聞いてるのか！」

（すごい！　すごいわ、女性の戦闘機パイロットだなんて――！）

## 3

### ●三浦半島沖 戦艦〈大和〉

『あらごめんなさい、迷惑だったかしら』

テレビのニュース画面の中で、カメラを向けられた美月がニッコリ微笑む。

「あ、あの、あの馬鹿娘が――――!」

森大佐は、〈大和〉上級士官食堂のテレビに向かって、持っていた湯呑みをぶつけてやりたくなった。

「事もあろうに、テレビの取材クルーが乗り込んでいる貨物船の甲板に不時着するとは!」

画面ではフライトスーツ姿の美月が、ハリアーの機体を背にして長い黒髪を潮風になびかせながら、カメラに向かって愛嬌《あいきょう》を振りまいている。

『いやあどうも、原因不明のエンジントラブルで、もう少しで海水浴だったんです。助かりましたわ、甲板貸していただいて。あ、ついでに船医さんいらっしゃらないかしら？　後部席の着弾観測員がＧで伸びてしまって――』

「何が『助かりましたわ』だっ」

「艦長、落ち着いてください」

夕食のアジのフライ定食を載《の》せたお盆に箸《はし》を置いて、隣の副長が森の湯呑みにお代わりの茶を注《つ》ぐ。

「よかったじゃないですか、飛行機と乗員が無事だったんです」

森は副長に茶を注いでもらいながら、わなわなと震えている。

美月がアップになったニュース映像に、画面合成でスタジオの木村百合子キャスターの上半身がかぶさる。

『貨物船の甲板に不時着したのは、帝国海軍戦艦〈大和〉の主砲着弾観測機、シーハリアーＦＲＳマークⅡという垂直離着陸戦闘機《ＶＴＯＬ》です。パイロットは森高美月海軍中尉で、森高中尉の話によれば、同機は六本木の国防総省へ連絡任務《ミッション》に飛んだ帰りに原因不明のエンジントラブルに見舞われましたが、中尉の〈決死の操縦〉で市街地への墜落をまぬがれ――』

百合子キャスターの背後のハリアーを映した映像のなかでは、後席からボロボロになった迎少尉が這《は》い出してきて、美月に抗議し始める。

『中尉っ、僕はGで伸びたんじゃありませんっ！　心配のしすぎで気を失ったんですっ』

『あら気がついたの。よかったね』

『よかったね、じゃないでしょう！　だいたい中尉は操縦の天才かもしれないけど、僕は凡人なんですからねっ！　腕前を見せびらかしたいのはわかるけど、僕まで巻きぞえにするのはもう金輪際《こんりんざい》やめてくださいっ』

フライトスーツにヘルメットを抱えた二人は、取材クルーのカメラを目の前にしたまま、大げんかを始めた。

『ハチの巣ひとつでこの大騒ぎじゃ、命がいくつあっても足《た》りません！』

『何言うのよ。今日は道路に穴掘ってないし、ビルのガラス一枚割ってないでしょう！』

「か、艦長」

副長は、森の肩がわなわなと震えだしたので、心配になった。

スタジオの百合子キャスターも、ニュース映像を見ながら笑っている。

『――ご覧のとおり、二名の乗員も無事だったようです』

『もう僕は、中尉のハリアーに乗るのはごめんですからねっ！』

迎少尉の叫び声が、最後にスタジオにこだまする。面白いから編集して演出したらしい。最近の民放は、視聴率を取るためによくやるのである。

「う、う、う――――」

「か、艦長、落ち着いてください」

「ううう っ」

森艦長は、上級士官食堂の白いクロスがかかったテーブルのふちを両手で握り締めていた。これが茶の間のお膳《ぜん》だったら、とっくにひっくり返しているところだ。

「ふ、副長!」

「は、はい」

森は立ち上がると、テレビ画面を指さして怒鳴った。

「事もあろうに〈大和の恥〉が全国放送されてしまった! あの二人、帰ってきたら営倉《えいそう》に叩っ込んで反省させろ! 俺がいいと言うまで出すな! わかったかっ」

森が頭から湯気を立てながら艦橋へ上がっていくと、ちょうど当直の通信士官が中央情報作戦室《CIC》から呼びに出てきていた。

「あっ、艦長、六本木の峰統幕《みねとうばく》議長から通話が入っております」

「峰議長から?」

森は分厚い防水ハッチをくぐって、第一艦橋の後ろにあるCICへ入っていった。

薄暗い中にアメリカ航空宇宙局《NASA》の小型版のような、幾列もの管制卓と何枚もの作戦表示画面が狭い空間を構成している。無数の表示器《インディケーター》ライトがクリスマスツリーのようだ。

「艦長、どうぞ」

管制卓のひとつで、赤色の照明灯に顔を照らされた通信員が、ヘッドセットを差し出す。

森は受け取って、頭にかけ、

「森です」

『森艦長、〈翔鶴〉の護衛任務ご苦労だ』

ヘッドセットのイヤフォンの向こうでは、六本木の国防総省に詰める西日本帝国陸海空軍の最高指揮官・峰剛之介《ごうのすけ》統幕議長（海軍大将）が森の労をねぎらう。

「は、峰議長」

『どうだ、航海は順調か』

「は、それが実は、順調とはとても申せません」

森は、率直な男だった。現場の失敗を上層部に隠しておいて、時間を稼いでいる間に収拾してしまおうとか、そういうことを一切しなかった。だから、かえって峰の信任が厚い。

「峰議長、実は、先ほど〈翔鶴〉艦内から、UFC開発主任の葉狩真一博士が失踪してしまったのです」

『葉狩博士が？』

「書き置きを残して、〈翔鶴〉の特殊大格納庫内のUFC管理センターのオフィスから消えてしまいました。現在わが艦隊は三浦沖にとどまって、ヘリを出動させ博士の捜索にあたっております。従って呉には、いつ到着できるかわかりません」

## ●空母〈翔鶴〉

「郷大佐、今のところ捜索の対潜ヘリからは発見の報告はありません」

「引き続き艦内も捜索していますが、手がかりはありません」

〈翔鶴〉のアイランド最上陸の航空指揮ブリッジで、郷大佐は葉狩真一の捜索作戦の指揮を執《と》っていた。

〈翔鶴〉のすべての対潜ヘリコプターを発艦させて、三時間前から付近の海面を捜しているのだが、地球を救った天才はどこへ泳いでいったのか、いっこうに捜索網に引っかからない。

「ううむ。まさか、世をはかなんで飛び込んだのではないだろうな」

郷はブリッジに立ったまま腕組みをして、唸った。

航空指揮ブリッジの窓の向こうでは、見事な夕陽が水平線に沈もうとしている。右手遠くにかすかに見える陸地は三浦半島の城ケ崎《じょうがさき》のあたり、はるか前方の薄ぼんやりとした影は、伊豆半島《いずはんとう》だ。相模湾《さがみわん》の海面は凪《な》いでいて、夕陽にきらきら輝いている。

（もう陽《ひ》が沈む。捜索は困難になるぞ――）

空母〈翔鶴〉の左隣には戦艦〈大和〉がいる。ぎざぎざのシルエットを持つ黒い巨大な城のような戦艦も、やはり動力を止めて漂泊している。そのほかにも〈翔鶴〉を護衛《エスコート》する駆逐艦が二隻、対空防御にあたるイージス巡洋艦〈群青〉の姿も見える。

全艦隊が航行を中止して捜索にあたらなければならないほど、葉狩真一という科学者は貴重な人材なのである。

（葉狩博士……いったいどこへ行ってしまったのだ）

郷の頭に、若い独身の天才分子生物工学者の姿が浮かんだ。ひょろりとしたシルエットだ。度の強い眼鏡をかけて頭はいつもぼさぼさ、でも身なりに構わないわけではなく独特のファッションセンスを持っていて、長い白衣か黒いコートをいつもその身に羽織《はお》っていて手放さない。

〈究極戦機〉UFC1001の事実上の設計者である葉狩は、分子生物工学の天才で京都大学理学部を首席で卒業、大学院も首席で卒業、あまりに切れるので教授陣に嫌われ京大で出世の道がなく、ハーバード大学の生物研究所でバイオテクノロジー講座の助手をしていたところを、国立帝国海軍研究所が破格の待遇《たいぐう》でヘッドハントした。そのため葉狩真一は鉄砲も撃てないのに海軍少尉の身分を持っている。

「司令、葉狩博士は自殺ではないでしょう」

脇に立った井出少尉が言う。

「救難用のゾディアック・ボートがひとつ、消えているのが見つかったんです。葉狩博士は、とりあえずここにいるのがいやになって、静かな場所で自分を見つめ直したいだけなのかもしれません」

三時間前に葉狩真一の失踪がわかって、すぐにあたりを調べたら、非常脱出用のゾディアック・ボートがひとつ、なくなっているのがわかった。葉狩真一は、船外機付きのゴムボートでこの空母から逃げていったらしい。

「この書き置きにも、あるではないですか」

井出少尉はポケットから葉狩真一の書き置きをごそごそ取り出すと、後半の部分を声に出して読み上げた。

「ええと——みなさん、僕はしばらく、一人になってみようと思います。インドの山奥にでも行って、人生を考えてこようと思うのです。どうか、捜さないでください——」

郷はブリッジの中央に立ったまま、腕組みをしていらいらと聞いている。

白衣姿の魚住渚佐が、ブリッジの後ろの壁でポケットに手を入れ、それを眺めている。

「――ＵＦＣのことは、大丈夫です。軍拡競争に利用されないように、僕がちゃんと封印をしておきました。ではさようなら、葉狩真一」

井出少尉は紙を折りたたみながら、

「司令、葉狩博士がボートで陸地のほうへ向かったとばかりは、考えるべきではないかもしれません。何せインドで人生を考えたいわけですから、案外、外海のほうへ――」

「ゾディアック・ボートでインドまで行けるわけがないだろう。たちまち洋上で日干《ひぼ》しになるんだぞ」

「いえ司令」

井出少尉は考え込む郷の背中に、ぺらぺらと続けた。

「自己憐憫《じこれんびん》におちいった若者というものは、時としてそういう行動に走るものです。『インドで人生を見つめ直したい』、これは研究者や技術系のサラリーマンなんかが、仕事や人間関係で行き詰まった時によく口にする典型的な台詞《セリフ》でして、まあ葉狩博士も――」

井出少尉は教養はあるのだが、どこかでまた聞きしてきたようなことを、偉そうにぺらぺらと口にする癖があった。

「うるさいっ！」

郷は振り向いて、井出少尉を怒鳴りつけた。

「おい井出少尉！」

「は、は？」

「貴様はいくつだ」

「に、二十三でありますが」

「いいか井出」

郷大佐は、ブリッジの真ん中で、白い制服を着た井出少尉の胸ぐらを引っ摑《つか》んで締め上げた。

「いいか井出少尉っ！」

「は、はい」

「そういう、人間や人生がわかったような台詞は、俺のように四十を過ぎてから言うものだ！　二度と口にするなっ」

井出少尉は、締め上げられてひいひいとうなずいた。

「にっ、二度と口にしません」

「よし」

郷は井出少尉を艦橋の床にどさっと放り出すと、

「わかったら、もういっぺん艦内を捜索してこい！　どんな手がかりも見落とすな！　〈翔鶴〉の艦内でそんなことはないとは思うが、誘拐された可能性だってないわけではないんだぞ！」

**●戦艦〈大和〉中央情報作戦室《CIC》**

「誘拐？」

森は眉をひそめた。

『そうだ森艦長』

イヤフォンの向こうで、六本木の峰統幕議長は続ける。

『葉狩博士は、〈究極戦機〉を維持できるただ一人の技術者だ。彼がいなくては〈究極戦機〉は出撃できんのだろう？　それならば、その可能性も考えてみる必要があるぞ』

「ううむ」

森は唸った。

「確かに、彼以外のサポート・スタッフだけでは、一回の出撃くらいは大丈夫でしょうが、整備や補修はとても……」

『〈究極戦機〉に積載されている人工知能《AI》は、ひどくむつかしい生体コンピュータだそうじゃないか』

「積載されている、というか――もともと〈究極戦機〉は、あの核生命体〈レヴァイアサン〉を太陽に投棄するために地球のそばを通りかかった、星間文明の恒星間タグボートなのです。乗組員《クルー》はいなくて、あの人工知性体がコントロールしていたわけですが、ネオ・ソビエトの核攻撃で〈レヴァイアサン〉が地球上に降下してしまった時、自分のボディを改造して戦闘マシーンにしてもよいと申し出てくれまして――」

『その経緯《いきさつ》は知っているよ』

　イヤフォンの向こうで峰がうなずくのがわかった。

「ですから峰議長、〈究極戦機〉はわれわれの保有する兵器ではなくて、いわば大切なパートナーなのです。そして、〈究極戦機〉の人工知性体は――リガンド・リセプタ型生体コンピュータというらしいんですが――ひどく気難しく、今のところ信頼関係を保って〈対話〉できるのが、葉狩博士一人なのです」

『パイロットでは駄目なのか？』

「〈究極戦機〉の操縦資格者は、海軍に二名、空軍に一名おります。三人とも女性パイロットです。人工知性体との〈相性〉で選ばれた三人ですが、コンピュータのこともバイオテクノロジーのこともなんにもわからない連中で、そのうちの一人ときた日にゃ――あ、いえ」

『いいよ』

峰議長は笑った。

『あれがいつも面倒をかけて、すまんな艦長』

「あ、はい」

森は頭を掻いた。

『さっきニュースを観たよ。あれはいかんなあ、あれでは〈大和の恥〉だな』

「あ、いや、恐れ入ります。でも腕はいいので、〈大和〉の役に立ってくれています」

『まあ今日のことは、あまりしからないでやってくれないかな。実はな』

「はい」

峰議長は、少し声を小さくした。

『今日、あれが前庭から離陸する時に、執務室の窓から見ておったんだ。あれは、俺の目の前で、腕前を見せようとしてくれたらしい』

「ああ――そうだったんですか」

『二十二年前、俺が自分の勝手で離婚をした時に、あれはまだ三歳だった。それ以来ろくに話もしていない。軽蔑《けいべつ》されているのかと思っていたが——嬉《うれ》しかったよ。俺の目の前で、木の梢からハチの巣をひとつ、見事に落としてみせよった』

峰議長は、しみじみと言った。森は峰の下で働いていたから、峰剛之介が本当は自分勝手に家族を捨てるような冷たい男ではないと知っている。実際、二十二年前の軽はずみを悔いて、峰は再婚をせずに独身を通している。

『まあ、そういうことだ。葉狩博士の件に関しては、新しい事実が判明したら知らせてくれ。以上だ』

「了解しました」

通話は終わった。

**●同海域　駆逐艦〈夏風《なつかぜ》〉**

「曳航配列《えいこうアレイ》ソナーに感あり」

雪山に掘った雪洞《ぼんぼり》のように狭くて暗くて肌寒い駆逐艦〈夏風〉内部の対潜ソナールームで、制御卓《コンソール》に向かった水測員の一人が声を上げた。

「音響ディスプレイに縦線が表れました。規則的周期音。人工物体と思われます」

「どれだ？」

水測長の中尉が担当水測員の肩越しに、四角いレーダースコープのような音響ディスプレイを覗き込む。

「この周波数帯です。機械音と思われる規則的な雑音が、縦線になって出ています」

「音紋解析」

「はっ」

カチャカチャッ
水測員がキーボードを操作する。トンネルのようなソナールームの両側に横長のコンソールが二列に配され、背中合わせになって八人の水測員がそれぞれ違ったセンサーを担当して座っている。〈大和〉のＣＩＣにも似ているが、艦が小さいからずっと狭い。

「データバンクに該当潜水艦なし――こちらのデータに入っていない機械音です」

「なんだと」

中尉は音をスピーカーに出せ、と命じる。席に着いた八人の水測員も、その間を立って歩く水測長の中尉も、全員が長袖のジャンパーを着込んでいる。室内の電子装備を効率よく働かせるために、冷房をフルにかけているのだ。駆逐艦〈夏風〉が、乗組員から〈夏風邪〉と呼ばれるゆえんである。

「〈目標〉の音を出します」

水測員は水中聴音機《パッシブ・ソナー》のスピーカーのスイッチを入れる。

パチッ

――ズビュルルル……

「なんだ？　この音は――」

ズビュルッ

ズビュルルル

ズズズズズ……

「中尉、通常のスクリュー音ではありません。これは――」

「うむ」

中尉はコンソールの艦内電話を取り上げた。

水平線に陽《ひ》が落ちる。

三五〇〇トンの駆逐艦〈夏風〉は、僚艦《りょうかん》〈初風〉とともに、洋上に停止している〈翔鶴〉と〈大和〉の周囲をゆっくりと周回して対潜警戒にあたっていた。

ざざざざざ

鋭い形状の艦首で白波を切っていた〈夏風〉は、急速に針路を左へ変えた。

同時に、五ノットから二〇ノットへ増速する。

ざざざざざざ！

〈夏風〉は相模湾の外海の方角へ走り始める。獲物を発見したのだ。

**●空母〈翔鶴〉航空指揮ブリッジ**

「郷司令、下の艦橋の艦長からです。駆逐艦が潜水艦らしきものを探知したそうです」

「何？」

**●戦艦〈大和〉第一艦橋**

「艦長、〈夏風〉が正体不明の潜航目標を探知しました。空母〈翔鶴〉へまっすぐ進んでいるそうです」

「何っ？」

**●駆逐艦〈夏風〉艦橋**

「〈目標〉はこちらへ向かっているのかっ？」

速度を上げたので、艦橋はワイパーを使わなければ波しぶきで前が見えなかった。

〈夏風〉の艦長は、艦内電話の受話器に怒鳴りつけていた。

「〈翔鶴〉へ直進しておるだと！」

『そうです艦長。それも、普通の潜水艦ではありません。スクリュー推進ではない、まるで巨大なクジラが尾で海水を掻いて進んでいるかのような推進音です』

「馬鹿な。クジラではないのか」

『全長一五〇メートルの、五〇ノットで水中を突進するクジラがこの世に存在しますかっ？』

## ●駆逐艦〈夏風〉ソナールーム

「艦長、音波発信機《アクティブ・ソナー》の反応が非常に強い。ものすごく巨大な何かです！　こんな潜水目標は、まるで――」

艦内電話にそこまで言いかけて、中尉はぞっとした。

「まるで――まさか、そんな……やつは、やつは〈究極戦機〉によって、こなごなに破壊されて滅びたはずだぞ――」

〈夏風〉は、主機関のガスタービンエンジンを最大出力に上げていた。四〇ノット。

キィイイン

航空機のような機関音とともに、マストより高い水しぶきを上げて最新鋭の駆逐艦は〈目標〉へと突進していく。

# 4

## ●東横線《とうよこせん》自由が丘　駅前ロータリー

ざわざわざわざわ
夕刻の自由が丘の駅前は、いつもと変わらぬ雑踏《ざっとう》だ。その中に里緒菜は一人で立っていた。

「ばか……」

切符売り場の前の街灯にもたれて、里緒菜は下を向き、さっき玄関を駆け出る時に履《は》いてきた白いズックのフラットシューズで、歩道の敷石を蹴っていた。

「――お父さんの……ばかっ」

待ち合わせの若い男や女の子が、里緒菜の前をはしゃぎながら通りすぎていく。

## ●六本木　国防総省

ピーッ
峰剛之介の執務室の机で、３インチモニター付きの電話が鳴った。

「峰だ」

峰は、アメリカ大統領のオーバルオフィスのような執務室で一人、暮れていく空を眺めていた。

統合幕僚議長・峰剛之介は今年で五十になった。しかし、年を取ってもデスクワークばかりになってしまっても、彼は陽に灼《や》けたたくましい海の男であろうと努力していた。実際、二十代の終わりに女性問題をこじれさせてひどい目に遭《あ》ってからは、彼は節制するようになり、一八三センチの長身には贅肉《ぜいにく》ひとつなく、体力も〈大和〉の艦長をしていた十年前からほとんど落ちていない。

『峰議長、国家安全保障局の波頭《はとう》中佐よりビューフォンが入っております』

「ん。つなげ」

峰はスピーカーに答え、卓上モニターのスイッチを入れた。

パッ

『国家安全保障局、主任分析官の波頭です』

「おう、波頭くん、ひさしぶりだな」

ちょび髭《ひげ》を生《は》やした、三十代半ばの情報士官の顔が表れる。あの〈レヴァイアサン〉との戦いではさんざん一緒に仕事をした。波頭中佐は、西日本帝国の情報戦略を背負って立つ男である。

『大変なことになりました、峰議長』

「大変とは、なんだね」

今日もとりあえず、無事に一日がすんだ、と峰は執務室の机でほっとしていたところだ。

机の上、波頭中佐の顔が映っているモニターの横には、背をブルーに、腹をアイボリーホワイトにていねいに塗装したシーハリアーの模型が、スタンドに立てて飾ってある。その向こうの執務室の壁には、国防総省の製作したポスターが一枚、貼られている。一般の大学生から海軍のパイロット要員を採用する〈飛行幹部候補生募集〉のポスターだ。模型と同じ色のシーハリアーの前で、モデル役の森高美月がヘルメットを脇に抱えて笑っている。

「波頭くん、東日本の自由総選挙に支障でも出たのか?」

『そんなレベルの〈大変〉ではありません、峰議長!』

いつも冷静な波頭中佐が、モニターの向こうから峰に詰め寄るように訊く。

『〈翔鶴〉は今、どこにいます？』

「ん？」

峰は意味がよくわからない。

「呉へ回航中だが――」

『〈翔鶴〉に引き返しを命じてください。今すぐにです！』

モニターの波頭は怒鳴った。

『議長、詳しい説明はあとでします。呉への回航を中止し、ただちに〈翔鶴〉を〈大和〉とともに安全な東京湾内へ引き返させ、浦賀水道に防衛線を張ってください！』

**●三浦半島沖　戦艦〈大和〉第一艦橋**

「全長一五〇メートル、スクリュー推進でなく五〇ノットで水中を進む〈巨大目標〉――？」

森は駆逐艦からの報告に、一瞬背筋が凍りついた。

（馬鹿な――！）

「艦長！」

思わず副長が森を見る。

「艦長、まさか、それは」

副長も同じことを考えているのである。

悪夢がよみがえる気がして、森は頭を振る。

「馬鹿な！　やつは、やつは〈究極戦機〉の捨て身の攻撃で、分子レベルまでばらばらに分解されて、この地上から跡形《あとかた》もなく消え去ったはずだ！」

だが森に、疑ったり迷ったりしている暇はなかった。

（とにかく戦うしかない。これだけの艦隊だが――この〈大和〉がいれば！）

森は振り返って、艦橋に命じた。

「第一級非常態勢！　総員、戦闘配置につけ！」

「はっ」

「はっ」

艦橋のスタッフたちがだだだっと駆け散り、戦闘配置が伝達され始めた。

「砲雷撃戦用意！　主砲発射に備え総員艦内へ退避せよ！」

## ●空母〈翔鶴〉航空指揮ブリッジ

ヴィイイイッ！

ヴィイイイッ！

けだものの吠《ほ》えるような非常サイレンが、七万トンの航空母艦の艦内に轟《とどろ》きわたった。

「艦長が全速力で外海へ向かうそうです！」

「大いに結構だ！」

〈翔鶴〉の航空団司令である郷大佐は、使える攻撃機が一機もないことに気づいて、さっきからブリッジの中で地団駄《じだんだ》を踏んでいた。オーバーホールのため呉へ回航する途中なので、対潜ヘリコプター数機を残して艦載機はすべて厚木《あつぎ》の基地へ上げて暇を出し、一般乗組員も通常の半分しか乗り組んでいない。通路を歩いていても誰ともすれ違わないくらい、〈翔鶴〉には人がいないのである。

「接近してくる〈巨大目標〉が、もしやつだとすれば――」

郷はぞっとした。いったい、どうやってこの空母を守ればいいのだ。

「郷司令」

ブリッジの後ろの壁で様子を見ていた白衣姿の魚住渚佐が、郷の背に話しかけた。

「まさかと思いますが……〈レヴァイアサン〉が生き残っていたか、あるいは繁殖して新しい個体を残していたとした場合――」

「わかっています魚住さん」

郷は振り向いた。

「もし接近してくるのがやつだとしたら、〈大和〉の46センチ主砲をもってしても、倒せるかどうかわかりません。頼みの綱は〈究極戦機〉だけです！」

ヴィイイイイッ！

ヴィイイイイッ！

郷は渚佐を見つめた。

「魚住さん、あなた一人で、〈究極戦機〉を起動できますか？」

渚佐は、白衣のポケットに手を入れて、少し考えたがすぐに顔を上げた。

「――やってみましょう」

「おお」

渚佐は切れ長の目で郷を見上げ、

「ＵＦＣの人工知性体に、目覚めてもらわなくてはなりません。五分や十分で、というわけにはいきませんが――」

「ありがたい！　すぐにかかってください」

渚佐は白衣をひるがえし、足早に航空指揮ブリッジを出ていった。

郷はブリッジの航空管制オペレーターに振り向くと、

「艦橋《したた》の艦長に、なるべく全速力で逃げ回ってくれと伝えろ！」

「了解しました」

郷はもうひとつ、大事なことを思い出す。

「一番近いところにいるUFCのパイロットは誰だ？」

「本艦より最も近くにいる〈究極戦機〉の操縦資格者は――森高美月中尉です。戦艦〈大和〉乗り組み」

「すぐに呼び出せ！」

「はっ！」

**●東横線自由が丘　駅前ロータリー**

里緒菜は、街灯にもたれて敷石を蹴りながら、わたしは何をやっているんだろうと思った。

夕食のテーブルで父にきついことを言われて、かっとして、家を飛び出してきてしまったのだ。気がついたらここにいた。

（あら——？）

里緒菜は、ふと目を上げた。

（——？）

何か見覚えのあるものを目にした気がした。

里緒菜は思わず、駅の掲示板に歩み寄った。ふだん気にしたこともない、警察や官庁のポスターがたくさん貼られている場所だ。

「なんだろう……？」

里緒菜は顔を上げて、見回した。

あ、と気づいた。それはたくさんの中の、一枚のポスターだった。

（——あの人だわ）

シーハリアーの機体を背にした見覚えのある女性パイロットが、フライトスーツの脇にヘルメットを抱えて、笑っている。

里緒菜はなぜか吸い込まれるように、そのポスターの写真に見入った。

（いいなあ……）

その時、里緒菜は、その女性戦闘機パイロットを、心の底から、うらやましいと思った。

## ●芝浦埠頭脇〈港屋食堂《みなとやしょくどう》〉

「さばみそ定食お代わりっ」

　ひときわ元気な声が、夕飯時の大衆食堂に響きわたった。

「中尉、いいんですかこんなところでごはん食べてて。ハリアー、貨物船の甲板に置いたままですよ」

　フライトスーツ姿に飛行ヘルメットをテーブルに置き、美月と迎少尉は、入港した貨物船の船員や港湾作業員に交じって〝さばみそ定食〟を食べていた。

「気にしない気にしない。どうせ〈大和〉から修理班がきてくれなきゃ、燃料タンクの亀裂は直らないんだもん。のんびり待とうよ」

　美月は、お代わりしたさばみそ定食を、ぱくぱくと掻っ込んだ。

「あんたが心配しなくても、世の中はちゃんと動いていくんだよ、大丈夫大丈夫」

　ぱくぱくぱく
「あーやっぱり、さばみそに限るわっ」

　その時、美月は、貨物船の甲板に残してきたシーハリアーのコクピットで、ＵＨＦ無線機の非常呼び出しブザーが鳴り響いていることなど、知りもしなかった。

〈episode 02につづく〉

## episode 02
## ただ泣かないように

## ●自由が丘駅前九月十日　18：30

「ありがとう」

水無月忍はハイヤーを降りると、後部座席の姉に手を振った。

マンションまで送らないでいいの、と姉の美帆に訊かれたのだが、東急《とうきゅう》ストアで買い物して帰るから、と自由が丘の駅前で降ろしてもらった。

（お姉ちゃん、これからまた仕事か……大変そうだけど、いいなあ……）

忍は、自由が丘の駅前ロータリーを出ていく黒塗りのハイヤーのテールランプを見送っていた。美帆は昼間のアフレコに引き続き、これから夜どおし緑山のスタジオにこもって新番組の収録をするという。

（わたしは明日、なんにも予定入ってないわ——スポーツジムにでも行こうかな）

忍は東横線の切符売り場を横切って、ショッピングセンターのほうへ歩き始めた。

## ●三浦半島沖　帝国海軍戦艦〈大和〉

ヴィイイイッ！

ヴィイイイッ！

『総員戦闘配置！　総員戦闘配置！』

〈大和〉艦内にサイレンと非常命令が響きわたる。

『全乗組員は、主砲発射に備え艦内へ退避せよ！　繰り返す――』

海面から四〇メートルの第一艦橋では、正体不明の謎の潜航物体に対する戦闘準備が進められていた。

「艦長、駆逐艦〈夏風〉が、〈目標〉に接触します！」

「よし。爆雷攻撃」

艦長の森大佐は、双眼鏡に目をあてたまま命じた。

「艦長、相手を確かめずに、攻撃させるのですか？」

副長が訊く。

「かまわん。あの巨大潜航物体は空母〈翔鶴〉へまっすぐ五〇ノットで接近しているのだ。これはわが艦隊に対する明らかな敵対行動だ！」

森は通信担当士官に、

「〈夏風〉に連絡！『爆雷をありったけぶち込め』と伝えろ」

「はっ」

オーバーホールのため呉へ回航される航空母艦〈翔鶴〉を護衛して、戦艦〈大和〉ほか対空巡洋艦1、駆逐艦2の艦隊は、三浦半島に差しかかったところであった。

空母〈翔鶴〉には、星間文明からの超《オーバー》テクノロジーを活用して造られた〈究極戦機〉UFC1001が搭載されている。出港してすぐに、UFC開発主任の葉狩真一博士の失踪騒ぎなどがあり、艦隊が一時停船して捜索にあたっていたところへ、深海から突然、巨大な正体不明の潜航物体が現れて接近してきたのだ。

## ●駆逐艦〈夏風〉

「潜航物体の速度は依然として五〇ノット。空母〈翔鶴〉へ追尾軌道を描きます」

ソナー水測員が戦術ディスプレイを睨《にら》みながら叫ぶ。

「おそろしく速い！」

「大きさは、やはり確かか？」

水測長の中尉が、アクティブソナーを受け持つ水測員に訊く。

「アクティブソナーを打ち続けています。エコーはやはり、全長一五〇メートル以上。おそろしく巨大です！」

水測長は冷や汗を搔き始めた。冷房がフルに効いているから、戦闘が終わったら風邪をひくかもしれない。いやそれは、この駆逐艦〈夏風〉が戦闘に生き残れたらの話だ。

「くそっ」

中尉は、艦内電話を取った。

## ●〈夏風〉艦橋

ドドドドドー

潜航物体を追尾するために〈夏風〉が全速を出しているので、艦橋では窓にぶつかる波しぶきで前方がほとんど見えない状態だった。

「艦長だ！　どうした」

『水測長です。やはり〈目標〉は、〈翔鶴〉へ一直線に向かっています。深度一〇〇メートル、速度五〇ノット、本艦の前方二〇〇〇メートル、〈翔鶴〉へ八〇〇〇メートルです』

「うむ！」

『艦長、あれはひょっとしたら――や、やつかもしれません！』

## ●空母〈翔鶴〉特殊大格納庫

「核生命体〈レヴァイアサン〉は、二年前にＵＦＣの〈スターダストシャワー〉に中枢を撃ち抜かれて、滅びたわ」

　魚住渚佐はＵＦＣのサポートスタッフで、本来はＵＦＣのボトム粒子型核融合炉が専門である。しかし開発主任の葉狩真一が行方《ゆくえ》をくらませた今、彼女がこの〈究極戦機〉を起動させなければならなかった。

「復活したなんて、私は信じない」

　抑揚《よくよう》のない声で言いながら、渚佐はキーボードに白い指を走らせ続ける。

「じゃあ、あれはなんなのです？」

　強化ガラス張りの向こうにＵＦＣの銀色の格納容器が見えるコントロールセンターで、井出少尉がこの航空母艦の艦尾の方向を指さす。

「今この〈翔鶴〉に襲いかかってきている、あの巨大な潜航物体は！」

「そっちのシステム立ち上げて」

　渚佐は答えずに、キーボード操作を止めずに左手で人のいないコンソールを指さす。

「格納容器を開放するプログラムよ。操作わかる？」

「なんとか！」

井出少尉はコンソールに飛びつく。

渚佐は片手を伸ばし、艦内電話の受話器を取る。

「航空指揮ブリッジを」

**●空母〈翔鶴〉航空指揮ブリッジ**

全速力で外洋方向へ逃げようとする〈翔鶴〉の航空指揮ブリッジでは、航空団司令、つまり〈翔鶴〉艦載機の総指揮官である郷大佐が、無線に向かってわめき散らしていた。

「パイロットが見つからないだと！」

無線の相手は〈大和〉の航空管制オペレーターである。

〈究極戦機〉の操縦資格者は、海軍に二名、空軍に一名いるきりだ。その三人の女性パイロット以外、〈究極戦機〉のデリケート極まる人工知性体は、自分の搭乗者として受け入れようとしないのである。

「森高中尉は〈大和〉乗り組みのはずだろう！　どこへ行ったのだ！」

ピーッ

「航空団司令、大格納庫の魚住博士からです」

「わかったちょっと待て」

郷は、無線の向こうの〈大和〉のオペレーターに「森高を今すぐ首根っこ掴まえて連れてこい！」と怒鳴ると、ブリッジのスタッフから艦内電話の受話器を受け取る。

「郷です」

『魚住です。今、人工知性体の覚醒プログラムをスタートさせました』

## ●空母〈翔鶴〉大格納庫

「うまく覚醒するかは五分五分です。格納容器の開放手順も同時に進めています。液体窒素の船外排出を間もなく行います」

『わかった』

「パイロットはまだですか」

『現在、森高中尉に呼び出しをかけている。少し待ってくれ』

「あの子はあてになりませんわ司令。愛月有理砂《まなづきありさ》はいないのですか？」

『愛月は東京で休暇中だ。とても間に合わない。とにかくＵＦＣの覚醒を進めてくれ』

大格納庫のＵＦＣコントロールセンターには、渚佐と井出少尉の二人しかいなかった。空母をオーバーホールのために回航する時は、航行に関係のない乗員は陸に上げて休暇を出してしまう。まさか、この〈究極戦機〉を再び使うことになるとは誰も思っていなかったので、大格納庫のメカニックも数名が残っているだけだ。

「魚住さん、格納容器・第一外被を開放します！」

渚佐の横で、補助コンソールについた井出少尉が叫ぶ。

「待って」

渚佐は左手で制すると、今度は格納庫内マイクのスイッチを入れ、

「ちょっと聞いて！」

コントロールセンターから見下ろす大格納庫の床面では、銀色の山のようにそびえる〈究極戦機〉の特殊格納容器の周囲で、当直のメカニック数名が固定装置の取り外しを終えるところだった。

『みんなちょっと聞いて！』

水銀灯が照らす巨大体育館のような格納庫に、拡声マイクで渚佐の声が響く。

『今からＵＦＣ格納容器の第一外被を開放します。大量の液体窒素が流出するわ。全員ただちに格納庫外へ退避して！』

## ●駆逐艦〈夏風〉

ドドドドドドー

「アスロック調定おわりっ！」

「アスロック調定おわり！」

艦首が蹴立てる波が艦橋の窓にぶつかって、ワイパーも効かない中を〈夏風〉は突進している。しかし謎の巨大潜航物体はこの最新鋭駆逐艦よりも優速で、前方の海面下一〇〇メートルを〈翔鶴〉目指して突き進んでいく。差は広がるばかりだ。

「艦長、アスロック〈目標〉へ調定しました」

「ただちに発射しろ。全弾発射だ」

〈夏風〉のブリッジ要員は、戦闘のためにヘルメットと救命胴衣を着ける暇もなかった。

副長がインターフォンの防水受話器に発射命令を伝える。

「アスロック全弾発射。発射、発射、発射」

●戦艦〈大和〉第一艦橋

「艦長、〈夏風〉が発射しました！」

双眼鏡を覗いた副長の声に、艦橋のスタッフが全員、窓から前方を注視した。

〈大和〉は潜航物体と〈翔鶴〉の間に割り込むように取《と》り舵《かじ》を切りながら全速で進んでいたが、その〈大和〉の左舷前方で戦闘の火蓋《ひぶた》は切られた。

ナイフのような形の艦首を持つ駆逐艦からアスロック対潜ロケットが発射される。

一発、二発、三発、四発、五発、六発。

「弾頭はなんだ？」

森は双眼鏡に両目をつけながら訊く。

「Mk《マーク》46魚雷でしょう」

副長が答える。

第一艦橋から見ていると、〈目標〉が近いためかアスロックのロケットモーターはすぐに燃焼をやめた。弾頭の魚雷が切り離され、パラシュートを曳いて海面に突入していく。

次々に突入する魚雷を目で追いながら、森はつぶやく。

「Ｍｋ46六発——もしあの潜航物体がやつだとしたら、蚊《か》が刺す程度だな……」

「本当に、あの〈レヴァイアサン〉なのでしょうか？」

「二年前に〈究極戦機〉が葬《ほうむ》ったはずだ——だが、それ以外に考えられるか」

森は双眼鏡を外し、艦橋に振り向いた。

「砲術長！　発射用意はよいかっ」

この戦艦の主砲を受け持つ砲術士官が、射撃管制所とのインターフォンから頭を上げる。

「はっ、間もなく全砲門、発射用意完了します！」

森は「よし」とうなずくと、再び双眼鏡を顔につける。

「魚雷を受けて上がってこい、化け物！　今度こそ〈大和〉の46センチ主砲をお見舞いしてやるぞ」

# 1

## ●自由が丘駅前

　今この時、三浦沖で帝国海軍と謎の巨大潜航物体の戦闘が行われているなど、一般の市民は知る由《よし》もない。

　帝都西東京は、いつもどおりのウィークデーの夕方を迎えていた。

　忍が自由が丘の駅前ロータリーを歩いていくと、道に明るい光を振りまいて、DVDとCDの店があった。

（あら）

　忍は立ち止まると、店先のディスプレイを見た。

（すごいな――お姉ちゃんのアルバム。出て一週間でもう八位だわ）

売り上げベストテンのディスプレイには、姉の美帆の最新アルバムのCDが、左から八番目の位置に、カバージャケットをこちらに向けて飾られていた。大人っぽい黒のドレス姿の美帆が、髪をアップにして目を伏せ、微笑《ほほえ》んでいる。

（すごいなあ……）

わたしのＣＤが最後に出たのは、いつだっただろう？

（思い出せないくらい、昔だわ）

忍は、もうすっかり歌手活動からは手を引いている。今は役者が本業だ。

それでも、アイドル歌手時代の忍のファンだった人は結構たくさんいて、今でも忍の出演したドラマやＤＶＤムービーを観てくれて、ファンレターをくれたりする。『ＤＶＤ観ましたよ、女優がんばってください』と励ましてくれる。ありがたいと思う。

デビューして一年もたたずに消えていった十代のアイドル候補生たちを、忍は無数に知っている。自分のデビュー同期生たち。歌手デビューしたって、ＣＤが売れなくてテレビ番組のブッキングが取れなかったら、芸能プロダクションなんてどこも苦しい台所だから、お金を生み出さないタレントを一年も抱えておくわけにはいかないのだ。

（私は十四歳でデビューして、シングルを八枚に、アルバムを二枚出したわ。そんなに、悪いほうじゃない）

そう、オリコンの成績は、一番いい時で四十六位だった。なんだ四十六位か、とわからない人は言うかもしれない。ベストテンのトップを十四回も取って、アルバムを二十枚近く出している美帆に比べたら、と言うかもしれない。でも姉のようなスターは別にして、普通の新人歌手にとってオリコン五十位以内に食い込むことがどんなに大変か、忍は身をもって知っている。二枚目のアルバムを出すことがどんなに大変か知っている。逆に言えば、ベストテンに入っていくような人たちは普通じゃない。

（芸能人はもともと普通じゃないじゃないか、人はそう言うかもしれないわ。でもわたしを見てくれるといい。わたしはどこから見ても、普通の女の子だ。ほら、こうやって自由が丘の駅前を歩いていたって、わたしより華《はな》のある女の子はたくさんいるわ——）

忍は、姉のCDが並べられているコーナーを見た。ちゃんと水無月美帆のコーナー、というのが作ってある。

（売れてるんだ——）

五年前に出したアルバムまで、何度もプレスされて、幅二〇センチの中に何枚も収められている。売れてくると、いいミュージシャンが曲を提供してくれるようになるし、ジャケットにもお金を使ってもらえる。するともっと売れていくのだ。

忍は、ずらりと並ぶ美帆のCDの中に、おととし出されたベストアルバムを見つけた。

（あ、置いてある――このＣＤ……）

忍は微笑して、姉のベストアルバムを手に取った。


気がつくと自由が丘の駅前だった。睦月里緒菜は、駅前のロータリーの街灯にもたれて、足で歩道の敷石を蹴《け》っぽったりしていた。

「お父さんの、ばか……」

父親には、『甘い夢をみるな』とまで言われた。

「ばか……」

涙が出てきた。

――『甘い夢をみるな、里緒菜』

さっき父とけんかした時の会話が、頭にがんがん響いていた。思い出したくなくても、頭に浮かんできてしまうのだった。

「甘い夢をみるな、里緒菜」

「でもお父さん、航空会社《い》は採用中止であきらめなきゃいけないけど、それならわたし、自分で自分を活かせる道を探すわ」

「活かせる道がどこにある。何があるっていうんだ？」

「それはまだ、これから探すつもりだけど」

「これから？　今、何月だと思っている？」

「お父さんの言うとおりにお父さんの銀行に入って、地方の支店で一日中お札《さつ》を数えるなんて、わたしはいやよ。もっと――」

「もっと、なんだ？」

「もっと、自分の夢っていうか――一生かけて好きなことを極《きわ》めていくとか、自分にしかできないことで大勢の人の役に立ったりとか、わたしそういう仕事がしたいの。キャビンアテンダントが駄目でも、お父さんの後ろだてで銀行に入るなんて、いやなの」

だが、里緒菜は猛烈に怒鳴られてしまったのだった。

「馬鹿なことを言うな里緒菜！　いいか、親の後ろだてなしで、女子学生一人の自分の力だけで、そんなにいいところへなんか滅多に入れやしないんだ。意地を張って、自分の感性で選んだとか、自分の能力を試してみたいとか言って訳のわからん小さいところへ入って、それで最初は希望に燃えても、待遇はよくないし収入は少ないし、ちょっと業績が傾けばボーナスなんて二カ月分も出やしない。あとでグチを言って、お父さんの力を利用して大きい安定したところへ入っておけばよかったなんて、後悔するに決まっているんだ」

　父はふだん帰りが遅くて里緒菜に言えなかったぶんを、まとめて吐き出しているかのようだった。

「いいか里緒菜、そのうえ、能力があってできる男というのはみんな大きいところへ入る。訳のわからない小さい会社には、大きいところからこぼれてきた大したことないやつらしかいなくて、結婚相手にしようにも——」

　里緒菜は、頭にきて、言い返した。

「結婚相手を探しに就職するんじゃないわ！」

「女子学生の就職なんて、似たようなものだ」

「いいかげんにしてよお父さん、この世に夢も希望もありはしないの？」

「そんなものあるわけがない。いいか里緒菜、仕事というのは生計だ。食べていくために働きにいくんだ。くだらない夢とか理想とかで、一生飯《めし》が食っていけると思うか。子供作って育てられるのか？　そんな小学生の作文みたいなものを、いつまでも追っかけるな！」

「お父さんのばかっ」

　かっとなった里緒菜は、夕食のテーブルから立ち上がって、母親が止めるのも聞かずに、玄関から飛び出してきてしまったのだ。

そして、さっきから里緒菜は自由が丘の駅前ロータリーで、これからどうすればいいのだろうと途方に暮れていた。

駅の掲示板に、その写真を見つけたのはそんな時だった。里緒菜は思わず駆け寄って、そのポスターを見上げていた。

（この人、夕方のニュースに出ていた、海軍のパイロットだわ――）

そこは、里緒菜がふだんは気に留めたこともない、警察や官庁のポスターがたくさん貼られている一角だった。その中の一枚に、里緒菜は見入った。国防総省のポスターだ。

海ツバメ色のシーハリアーの機体を背に、フライトスーツ姿の女性パイロットがヘルメットを脇に抱え、長い髪を風になびかせていた。里緒菜は知らなかったが、その写真は今年の春に南太平洋へ訓練に出た戦艦〈大和〉の最後部飛行甲板で撮影されたものだった。モデル役の女性パイロットの髪をなびかせているのは、フィジー諸島海域の秋の潮風だ。

ざわざわざわ

夕方の自由が丘の混んだ改札口を背にして、里緒菜はしばらく、その写真に見入っていた。

（いいなあ……）

里緒菜は、自分でもどうしてかわからないくらい、食い入るようにそれを見ていた。

忍はCDショップの売り場に立って、しばらくそのアルバムのジャケットを眺めていた。

(あの曲は――)

ジャケットを裏返し、曲のリストを指先でたどる。

(あった、八曲目)

――『本当にいいの?』

姉のベストアルバムの曲名リストを見ながら、忍はそれをレコーディングした時のことを、思い出していた。

おととしの秋だった。今日と同じように、忍の部屋へ姉が突然、電話をしてきて『風邪ひいてピンチなの、助けて』と言ってきたのだ。

「でもお姉ちゃん、本当にいいの? わたしがお姉ちゃんの代わりに一曲歌うなんて」

レコード会社の録音スタジオに駆けつけると、最後に収録する予定だったアルバムの八曲目――美帆のアイドル時代のポップスの代表曲が、彼女の風邪のために収録できず、作業がすべてストップしてしまっていた。

「いいのよ」

今日と同じように肩に毛布を巻きつけた美帆が、咳《せ》き込みながら忍に言った。

「どうしても声が出なくなっちゃったの。明日からの映画の海外ロケ、遅らせられないし、アルバムは今日吹き込まないと発売日に間に合わないし」

口髭を生やした録音ディレクターも、お願いしますよ忍さん、と拝むように頼んだ。

忍は、信じられなかった。

わたしが、お姉ちゃんの代わりに――？

「――でもいいの？　こんなに大事な曲」

忍は美帆を見た。

「お姉ちゃんが初めて化粧品会社のキャンペーンガールした時の、想い出の曲でしょう？」

「忍」

姉は熱で苦しそうだったが、背の高い妹を見上げて微笑んで、

「あんた、誕生日、もうすぐだよね」

「うん」

「いくつになる？」

「二十歳《はたち》よ」

「忍、十代最後の記念に、声を残しておきなよ。誰にもわからないよ。あたしたち声そっくりだもの」

それは、美帆がアイドル時代に出した中では、自分でも一番気に入っている曲だった。化粧品メーカーの口紅のキャンペーンソング。でも高音をよく使う。美帆は今の自分の状態では、表現力でカバーしても、お客さんからお金がもらえる仕上がりで歌うことができないことを知っていた。そして美帆は、高音域の透明感では実は妹の忍のほうが自分より上であることも知っていた。だから大事な曲を、任せる気になったのだ。

「歌いなよ、忍」

忍自身も、思ってはいた。もうすぐ二十歳になる自分自身を、声に残しておけたら——少女と人から呼ばれる時代が、終わろうとしている。デビューして五年たっているんな経験をした自分は、今ならアイドル時代よりずっと違う歌が歌えるはずだった。チャンスよ来い、と願っていた。それがこんな形で実現するなんて。

「——でもわたし、もう何年も歌ってないわ」

「歌いなよ忍。大丈夫、できるよ」

忍は、ちょっと怖くなったが、すぐに決心をした。

姉にうなずいた。

「ありがとうお姉ちゃん。わたし歌うわ」

忍は、見守る録音スタッフたちにぺこりと挨拶《あいさつ》すると、完全防音の録音ルームに入っていった。照明を抑えた録音ルームは、重たいドアを閉じると自分の息しか聞こえないくらいに静かだ。そこに入って歌うのは、歌手活動から退《しりぞ》いていた忍にとって、久しぶりのことだった。

忍は長い髪を後ろでまとめて、天井から下がったマイクの前に立つ。

コトン
譜面台の上からヘッドフォンを取り上げる。

マイクの下の譜面台には、曲のアレンジをする作曲家が手書きで作った譜面と歌詞が、広げて用意してあった。ベストアルバムに入れるから、フルオーケストラの新しいアレンジになっている。楽曲はでき上がっていて、あとは歌を入れるだけだ。

（たいへんだ――）

忍はごくんと唾《つば》を呑み込んで、深呼吸する。

分厚いガラスの向こうで、録音ディレクターがキューを出す。ミキサー席に腰かけた美帆が、がんばれ、と聞こえない声で言うのが見える。

（――ようし）

忍は目を閉じると、すうっと息を吸い込み、イントロのストリングスが鳴り始めるのを待った。
ざわざわざわ
忍は、CDのジャケットを眺めながら、懐かしく微笑んだ。
(あれから、もう二年か——)

——『〽明日が待ってるから——』

ああ。
あの時のメロディーが、頭によみがえってくる。三分間、忍は夢中で歌った。失恋した少女が、それでもめげないで歩いていたら、美術館で新しい彼とめぐり逢う、というだけの歌だ。でも、悲しいのをこらえて明るくふるまうということを十代の終わりの何年かで本当に経験した忍は、デビュー当時みたいにただ歌詞を追うだけでなくて、その少女の気持ちを自分のことのように表現できたと思った。
歌い終わって肩で息をして防音ガラスの向こうを見たら、ぶっつけ一回目のテイクだというのに録音ディレクターが「すごくいい」と言いながらOKサインを出してくれた。

（――楽しかったな）

忍は、ざわめくCDショップの売り場の棚の前に立ったまま、その懐かしい曲のワンフレーズを、心の中で歌ってみた。

〽明日が待ってるから

　後ろは振り向かないわ

**●三浦半島沖　戦艦〈大和〉**

ドドーン！

ドン！

ドーン！

ドカーン！

ざばざばざばざばっ！

「命中したかっ！」

左舷前方の海面に上がった六本の水柱を双眼鏡で見ながら、森艦長が叫んだ。

駆逐艦〈夏風〉が発射した六発のアスロックが、海中で一斉に爆発したのだ。

「〈夏風〉に評価を急がせよ」

副長が振り返って通信士官に命じる。

**●駆逐艦〈夏風〉**

「命中していません！」

ソナー水測員が悲鳴を上げる。

「衝突反響音なし。全部、至近弾です！」

「くそっ」

水測長の中尉は吐き捨てた。

「もともとアスロックの弾頭にするＭｋ46魚雷は、対潜水艦用だ。スクリュー音を出していない全長一五〇メートルのクジラのような目標を追尾するようにはできていないからな！」

**●空母〈翔鶴〉航空指揮ブリッジ**

「郷司令、〈夏風〉より報告！　アスロックは至近弾、続けて攻撃するそうです！」

「うぬう」

航空指揮ブリッジで腕組みをしたまま、郷は唸った。

「やはり通常の対潜兵器では歯が立たぬか」

郷は振り向いて怒鳴った。

「ＵＦＣの――〈究極戦機〉の覚醒を急がせろ！　追ってくる巨大潜航物体が〈レヴァイアサン〉だとしたら、あと数分でわれわれはおだぶつだぞ！」

**●空母〈翔鶴〉　大格納庫**

「〈レヴァイアサン〉は星間文明が未開惑星の環境改造用に作り出した生体核融合土木ユニット。自分の体内に常温核融合炉を持っているわ。プラズマ化した三重水素を外に吹きつけることもできる。そんなことをされたらこの航空母艦も、十秒と保《も》たずに蒸発するわね」

忙しくキーボードに指を走らせながら、魚住渚佐はつぶやくように言った。

「お、おどかさないでください」

補助コンソールで井出少尉が悲鳴を上げる。

「なんだってそんな物騒な化け物が、この地球上に降りてきたんです？　侵略ですか？」

「星間文明ＴＯＷ《トウ》は成熟した平和な文明よ。原住民のいる惑星にそんなことはしない。放射能で突然変異を起こして凶暴化した不良品の生体核融合ユニットを、太陽に投棄《とうき》するために曳航《えいこう》して、地球のそばを通りかかっただけよ」

『魚住博士、格納庫内の全整備員、退避完了しました』

インターフォンのスピーカーから報告が入った。

「了解」

渚佐は手を止めずに、

「井出少尉、ＵＦＣ格納容器・第一外被を開放して！」

「は、はい！」

カチャカチャカチャカチャッ

井出は、慣れない手つきでコンピュータにコマンドを入力した。

## 2

### ●六本木　国防総省

「『〈翔鶴〉をただちに呼び戻せ』とは、いったいどういうことだね波頭中佐？」

統合幕僚議長の専用執務室で、峰剛之介は机の上の3インチモニターに映った国家安全保障局の波頭中佐に訊いた。

『大変な事態になりつつあることが発覚したのです、峰議長』

森高美月のシーハリアーが国防総省の前庭から離陸する時に後部側面ノズルに木の枝を引っかけて、帝都西東京の市街地を超低空でサーカス飛行したのちに浦賀水道の貨物船の甲板に不時着したことのほかは、特に今日は何事もなく、一日が過ぎようとしていた。

久しぶりに早く帰ろうかな、と峰が思っていたところへ、国家安全保障局の中央情報管理本部から緊急連絡が入ったのだ。

『山多田大三《やまただだいぞう》に関する緊急情報です』

「山多田に関する？」

峰は眉をひそめた。

あの独裁者が、生きていたとでも？

『峰議長、未確認ではありますが、二年前に東日本共和国の独裁政権が倒れた時、当時の独裁者山多田大三は、ネオ・ソビエトの一派と沿海州《えんかいしゅう》へ逃《のが》れたと言われておりました』

「うむ」

峰はうなずいた。

「新潟《にいがた》の、天安門《てんあんもん》とクレムリンを足して二で割ったような人民国家大議事堂が崩壊した時、山多田の死体はとうとう発見できなかったというからな」

『そうなのです峰議長。わが国家安全保障局の調査では、死んだという確証が取れていない。確証がない以上、安心はできません。われわれは東日本から脱出したネオ・ソビエトの足跡を、この二年間ずっと追い続けてきました』

モニターの中から波頭中佐は、真剣な目で峰を見た。数日、徹夜したような疲労が、波頭の顔に表れている。この男、世界が平和になってもまだ家へ帰れないで働いているのかな、と峰はかわいそうになった。

『議長、〈レヴァイアサン〉が〈究極戦機〉によって倒され、東日本共和国の危険な独裁体制が崩れても、世界はちっとも平和にはなっておらんのですよ！』

「う、ううむ。そうか」

『3インチモニターでは見にくいかもしれませんが、これをご覧ください』

画面の向こうで波頭が何か操作すると、ぱっとモニターが切り替わって、テレビ電話に白黒の写真のようなものが映し出された。

「む？」

峰は上半身を乗り出した。

『峰議長、これはわが偵察衛星が送ってきた写真です』

「むう――なんだ、これは？」

**●三浦半島沖　駆逐艦〈夏風〉**

「水測長！」

ヘッドフォンを耳にあてたソナー水測員が叫んだ。

「ソナーの効力が回復しました。目標の位置がわかります！」

「よし！」

六発の魚雷が一斉に爆発した水中騒音がようやく収まって、パッシブ・ソナーの効力が回復したのだ。

水測長の中尉は、水測員の肩越しに音響ディスプレイを見やった。

「さっきと同じ周波数帯に、規則的な音の縦線が表れます。目標はまったく無事。損傷を受けたような雑音は一切ありません」

「ううむ」

中尉は、艦橋に報告するため、艦内電話の受話器を取った。その時、

「水測長、これは――」

ディスプレイを見ている水測員が何か言いかけたので、中尉は手を止めた。

「なんだ？」

「これは――〈レヴァイアサン〉でしょうか？　この規則的な音は、〈レヴァイアサン〉の心臓の鼓動とは違います。これは」

パチッ
水測員がスピーカーのスイッチを入れる。

――ズビュルルル……

水中ソナーの拾う〈目標〉の音が、ソナールームの中に再生される。

海中を伝わってきた、謎の巨大潜航物体の発する音だ。

ズビュルルル――
ズビュル
ズズズズズ……

「水測長、これは〈レヴァイアサン〉の無数の長大なタコのような脚《あし》が海水を掻く音とも違います。これはもっと人工的な機械音です。生き物の〈レヴァイアサン〉とは明らかに違う」

「では、あの巨大潜航物体は、なんなのだ？」

「わかりません、おそらく別の何かです」

**●空母〈翔鶴〉大格納庫**

プシューッ！

猛烈な白色の煙が、まるで爆発するかのように噴出した。

ズゴゴゴゴ
「うわっ」

UFCコントロールセンターの窓から大格納庫の内部を覗いていた井出少尉が、一瞬で真っ白に凍りついた耐熱ガラスにびっくりしてのけ反った。

ズゴゴゴゴゴ――

巨大な銀色のスペースチタニウム製格納容器が、まるで果実の種子を真ん中からふたつに割るような形に、開いてゆく。内部に封入されていた液体窒素が瞬時に気化して、白い煙の奔流《ほんりゅう》となって全周囲に激しく噴出した。

シュウウウーッ
「格納容器・第一外被、開放完了」

抑揚のない声で魚住渚佐がシステムモニターをチェックする。

「続いて第二外被、開放シークエンスに。油圧アクチュエーター、ハイドロプレッシャーに異常なし。〈究極戦機〉、飛行甲板へ」

●空母〈翔鶴〉飛行甲板

『〈究極戦機〉、飛行甲板へ上昇。総員艦内へ退避せよ』
ヴィイイイイッ
ヴィイイイイッ
『飛行甲板中央エレベーター、ハッチ開け』

●空母〈翔鶴〉航空指揮ブリッジ

「司令、〈究極戦機〉が甲板に出ます！」

「うむ！」

郷は、思わず司令官席から立ち上がって、ブリッジの外扉を開け、艦橋のキャットウォークへ飛び出した。

「〈究極戦機〉が動く――――！　二年間の眠りから覚めるのか……」

## ●空母〈翔鶴〉大格納庫

「〈究極戦機〉、現在、覚醒率三〇パーセント。人工知性体の覚醒プログラム、進行中」

渚佐はコントロールセンターの主管制コンソールで、キーボードにコマンドを打ちこみ続ける。地球の電子回路型のコンピュータと、星間文明のリガンド・リセプタ型生体コンピューター――つまりＵＦＣの人工知性体――が互いにデータをやり取りできるようインターフェイスを作ったのは、ついさっき失踪した天才・葉狩真一である。このインターフェイスシステムは、地球上でここ空母〈翔鶴〉のＵＦＣコントロールセンターにしかない試作品だ。そのため設計者の葉狩がいないと、時々、システムトラブルにおちいって動かなくなることも多かった。

(今のところ順調に動いてくれているわ……突然止まらなければいいけど)

ピーッ
渚佐は片手を伸ばして、艦内電話の受話器を取った。

「はい、ＵＦＣコントロールセンター」

『魚住さん、〈究極戦機〉の覚醒状況は？』

「郷司令、現在のところは順調です」

『急いでくれ、艦橋からも後方に迫ってくる巨大な航跡が見える。あれが〈レヴァイアサン〉だったら、われわれはあと数分の命だぞ』

「パイロットは来ましたか?」

『〈大和〉に乗り組んでいる森高中尉を呼び出している。森高のハリアーなら、こちらの飛行甲板に着陸して、直接UFCに乗り移れるだろう』

そのやり取りを聞きながら、補助コンソールについて第二外被の開放プログラムを進めている井出少尉がふと顔を上げた。

「――魚住博士」

受話器を置いた渚佐が、キーボードに指を走らせながら顔を向けずに答える。

「何?」

「葉狩博士の残された書き置きを、覚えていますか?」

「書き置き?」

「さっき僕が読み上げた書き置きです。UFCのことについて、博士が何か言っていた――」

「忙しいわ。あとにして」

渚佐は、格納庫床面の油圧アクチュエーターを作動させ、四五パーセント覚醒した〈究極戦機〉を格納容器ごと飛行甲板へと上昇させ始めた。

「飛行甲板中央エレベーター、ハッチ開放完了。格納庫床面、上昇開始」

プシュウ

ウィイイイン――

## ●空母〈翔鶴〉飛行甲板

シュウウウウッ

すさまじい白煙をもうもうと立ち昇らせながら、〈究極戦機〉の銀色の格納容器が〈翔鶴〉飛行甲板へ姿を現す。七万トンの航空母艦の、長さ二五〇メートルの飛行甲板のほぼ三分の一を占める大開口面積のエレベーターが、強力な油圧アクチュエーターでゆっくりと上昇し、甲板レベルに達して停止する。

ゴトン

シューッ

まるでプールに放り込んだドライアイスのような白い煙に隠されて、ふたつに開いた格納容器の第一外被の中は、よく見えなかった。

バシューッ

さらに激しい白煙が、爆発するように噴出する。コントロールセンターからのコマンドで、内側の第二外被が開放され始めたのだ。

三五ノットで沖合方向へ全速航走する〈翔鶴〉飛行甲板では、激しい潮風が艦尾方向へ吹きつけていたが、〈究極戦機〉の格納容器からほとばしる液体窒素の気化した白煙を消し去るには足りなかった。

甲板からは、全速で突っ走る〈翔鶴〉に確実に追いついてくる巨大潜航物体の青白い航跡が艦尾方向に見えていた。

と、
ドドーン！

ドン！

ドドーン！

海面下を進む謎の潜航物体の上で、水柱が何本も噴出した。駆逐艦〈夏風〉と〈初風〉の発射したアスロックが水中で爆発したのだ。

続いて戦艦〈大和〉が左へ転舵しながら巨大潜航物体の針路を斜めに横切り、舷側から爆雷を投射した。

ド！

ド！

ド！

ド！

ド！

〈大和〉の巨大な艦体が通過した直後に、連続して数十本の水柱が立つ。しかし海中の巨大潜航物体は、ほとんど速度を落としていないようだ。

**●六本木　国防総省**

「なんだ？　――それは」

峰剛之介は、執務室の机の上のモニターを、身を乗り出して覗き込んだ。

『峰議長、これはわが偵察衛星が、シベリアの上空高度二〇〇キロから撮影した映像です』

「シベリアの衛星写真か」

『そうです』

テレビ電話の向こうで波頭中佐がうなずく。

『位置はアムール川の上流です。ご覧ください、幅の広い川沿いに、ロシア正規軍のものではない大規模な軍事基地と、何かの、プラ、ン、ト、が確認できます』

「この衛星写真は、ネオ・ソビエトの秘密基地だというのか？」

『ロシア領内には、まだネオ・ソビエトに味方する勢力もあるのです。国連軍も、ロシア政府の許可がなくてはここを空爆できません。ロシアは旧共産党支配階級の残党を自分たちの手で片づけたいのか、許可を渋っています。米軍なんかが出ていけば、面子《メンツ》が潰れてしまいますから』

　峰は唸った。

「これがネオ・ソビエトの秘密基地だとしたら、山多田大三もここにいるのか？」

『ここにいた、と思われます』

「いた？」

『議長、次の写真を見てください』

　パッ
　モニターに、別の写真が映った。さらに拡大されている。

『この秘密基地のプラントは、この二年間かけて何か巨大なも、の、を建造していたらしい。これはプラントというより、造船所ですよ、巨大な』

「ううむ」

『さらに拡大した写真です』

パッ
映し出された写真を見て、峰はまた唸った。

「むう。樹木でカムフラージュされていてよくわからんが……何か巨大な、クジラのような形の建造物だな」

『議長、この写真は、三日前に撮られたものなのです。ところが同じ衛星が今朝、撮影して送ってきた写真には、この巨大なクジラ形建造物は写っていませんでした』

「写っていなかった？」

『このプラントからアムール川の川べりの波打ちぎわまで、何か巨大なものが這いずって進んだような跡がついていました』

「ううむ。山多田大三が、シベリアの奥地でひそかに反攻の準備を整えているという憶測は聞いてはいたが――しかしネオ・ソビエトの兵力は、東日本共和国を失った現在、もう一国の軍隊ほどではなくなっておるだろう。せいぜいが大規模なテロリストだ。どう見ても地球征服など無理だぞ」

『画期的新兵器があったとしたら？』

「画期的新兵器？」

『この巨大クジラ――おそらくやつらの新兵器でしょうが――国家安全保障局でできる限り、分析をしました。議長、地球の技術ではありませんよ、これは』

「地球の技術ではない？」

『議長、このアムール川上流の秘密基地は、未開の原野ですが、一九〇八年に星間文明の星間飛翔体が墜落したツングース地方に非常に近い。ネオ・ソビエトは一九〇八年の事故の残骸と資料をどこかに秘密に保管していたと思われます』

「この巨大クジラは、星間文明の技術を導入しておるとでも？」

『もしそうだとしたら、どうです？　やつらは国連軍の通常兵器など怖いわけがない。やつらの地球征服のために障害となるものは、ただひとつです』

波頭中佐の言葉に、峰はハッと気づいた。

「やつらが地球征服のため、最初に狙うのは——われわれの〈究極戦機〉か！　しまった」

峰は思わず立ち上がると、国防総省地下の国防総合司令室に直結するホットラインを引っ摑んだ。

「総合司令室！　統幕議長だ。ただちに緊急警戒態勢！　——くそっ、〈究極戦機〉を載せた空母〈翔鶴〉は、艦載機も乗組員も半分以上降ろしてオーバーホールのため呉へ回航中だ！　危ないぞ！」

## 3

### ●芝浦埠頭脇〈港屋食堂〉

キィイイイイン――

「何かしら?」

燃料切れのハリアーを貨物船の甲板に残したまま、芝浦の埠頭の脇の食堂でさばみそ定食を食べていた森高美月は、木造の屋根の上から聞こえてくる爆音に箸を止めた。

「――ペガサスエンジンの音だわ」

「え?」

差し向かいに同じ定食を食べていた美月の機の後席着弾観測員・迎少尉が、ごはんの丼《どんぶり》を持ったまま天井を振りあおいだ。

と、

ズゴオオオッ
すさまじいジェット衝風《ブラスト》が、台風が来た時の暴風のように木造の大衆食堂に吹きつけ、揺るがした。

がたがたがたっ
夕飯を食べていた貨物船の船員や港湾作業員が、あわてて立ち上がり天井を見上げる。

「なっ、なんだなんだっ？」

「うわぁっ」

がちゃん！

ばたばたっ
突風でガラスが割れ、店内に貼られていたメニューの紙が吹き飛ばされて散った。

キィイイイン！

「わっ」

「うわあっ、まぶしい！」

野球場のナイター照明を至近距離で点灯されたような強烈な光に、荒くれ男たちが顔を腕で隠してうずくまる。シーハリアーFRSマークⅡの、前車輪ランディング・ライトが木造一軒家の大衆食堂を刺し貫いたのだ。

ばさばさっ

〈ほっけの開き定食七四〇円〉という長方形の紙が、壁からはがれて飛んできて、美月の目の前のおみおつけをひっくり返した。

「きゃっ」

ヒュウウウウン——

「こ、このおっ」

美月は、箸を持ったまま、ガラスの割れた大衆食堂の入り口を振り返った。

彼女の愛機と同じ塗装のシーハリアーが食堂の前の路上に着地していた。尾翼に〈WY002〉の表示。WYは『ウイング・オブ・ヤマト』の略。〈大和〉主砲着弾観測機の2号機だ。

エンジンの止まったハリアーから急いで降りてきた戦艦〈大和〉所属の若いパイロットは、食堂の入り口から「森高中尉おられますか?」と言い終わらぬうちに、美月に胸ぐらを掴まれてどやしつけられた。

「どうしてくれるのよっ、食べられなくなっちゃったじゃないの!」

「ちょ、ちょっと待ってください中尉!」

「あたしのさばみそ定食、弁償してよねっ」

「そ、それより緊急事態です中尉!」

帝国海軍のマークがついた海ツバメ色のハリアーの機体の前で、吊るし上げを食った若い少尉は、美月に自分が迎えにきた理由を説明するために、大声で怒鳴らなくてはならなかった。

**●三浦沖　空母〈翔鶴〉大格納庫**

「UFCの覚醒プログラムは五〇パーセント進行したわ」

魚住渚佐は、ふだんは葉狩真一が座っているUFCコントロールセンターの主管制コンソールで、忙しくキーボードを叩き続けていた。

「うまく目覚めてくれるといいけど——」

〈彼〉は目覚めてくれるだろうか。

あの〈レヴァイアサン〉との戦いで傷ついたあと、何重にも密封された格納容器の中で液体窒素のプールに浸かって眠り続けている〈究極戦機〉の人工知性体は——。

（目覚めて話すとしたら、およそ二年ぶりの対話になるのか……でも真一くんが——葉狩博士がいないのでは、十分なコミュニケーションは無理だわ）

渚佐はふと、こうして航空母艦の艦内にいる自分が信じられなくなる。

二年半ほど前、宇宙から〈レヴァイアサン〉が落ちてこなかったら、自分はまだ鎌《かま》倉《くら》の小高い丘の上にある古い屋敷の研究室で一人、亡《な》き父の研究を継《つ》ぐ仕事を続けていたはずだ。

（それが今ではＵＦＣチームのサポートスタッフとして、こうして空母の格納庫にいる——人間《ひと》の一生なんて、わかったもんじゃないわ……）

「格納容器・第二外被、開放完了しました！」

補助コンソールに着いた井出少尉の声で、渚佐はハッとわれに返った。ああいけない、目の前の作業に集中しなくては。

「了解。引き続き最終外被の開放シークエンスに入って」

渚佐は自分の右横のシステムモニターのスクリーンを見て、飛行甲板に出た〈究極戦機〉の二枚目のシールドが開放されたことを示すコンピュータ表示を確認した。

「ＵＦＣのボトム粒子型核融合炉はアイドリングに入ったわ。最終外被を開けたらあとはパイロットを乗せるだけよ」

「わかりました」

渚佐は、二年半前、ネオ・ソビエトの監視衛星が地球のそばを通りかかった星間文明の星間飛翔体を見つけ、これを捕獲しようと核攻撃を加えた事件に、実は半分、感謝したりしている。

そうでなければ、渚佐の父が提唱した『自然界に微量に存在する特殊な粒子を触《しょく》媒《ばい》にして、ほぼ常温で核融合を成立させるボトム粒子型核融合炉』が、実は銀河系星間社会でのエネルギー源の主流になっていることなど、地球の人々はまったく知らずに終わっただろう。独創的な研究をした父もそれを継いだ自分も、単なる変わり者として一生を終えたに違いない。自分は、銀行のポスターやアパレルメーカーのカタログに登場するモデルとしてしか、人々に知られずに終わっただろう。実際、一人暮らしの生活費は、そのモデルのアルバイトで稼いでいたのだから。

ネオ・ソビエトの不意の核攻撃（水爆四発を鼻先で爆発させた）で、星間飛翔体が曳航していた黒い球体は太平洋に落下し、飛翔体自体も損傷を負った。飛翔体の損傷は、〈彼〉のボトム粒子型核融合炉の外壁にわずか一センチの髪の毛ほどのヘア・クラック——亀裂が入るというものだったが、それにより〈彼〉は核融合炉の出力を一五パーセント以上出せなくなった。結果的に〈彼〉は恒星間飛行ができなくなり、母星へ帰る手段を失ってしまった。

一方、黒い球体に封じ込められていた不良品の生体核融合ユニットは、東日本共和国に上陸して暴れ始めた。もともと惑星環境改造用の生体核融合土木ユニットは、太陽熱の届かない惑星の上でも繁殖しながら半永久的に活動できる代わりに、自らの放射能で突然変異を起こしやすかった。そのユニットも自らの放射能で凶暴化し、星間飛翔体によって太陽に投棄される予定だったのである。それを、ネオ・ソビエトが核で地上に叩き落としたのだ。

（まったくネオ・ソビエト――なんて連中かしら。わたしがこうしてUFCの核融合炉の研究の仕事につけたのはよかったけど、あの時、星間文明の飛翔体がもし、核攻撃に対して自己防衛以上の反撃をしていたなら、地上の人類は数分で全滅していたのよ――）

渚はUFCの覚醒プログラムをさらに進めながら思った。現在、覚醒率七〇パーセント。あと一息だ。

星間文明の飛翔体は、実はわりとひんぱんに地球のそばを通っている。ニューギニアの先住民が、上空を通ってオーストラリアに向かう東京発の旅客機に気づかないのと同じで、太陽系は銀河系星間航路の重力ターン中継ポイントとして、星図にもちゃんと載っていて活用されている。地球に原住民がいることもよく知られているし、その生活文化も『辺境の原住民の暮らし』として実は銀河百科事典に載ったりしているのだが、星間文明もいろいろと忙しいので、そんな南洋の小島みたいなところへわざわざ予算を使って親善使節を送ってきたりしないのである。

（そういう事実がわかったのも、〈彼〉のデータバンクの知識のおかげなんだけど……さあ、いいかげんに目を覚ましてちょうだい。〈翔鶴〉に危機が迫っているの）

カチャカチャカチャッ

渚は主コンソールのキーボードを叩き続けた。

## ●戦艦〈大和〉第一艦橋

「艦長！　爆雷を三十六発ぶち込みましたが効果ありません！」

「なんてやつだっ」

海面からの高さ四〇メートルの〈大和〉第一艦橋で、森は地団駄を踏んだ。

戦艦〈大和〉は通常、潜水艦からの攻撃に対しては護衛の駆逐艦に対処させるので、自らはあまり対潜兵器を有していない。今、放り込んだ三十六発の爆雷が、〈大和〉の所有する対潜兵装のすべてであった。

「くそっ、主砲さえ使えれば、今すぐ粉微塵《こなみじん》にしてくれるのに！」

「海面下一〇〇メートルの敵には、主砲は届きません」

副長が言う。

「わかっとる！」

森は双眼鏡を両目にあてた。

「巨大潜航物体の、〈翔鶴〉への距離はっ？」

謎の巨大潜航物体は、全速で逃げる空母〈翔鶴〉へ一五〇〇メートルに迫り、なおも差を詰めていた。

それを追う〈大和〉。駆逐艦〈夏風〉と〈初風〉、それにイージス巡洋艦〈群青〉。〈群青〉の対潜ヘリが巨大潜航物体の青白い航跡目がけて魚雷を投下する。たった一本では、効果は期待できないだろう。

「〈翔鶴〉甲板の〈究極戦機〉はなぜ動かん？　さっきから格納容器が見えるだけだぞ」

森は双眼鏡で〈翔鶴〉の様子を見ていた。

「艦長、パイロットがいないのです」

「何っ？」

「森高中尉は、まだ芝浦埠頭で貨物船と一緒です。さっきハリアー2号機を迎えに出しました」

「な、なんてことだ！」

森は唸った。

「肝心の時に役に立たんのでは、あのはねっ返りを〈大和〉に置いてやってる意味がないではないかっ！」

〈大和〉のはるか前方では、〈翔鶴〉が全速で走りながら少しずつ左へ舵を切る。仲間の駆逐艦を内側へ呼び込んで潜航物体を攻撃させる作戦だ。

「艦長、六本木の峰統幕議長から緊急電が入りました！」

通信士官が第一艦橋に駈け込んできた。

「今取り込み中だっ」

「最優先の緊急電報です、艦長！」

「ちょっと待て！　今、〈初風〉が爆雷を撃つ！」

森は双眼鏡で前方を注視したまま怒鳴った。

「はっ」

**●空母〈翔鶴〉航空指揮ブリッジ**

「航空団司令、危険です！　艦橋の中に入ってください」

〈翔鶴〉アイランド最上階の航空指揮ブリッジの外側キャットウォークに出た郷は、背後の声に構わず艦の後方を睨む。

「やつの――〈レヴァイアサン〉の吐き出す三重水素プラズマに当てられたら、どこにいたって助からんさ」

〈翔鶴〉艦尾に迫る青白い航跡は、すでに一〇〇〇メートルを切ってなおも近づいてくる。

度重なるアスロックと魚雷・爆雷による攻撃で、さすがに巨大潜航物体の速度は少し鈍っている。しかしまだ三五ノットで全速航走する〈翔鶴〉より速い。

シュー ッ

郷の見下ろす飛行甲板では、銀色の巨大な種子のような格納容器がふたつに開き、激しい白煙を噴き出している。

〈こい〈レヴァイアサン〉——貴様を一度殺した〈究極戦機〉がここにある。貴様はこのUFCが目覚める前に潰してしまうつもりだろうが、そうはいかんぞ〉

駆逐艦〈初風〉が、左舷方向から〈翔鶴〉と巨大潜航物体との間に割り込むように走ってきた。爆雷を投射するつもりだ。

ザザザザザ！

全速で突っ走るナイフのように鋭い艦首が、白波をマストより高く蹴立てていく。

シュパーン

シュパ

シュパーン
最新鋭駆逐艦の舷側《げんそく》から、薄い煙を曳きながら爆雷が左右にばらまかれる。
〈初風〉は巨大潜航物体の針路上に爆雷をまいてから、右へ全速離脱しようとした。
しかし――
「な、なんだ？」
郷は、突然白く盛り上がった海面に、驚いて身を乗り出した。

## ●三浦半島上空

キュイイイイン！

亜音速のシーハリアーは、芝浦埠頭で美月を後席に乗せてから三浦半島を斜めに横切るまで、二分しかかからなかった。

「ちょっと！　ごはん食べてるところへハリアーで乗りつけて、無理やり引っさらっていくなんてまるでどこかの小説みたいじゃないのっ」

「かんべんしてくださいよ中尉！」

前席のパイロットが怒鳴る。

「森高中尉を見つけて、一秒でも早く空母〈翔鶴〉へ連れていけって命令なんですから！」

「〈翔鶴〉？」

美月は眉をひそめた。

「母艦の〈大和〉じゃなくて、〈翔鶴〉なの？」

「そうですっ」

シーハリアーは葉山《はやま》上空を通過して海に出た。さらに南下し沖合へ進む。

コクピットの風防《キャノピー》に、沈みかけた夕日が逆光線で入ってくる。地上は日が暮れても、上空の日没はそれより少しあとになる。

「あっ」

美月は声を上げた。

前方の海上の光景だ。

逆光線の中、銀色に光る海面に五隻の軍艦が、てんでに勝手な航跡を引きながらばらばらに走り回っている。亜音速のハリアーから見下ろすと五隻のシルエットは海面に張りついているように見えるが、航跡の白さと長さで、全速力を出しているのがわかる。

「――対潜水艦戦闘？」

ぐちゃぐちゃに混乱した艦隊の陣形を見て、美月は推測した。でも訳がわからない。

「だけど、どこの潜水艦が襲ってきたというの――?」

それにどうして自分を急いで呼び戻し、〈翔鶴〉に連れていく必要があるのだ?

なぜ?

美月は、いやな予感がした。

「いやな予感がするわ――あっ!」


ピカッ!

突然、海の一点が爆発的に発光した。

**●戦艦〈大和〉第一艦橋**

「うわっ」

「うわーっ」

猛烈な白色光に、森艦長はじめ第一艦橋の士官たちは顔を覆って窓から後ずさった、
ドシーンッ!

続いて〈大和〉の艦隊を津波のような圧力波が襲い、乗組員たちを根こそぎ床へと

ぶっ倒した。

「うわあーっ！」

ズズズズズ
海が鳴っている。

〈大和〉の城のような六万八千トンの艦体は、最大級の台風でもびくともしないのに、嵐の中の漁船のように揺れていた。

「どうした何が起きた！」

「かっ、艦長！〈初風〉が！」

森が艦橋の窓枠にしがみつき、激しい白色光で半分見えなくなった両目を見開いて一生懸命、前方を見ると、〈大和〉と〈翔鶴〉の間の海面で激しい泡が立っている。

「は――〈初風〉が……」

駆逐艦〈初風〉の艦体が真っ二つに割れ、あっという間に沈んでいく。

「〈初風〉が――はっ」

森はハッと気づき、第一艦橋を振り向いた。まだ大部分の士官が床に倒れたままだ。

「おいしっかりしろ！」

森は士官たちを助け起こしながら、救護班を呼べ！　と叫んだ。

「か、艦長、国防総省からの緊急電です……」

倒れた通信士官が、森に紙切れを差し出す。

「おお、すまん」

ちょっと動かないでいろ、とその士官に言い、森は紙を開く。

電報を見る森の目つきが、たちまち険しくなる。

「ネオ・ソビエトの超兵器……だと？」

森は艦橋の窓を振り向いた。

ドドドドド、と海を鳴らして〈初風〉が沈んでゆく。その向こう、海面のすぐ下を、青黒い巨大潜航物体が大波を蹴立てて進んでいく。その先に空母〈翔鶴〉がいる。

「あれが――あれが、〈山多田大三の新兵器〉だというのかっ！」

## ●三浦沖上空

キィイイイン！

大爆発の衝撃波を食らって木の葉のように翻弄されたハリアーを立て直したのは、美月だった。

「大丈夫っ？」

「目がくらみました中尉」

「あたしが操縦するわ」

「お願いします」

美月は後席のコントロール・スティックを握り、ハリアーの機体を空母〈翔鶴〉のほうへ向けた。

「〈翔鶴〉要撃管制、こちらWY002。一〇マイル東にいる。一分で到着するわ！」

上空から見る七万トンの航空母艦。それは爆発の余波を食らってほとんど海面に停止してしまっているように見える。

その空母の艦尾目がけ、水面下を何かの青黒い巨大な影が、大波を曳きながら迫っていく。

（なんだ——？　あれは……）

## ●空母〈翔鶴〉大格納庫

「大丈夫ですかっ、魚住さん！」

椅子から投げ出された井出少尉が叫ぶ。

「大丈夫。どこも打っていないわ」

渚佐は床から立ち上がる。

今、空母を襲った衝撃がなんだったのか、考えている暇はなかった。渚佐は主管制コンソールに着き、〈究極戦機〉の覚醒状況をチェックする。さっき艦橋から、パイロットの森高中尉がこちらへ急行中と知らせてきた。人工知性体の覚醒を急がなくてはならない。

しかし

「――――!」

渚佐はシステムモニターを見て息を呑んだ。

（覚醒が停止している――――？　そんな馬鹿な！）

**●空母〈翔鶴〉航空指揮ブリッジ**

ピーッ

「郷だ！」

艦内電話を取り上げた郷大佐は叫んだ。額から血が一筋流れている。転んでぶつけたのだ。だが郷はまだいいほうだった。周りでは倒れて立ち上がれない士官やオペレーターが、うめき声を上げながら転がっている。〈翔鶴〉は速度が落ち、ほとんど走っていない。

『格納庫の魚住です』

「魚住さん、森高が今から着艦する！〈究極戦機〉は目覚めたかっ？」

『覚醒シークエンスが停止しました』

「なんだとっ」

『〈究極戦機〉の覚醒シークエンスが、九五パーセントで停止してしまいました。人工知性体は目覚めません。〈究極戦機〉は、起動できません！』

馬鹿なっ、と郷は吐き捨てた。

「！」

ブリッジから後方を振り向く。

ズズズズ、と大波を曳きながら水面下を巨大な物体が迫ってくる。

「くそっ！」

**●空母〈翔鶴〉大格納庫**

「今の衝撃のせいでしょうか？」

「わからないわ」

渚佐は忙しくキーボードに指を走らせる。

「システムモニターに損傷メッセージは表示されていない。自己診断も異常なし……」

システムの状況を表示するモニターには、人工知性体が九五パーセント目覚めたところで覚醒シークエンスが自動的に停止したが、システムには何も異常がないと表示されていた。

「ああ」

渚佐は、キーボードから手を離し、背もたれにもたれて部屋全体を包む〈究極戦機〉の管制システムを見渡した。

「お手上げだわ——システムには異常がないことになっている。これ以上は、葉狩博士がいなければ無理よ」

**●戦艦〈大和〉第一艦橋**

「艦長、潜航物体が、物体が浮上します！」

双眼鏡を覗いていた航海士が叫んだ。

「何っ」

森が前方を見ると、停止している〈翔鶴〉の艦尾後方三〇〇メートルに真っ白い泡が盛り上がっている。

ズザザザザッ

海面を割って、青黒い何かの曲面の背が波間に見えてくる。だが激しい水しぶきで、全体はとても確認できない。

「主砲だっ！　主砲発射用意！　水平射撃で91式徹甲弾を六発一度に叩き込んでやれ！」

「駄目です艦長！」

副長が叫ぶ。

「射線上に〈翔鶴〉がいます！　当たってしまいます！」

「くそっ」

森はかぶっていた帽子を艦橋の床に叩きつけた。

「〈翔鶴〉が――〈翔鶴〉がやられてしまうぞ！」

# 4

## ●自由が丘駅前

「売れますように、と」

忍は、指先で姉のベストアルバムをＣＤ売り場の棚に戻した。

（さあ、晩のお買い物して帰らなくちゃ）

忍は、自由が丘の駅から大井町線《おおいまちせん》の線路に沿って、桜並木の疎水《そすい》のような小道を十分ほど歩いたところにマンションを借りている。築年数は古いけれど、ワンルームと同じ家賃で２ＤＫの間取りがある。家賃はちゃんと、自分の収入から払っている。忍は女優だから、マンションは自分の稽古場のスタジオ兼事務所、ということにすれば家賃は経費にできるのだ。そのほかにも洋服もすべて〈衣装代〉として経費にして、出演料の収入から差し引いて申告している。そう、忍は、女子大生ならまだ親からおこづかいをもらっている二十一歳で、もう自分で税金の確定申告までしているのだ。だから同じ年齢の普通の女の子より、自分の経済観念はしっかりしていると思う。

(ちょうど閉店前だから、お魚が安いわ――)

忍はCDショップを出ると、自由が丘のロータリーを駅のほうへ歩いていった。

富士桜銀行の支店の前で、ちょっと立ち止まって考える。

(七月の舞台のギャラ、もう振り込まれている頃だな……)

忍の女優としての収入は普通のOLよりもずっと多かったけれど、〈自由業〉の自分には企業に勤めている人のように病気をして休んでも給料が出るような福利厚生がない。ボーナスもないし、ただ会社に通っているだけで毎年給料が上がっていく定期昇給もない。

(うーん、大金が入ると無駄遣いしちゃうから、やっぱり下ろすのはやめておこう)

忍は、舞台のギャラはニューヨークへミュージカルの勉強に行く時のために定期に入れることにして、バッグからキャッシュカードを取り出さずに東急ストアのほうへ歩いた。

里緒菜は、ただ泣かないようにしているのが精いっぱいだった。

自分の将来は、どうなるのだろう?

父親は、里緒菜を銀行の地方支店へ入れると言う。それだって、なんにも就職のあてがない子に比べれば、はるかに恵まれているのかもしれない。

（でも――）

でも里緒菜は、毎日毎日、同じ場所に通《かよ》って、同じ人しかいない密室に押し込まれて、毎日毎日、同じ作業を繰り返すことが嫌いだった。だからキャビンアテンダントを志望したのだ。でも、空を飛ぶ夢は、もうなくなってしまった。

（この人みたいに、飛べたらいいのに……）

里緒菜は、シーハリアーを背にした女性パイロットのポスターを、まだぼうっと眺め続けていた。

だからその時、里緒菜は自分の後ろを通りかかった、ちょっと背の高い女の子が、「あら」とこちらを見たのに気づかなかった。

「あら」

忍が睦月里緒菜に初めて出会ったのは、その時だった。

自由が丘駅の改札口を横切って東急ストアへ行こうとしていた忍は、ふと足を止めた。

（何かしら――？）

一人の女の子が見上げているポスターの写真に見覚えがあった。

（ああ）

忍はすぐに気づいて、うなずいた。

昼間、忍の見ている目の前を亜音速で通り過ぎていった青い戦闘機と、そのコクピットにいた忍より少し年上の女性パイロットだ。その顔をはっきりと覚えている。忍は〈動体視力〉というものがいいのか、舞台の上で演技しながら観客一人一人の表情が読めてしまったりすることもしばしばだった。

（へえ、ポスターのモデルなんかもするんだ——）


——ズグォオオオッ！

『きゃあっ』

ズドンッ！


昼間の、一瞬の興奮がよみがえる気がして、背中がぞくっとした。

忍は、テレビ局の七階の廊下から眺めていた自分の前を九〇度バンクで通り抜けてみせた女性パイロットが、海軍のポスターのモデルをしていたのを発見して、ちょっと嬉しくなった。

(それはそれとして……わたしの前で同じポスターを見ているこの子は誰だろう?)

忍は、こちらに背を見せてポスターに向かっている白いスリムジーンズの女の子が気になった。

(この子——どうしてこんなに熱心に見ているのかしら?)

その子はきれいなさらさらの髪に、背たけは一六三センチの忍よりも少し小さい。年は忍と同じくらい——普通なら就職を前にした女子大生というところだろう。

ひょっとしたら、昼間この子も同じ戦闘機を見たのだろうか? 後ろ姿を見ているうちに、忍はなんとなく話しかけてみたくなった。

自分でも気づかぬうちに一歩、二歩と近づいていき、忍はその子のすぐ隣に並ぶと、話しかけていた。

「この人、夕方のニュースに出ていたね」

肩のすぐ隣で突然声がしたせいか、白いジーンズの女の子は「えっ」と驚いて振り向いた。

「——えっ?」

里緒菜は、びっくりした。

(この子誰だろう——?)

里緒菜と同じくらいの年の、里緒菜より少し背の高い、透き通るように色の白いロングヘアの女の子が、自分を見て笑っている。

里緒菜は、あっけに取られた。

(すごくきれいな子だわ——どこかで見たような……)

どこで見た憶えがあるのかわからない。里緒菜は、いつの間にか隣に立っていたのが芸能人の水無月忍だとは、気づかなかった。

「ね? ニュースに出ていたよね」

その背の高い子は、また笑った。

「え——うん、そうね」


その夕方、出会ったばかりの忍と里緒菜は、まだお互いの名前を知らなかった。

相手はびっくりしていたが、忍は笑顔で続けた。

「この人の青い戦闘機、昼間わたしの目の前を通ったのよ」

忍を振り向いたその白いジーンズの子は、泣きだすのをこらえているような、すごく大変なことで悩んでいるような、思い詰めた表情だった。

(どうしたんだろう——?)

女子大生らしいその子は、洟《はな》をすすって、「え? あなたも?」と言った。

「あなたも、見たの？」

「うん」

忍はうなずいて笑った。

「ビルの七階から見ているわたしの前を、通り過ぎたのよ。こんなふうに、くるくるって回転しながら――」

その飛行法が〈エルロン・ロール〉と呼ばれる技であることを、忍は数カ月後、知ることになる。

「すごいなぁって、思っちゃった」

「う、うん」

「ねえあなた、これ受けるの？」

忍はポスターを指さした。

「えっ？」

女の子はびっくりした。

「受ける――って？」

「だってこれ」

忍は女性パイロットの写真の下のほうを指さして、

「海軍のパイロット募集のポスターでしょう？」

（海軍のパイロット――？）

里緒菜は忍にそう言われた時、初めて自分が夢中になって眺めていたポスターがなんであるかを認識したのだった。

**帝国海軍・飛行幹部候補生募集**
**一緒に大空を飛ぼう！**

モデルの女性パイロットの笑顔の下に、大きな字でそう書かれていた。そんなことに今まで、気づかなかったのだ。

「え――受けるって、でも」

里緒菜は、まるで女優のようにきれいな（実際、女優だった）知らない女の子が突然に寄ってきて、自分にそんなことを言うので、混乱してしまった。

「でもまさかあたしが、戦闘機パイロットだなんて」

でも、その女優のようにきれいな子は、笑顔で、

「わたしも挑戦してみようかなあ――」

「えっ？」

「だってほら、短大卒か、大学二年修了以上でいいんでしょう？　ここに書いてあるわ」

　不思議な女の子は、一人でうなずいた。

「お金貯《た》めて、ニューヨークで一年ミュージカルを勉強するなんて、ライバルがみんなやっていることだもの――やっぱり、人とぜんぜん違う世界に挑戦して、経験を積まなくちゃ」

え？　この子、いったい何を言っているんだ？

里緒菜はあっけに取られて、その美人と海軍のポスターを代わる代わる見比べた。

（戦闘機パイロットの採用試験を受けるだなんて――そんな！）

でも、空を飛べる。

海軍のパイロットになれれば、このうらやましい人みたいに――

（そんなの無理に決まってる。あたしには無理だ）

駄目よ、無理、と里緒菜はつぶやいた。

女優のようにきれいな子は、さわやかに笑って「そうよね」とうなずいた。

「そうよね、駄目でもともとなんだから、わたし受けてみようっと」

「え――？」

「ねえ、願書もらいにいこうよ」

「えっ」

「夕飯のお買い物は中止」

ほら行こう行こう、と物怖《ものお》じしないきれいな女の子は里緒菜の腕をひっぱって、勝手に歩き始めた。

「ちょっ、ちょっと待って」

でも里緒菜は、笑顔で自分をひっぱっていく女優のようにきれいな女の子が、なぜだか自分の大切な友達になるような気がして、口で言うほどには、逆らう気がしないのだった。

それは、とても不思議な予感だった。

**●三浦沖　空母〈翔鶴〉大格納庫**

「どうして停止したのかわかりません！」

渚佐は艦内電話に叫んだ。

「手順は間違っていません。システムにも異常はありません。〈究極戦機〉の覚醒プログラムは、自分で自動的に停止したのです！」

その横で井出少尉が、ＵＦＣ管制システムのモニター画面を再度チェックしている。

「まったく異常は表示されていない……おかしいぞ、これは――」

『なんとかして〈究極戦機〉を目覚めさせてくれ！　でないとこの空母は、〈初風〉のように破壊されて沈むぞ！』

艦内電話の向こうで郷大佐が怒鳴る。

『謎の潜航物体は二〇〇メートルまで近づいた！』

「ひょっとしたら」

渚佐の横で、井出がつぶやいた。

「このシステムは、最初からここで止まるように作ってあったんじゃないのか――？」

「え？」

渚佐は振り向く。

「今、なんて言ったの？」

「魚住さん、これを覚えていますか！」

井出はズボンのポケットから、急いで紙片を掴み出す。

「葉狩博士の――葉狩博士の〈封印〉ですよ！」

**●空母〈翔鶴〉航空指揮ブリッジ**

「来るぞ！」

「司令、危険です艦橋に入ってください！」

「司令！」

ズザザザザ！

暮れていく夕陽の下、空母〈翔鶴〉艦尾の後方一五〇メートル。泡立つ海を掻き分け、何物かの巨大な影が浮かび上がってくる。

ズザザザザッ！

〈episode 03につづく〉

## episode 03
## わがままなアクトレス

## ●三浦半島沖洋上　九月十日　18：41：30秒

「艦長！〈翔鶴〉が、〈翔鶴〉が停止しました。やられます！」

「うぬっ！」

森艦長は戦艦〈大和〉第一艦橋の窓から双眼鏡で前方の海面を見た。

ズズズズズ——

残骸となった〈初風〉の舳先が渦を巻いて没していく、その激しいしぶきの向こうに目を凝《こ》らした。

三十秒前に、強烈な白色の閃光《せんこう》が〈大和〉の前方にいた駆逐艦〈初風〉を襲い、三〇〇〇トンの最新鋭艦をわずか数秒で轟沈《ごうちん》してしまった。白い閃光はあまりに強烈で、誰も〈初風〉の沈没する瞬間を見ることができなかった。白い閃光は、海面下を突き進む謎の巨大潜航物体、その青黒い巨大な影から放たれた攻撃だった。

「艦長、いったいなんだったのでしょう、あの閃光は」

航海長の双眼鏡を持つ手が震えている。〈初風〉に生存者は見当たらない。

（くそっ、あれが——あれが山多田大三の新兵器だというのか！）

森は歯ぎしりして死んだはずの独裁者の顔を思い浮かべた。二年前まで隣の東日本共和国を支配していた絶対平等政権の首領は、スダレ頭にダルマのような面《つら》をした、叩いても死なないようなくそ憎たらしい肥《ふと》ったおっさんだ。実際、山多田は死ななかったのだ。崩壊した人民国家大議事堂から脱出し、シベリアの奥地でバックにつくネオ・ソビエトの一派とともに、反攻のための新兵器を建造していたのである。

「艦長、潜航物体が浮上します！」

副長が叫んだ。

**●空母〈翔鶴〉航空指揮ブリッジ**

「危険です郷司令、艦橋に入ってください！」

〈初風〉大爆発の余波を食らって機関が停止し、ぐらぐら揺れながら惰力《だりょく》で漂い始めた空母〈翔鶴〉の航空指揮ブリッジでは、〈翔鶴〉航空団司令の郷大佐が部下の止めるのも聞かずに艦橋の外側キャットウォークへ飛び出していた。

「どこにいたってやられる時はやられるさ。お前たちもあの攻撃を見ただろう、あれはまさしく〈レヴァイアサン〉の吐き出す三重水素プラズマだ」

七万トンの最新鋭航空母艦の艦尾目がけて白い航跡がぐんぐん接近し、海中の青黒い影が急速に浮き上がってくる。

（〈レヴァイアサン〉め！　二年前、〈究極戦機〉に倒されたのではなかったのか）

郷はまだ、六本木国防総省からの緊急情報を受け取っていなかったから、〈翔鶴〉護衛艦隊を突如襲った巨大な謎の潜航物体が西日本帝国に反攻を企む山多田大三とネオ・ソビエトの新兵器だとは知らなかった。艦隊の乗組員がみな、海中から突如襲ってきた巨大潜航物体を〈レヴァイアサン〉だと思い込んだのも無理はなかった。目の前で軍艦が沈み乗組員が死んでいく光景は、二年前に宇宙から降臨し、地球を壊滅の危機に追い込んだ核生命体〈レヴァイアサン〉との悪夢のような死闘を思い出させた。太平洋一年戦争で旧大日本帝国に勝利をもたらした栄光の空母〈赤城〉は、海から上がろうとする巨大な魔物との戦いで一世紀弱にわたる生涯を閉じて沈没し、〈大和〉ですらあと一歩で轟沈するところだったのである。

「くそっ、このままでは〈翔鶴〉はおしまいだ。特殊大格納庫を呼び出せ！」

「司令、〈究極戦機〉は覚醒に失敗したのでは？」

「いいから魚住博士を艦内電話で呼び出すのだ！」

## ●空母〈翔鶴〉特殊大格納庫

「はい、ＵＦＣコントロールセンター――」

艦内電話を取った井出少尉が、主管制席でコンソールに突っ伏している魚住渚佐を振り向いた。白衣の背中と、黒々としたロングヘアがCRTとキーボードの並ぶ管制卓に散らばっているのが見えた。

「——駄目です、魚住博士はあと一歩でUFCを覚醒できなかったショックのため、ただいま茫然自失《ぼうぜんじしつ》中です」

井出少尉は、〈翔鶴〉に襲いかかりつつある危機を一瞬忘れて、美人の茫然自失は色っぽくていいなあと思ってしまった。

『叩き起こせ、井出少尉！　魚住博士に〈究極戦機〉の最終外被を開けさせるのだ』

怒鳴りつける郷の声に、主管制席で渚佐がむっくりと身を起こした。

**●空母〈翔鶴〉飛行甲板**

「いったいどうなってるのよ！」

シーハリアーを着艦させた森高美月は、〈翔鶴〉の長さ二五〇メートルの飛行甲板の中央で液体窒素の白い煙を噴き出している〈究極戦機〉ＵＦＣ１００１の格納容器を見やった。

「ＵＦＣの格納容器が甲板に出ているなんて。これを使うというの？　さっきの閃光は、なんだったの？」

美月は西日本帝国で〈究極戦機〉の搭乗資格を持っている三人のパイロットの一人だった。

「あたしにまたUFCに乗れというの？　でも、UFCを出さなければ勝てない相手だなんて――」

美月はぞっとして、思わず艦尾を振り返った。

「――〈レヴァイアサン〉？」

海面が白く盛り上がり、海中から巨大な何かが浮上してくる。

ズザザザザー

●空母〈翔鶴〉航空指揮ブリッジ

「そうです魚住さん、甲板に出ているUFC格納容器の、最終外被を開放してください！」

郷大佐は〈翔鶴〉艦尾に浮上してくる巨大な影を見やりながら、艦内電話に怒鳴っていた。

ズザザザザッ！

青黒い影が、今にも海面に姿を現すところだ。

ズザッ！

「動かないのはわかってます！　格納容器を開けるだけでいいんです。最終外被を開放して、やつに〈究極戦機〉を見せてやるのです！」

ブラフだ。

郷には、〈翔鶴〉を救うためにそれくらいしか思いつかなかった。

〈浮上してこい、〈レヴァイアサン〉！　貴様を一度は滅ぼした〈究極戦機〉がここにあるぞ。貴様よりも強い者の姿を見るがいい！〉

**●海中　ネオ・ソビエト〈アイアンホエール新世紀《しんせいき》一號《いちごう》〉艦内**

「どぅわっはっはっは！」

首筋のかゆくなるようなだみ声の高笑いが、だだっ広い巨大特殊潜航メカの中央指揮命令所の中にこだました。

「見よ帝国艦隊のあのていたらくを！」

全長一五〇メートルの、クジラのような巨大特殊潜航メカはアムール川上流のネオ・ソビエト秘密造船所で二年間かけて建造された。東日本共和国を追われた絶対平等政権支配者の反攻の切り札である。

「おめでとうございます山多田先生！」

かつて大三の下で官房第一書記を務め、現在でも健在の腰巾着《こしぎんちゃく》・加藤田要《かとうだかなめ》が汗を拭きながらほめたたえた。

「これで〈翔鶴〉を〈究極戦機〉もろとも沈めてしまえば、この〈アイアンホエール新世紀一號〉の、行く手をじゃまする者はありません！」

「だっはっはっはっはっ」

先生、と呼ばれた山多田大三は、中央指揮命令所の演壇の上で、さらに高々と大笑いした。よほど溜まっていたのだろう。

山多田大三が自分のことを〈先生〉と呼ばせるのは、大三が東日本分裂革命が起きる前までは公立高校の教師をしていたからである。共産主義の独裁者であったことから、大三は社会科の教師であったのだろうとする俗説があるが、実際は英語教師であったらしい。教えていた高校はある地方都市の県立高校で、それなりの進学校であったのだが大三が世の中を斜《しゃ》に構えて見て『どうせ――』とか『努力したってせいぜい――』とかいう台詞《セリフ》しか吐かないので生徒たちにもその気分が伝染し、大三の担任するクラスでは必ず平均点がよそのクラスより十点低くなるという〈大三現象〉を引き起こしていた。大三は独裁者になってからも教師時代の癖が抜けなくて、部下に向かっていばる時には体育館にあるような演壇に立ち、目の前に百人以上の部下を身長順、に『前にならえ』で整列させてからでないと話が始められなかった。そのため、この世界征服を狙う新兵器〈アイアンホエール新世紀一號〉艦内にも、不必要なほどだだっ広い体育館のような指揮命令所に、学校の体育館にあるような舞台と、前面に東日本共和国とネオ・ソビエトの紋章《クレスト》を刻んだ演壇が備えられ、偉そうに立つ大三の背後の壁には旗まで張ってあり、おまけに大三をたたえる歌をみんなで歌う時のための黒いアップライト式のピアノまで用意してあった。

「どぅわっはっはっはっ、どぅわっはっはっはっはっ」

大三は、中央指揮命令所の巨大スクリーンに映った海上の光景を見ながら、演壇の上で高笑いし続けた。

「だっはっはっはっはっ」

まだ笑っている。

「見ろ、見ろ、この〈アイアンホエール〉の三重水素プラズマ砲の一撃で、たちまち沈んでいくぞ！　ざまをみろ。どぅわっはっはっ！」

西日本帝国軍に国を追われた悔しさが、相当、溜まっていたらしい。

（山多田先生にも困ったものだ。戦いはまだこれから本番だというのに）

演壇のすぐ下で見上げている加藤田要は、汗をかいて拍手しながら気を揉《も》んでいた。

（駆逐艦一隻を沈めたくらいで有頂天になって、全乗組員を集めて『山多田先生勝利の大集会』を始めてしまわれるとは！　よほど、帝国軍への恨《うら》みが溜まっておられたに違いないのはわかるのだが、目の前の〈翔鶴〉と〈究極戦機〉を早く奪ってしまわないと――）

一九〇八年にシベリアへ緊急着陸して、アムール川の水底に眠っていた星間文明の星間飛翔体の主要部品を、この〈アイアンホエール新世紀一號〉はそのまま拝借《はいしゃく》している。動力系は飛翔体のボトム粒子型核融合炉を再生して使っているし（ただし融合炉に傷が入って最大出力を出せないのは帝国海軍の〈究極戦機〉と同じだ）、微小隕石を排除するための振動波発振装置は魚雷攻撃をかわすのに役立ってくれている。そうでなければ〈アイアンホエール〉の外殻はロシア製の通常の鋼鉄なのだから、西日本のハイテク魚雷に直撃されたらたちまち穴が開いてしまう。

（――〈究極戦機〉ＵＦＣ１００１を奪うこと。奪うのが無理なら、空母〈翔鶴〉ごと海の藻くずにしてしまうこと。それが世界征服の第一歩たる、この作戦の目的であるのに！）

しかし、シベリアの奥地にこもって二年間、血のにじむような思いで建造したこの〈アイアンホエール〉が西日本の駆逐艦を見事一撃で轟沈させたので、我慢の嫌いな独裁者の山多田大三は、まるで野球部員が苦しい練習の果てに夏の地区大会で一回戦に勝った時みたいに喜び、まだ戦闘の最中だというのに自分の部下全員を目の前に整列させて演説をぶちたくてたまらなくなってしまったのだった。それを我慢しろというのは、夏の暑い盛りに一〇キロも走ったあとで、目の前に冷たい生ビールを置かれて『飲むな』と言われているようなもので、我慢の嫌いな大三は独裁者であり誰も止める者がいなかったから、当然〈勝利の演説〉の欲求を我慢しなかった。
「見よ！　わが〈ネオ・ソビエト〉はついに勝つのだ！　勝利の時がきたのだ！　われわれが世界を解放し、この山多田大三の前に全人民が平等にひれ伏す時代がやってくるのだ！」
あーあ始めちまったよ、と加藤田要は心の中で舌打ちしたが、『山多田先生勝利の大集会』がいったん始められてしまった以上、〈山多田先生のありがたいお話〉がすんで、みんなで山多田先生をたたえる歌、すなわちかつての東日本共和国の国民愛唱歌で事実上の国歌であった〈山多田先生なぜ偉い〉をピアノの伴奏で全員で歌い終えるまで、集会をじゃまするような真似をすれば整列の外側でAK47自動小銃を抱えて監視しているミニスカートの首領警護官にたちまち銃殺されてしまうのだ。
ぱちぱちぱちぱちぱち
ぱちぱちぱちぱち
要は焦《あせ》る気持ちをおくびにも出さず、みんなに合わせて汗をかきながら一生懸命、拍手した。

ぱちぱちぱちぱち

数百人の〈アイアンホエール新世紀一號〉乗組員は、昨日の夜にアムール川上流の秘密基地を出撃してから、ほとんど一睡もしていなかった。全員が二年前に東日本共和国を崩壊直前に脱出した元平等党員であった。絶対平等とは名ばかりのかつての東日本共和国では『平等党に非《あら》ずんば人にあらず』と言われたくらいで、わずか二百万人の平等党員たちが六千万人の一般国民労働者たちを奴隷《どれい》のようにこき使って暮らしていた。そのため一般国民の、とりわけ作った米を全部取り上げられていた農民たちの平等党への恨みは深く、平等党員は山多田大三の政権が倒れたあとに東日本に残っていたら確実に民衆に捕まり、火あぶり逆さ吊りになる運命であった。実際、地方に在住していた平等党の役員たちは、取り上げた白米を毎日食べて、農民たちにはトウモロコシの粉のふかしたやつを食べさせていたので、ほとんど全員が農民たちに捕まって火あぶり串刺しの運命をたどった。首都新潟に住んでいた数万人の平等党員たちは大三とともにシベリア行きの脱出船に乗り込むしか、生き延びる方法がなかったのだ。

どさっ

列の後ろのほうで、作業の疲れからか貧血を起こした女子党員が、立っていられず床に倒れてしまった。東日本を脱出して命は助かったとはいえ、逃げ込んだシベリアの奥地では、世界に向けて反攻するための秘密基地の建設で地獄のような労働が待っていた。旧ソ連の支配階級であるネオ・ソビエト一派がひそかに秘匿《ひとく》していた、一九〇八年ツングース大核爆発事件の原因である星間文明の星間飛翔体の残骸を墜落地点から掘り出し、西日本海軍の〈究極戦機〉に負けないだけの超兵器を造らねばならなかった。飢えと寒さと厳しい労働と、大三がちょっと気に入らないとすぐ銃殺を命じるので、平等党員たちは二年で半分にまで減っていた。

ぎろっ

演壇の上で大三がぎろりと睨むのと同時に、大三のもう一人の腰巾着である元通産大臣が、どさりと倒れた女子党員に向かって怒鳴った。

「そこの女！　こともあろうに山多田先生のありがたいお話の最中に倒れるとは何事かっ！」

大三もだみ声で命じた。

「その者を銃殺せよ」

整列した党員たちの外側で、ミニスカートの首領警護官の一人がAK47の安全装置《セイフティ》をカチリと外した。

あーまた銃殺するのか、乗組員が減っちゃうじゃないかと要は舌打ちした。

「せ、先生」

要は汗を拭きながら一歩進み出ると、

「先生、女子党員に、銃殺は酷《こく》でございます」

いったい先生は週に何人銃殺すれば気がすむのだ？　この〈アイアンホエール〉と命名した巨大特殊潜行メカの乗組員に抜擢《ばってき》したのはみな優秀な党員たちで、星間文明の技術を導入した複雑なシステムを運用できるようになるまで訓練するのは大変だったのに！

要は心の中でついた悪態を顔に出さないように気をつけながら、壇上の独裁者に進言した。

「あの女子党員は、プラズマ砲を稼働させるために徹夜で働いておりました。ここはどうか、大いなる慈悲の心をお示しになり、保健室で休養させてはいかがでございましょう」

**●戦艦〈大和〉第一艦橋**

「なんだあれは！」

森艦長が双眼鏡を見て叫んだ。

「艦長、巨大なクジラのように見えます」

「主砲の狙いをつけながら回頭しろ！〈翔鶴〉が射線から外れたらただちに砲撃する！」

「はっ」

**●空母〈翔鶴〉飛行甲板**

「何よ、あれ」

森高美月は、白い波しぶきを上げて海面に浮上した巨大な青黒い鉄製のクジラを見やった。

「〈レヴァイアサン〉じゃ、ないわ……」

**●〈翔鶴〉航空指揮ブリッジ**

「なんだ、あれは？」

「司令、あれは――」

郷は唸った。

「うむ。あれは〈レヴァイアサン〉ではないぞ」

## ●〈翔鶴〉大格納庫

「〈究極戦機〉、最終外被開放」

正気を取り戻した魚住渚佐が、システムモニターをチェックしながらコールした。

「了解。最終外被、開放します――」

井出少尉は、外の様子が見られたらいいのにと思いながら渚佐の指示を復唱し、格納容器のコントロールシステムにコマンドを打ち込んだ。

カチャカチャカチャカチャッ
「――ったく、動かない〈究極戦機〉を外にさらして、どうするつもりなんでしょうね」

# 1

## ●六本木 国防総省

キキキキキッ

帝国陸軍の旗を立てた黒塗りの公用車が、国防総省正面玄関に傾きながら急停止する。赤坂の国家安全保障局から猛スピードで飛ばしてきたのだ。

バタンッ

「総合司令室へ案内してくれ、緊急事態だ！」

「はっ」

敬礼した警備の下士官に行く手を先導させ、公家《くげ》のような八の字髭の波頭《はとう》中佐が黒いアタッシェケースを抱えて走る。

「急がなければ。〈大和〉が〈アイアンホエール〉を砲撃でもしたら、日本はおしまいだぞ」

**●国防総省地下三階　国防総合司令室**

「そんな。デートの約束をすっぽかすというのに、携帯もかけちゃいけないんですかっ？」

巨大なホリゾント・スクリーンに日本列島周辺のＣＧ映像が投影されている国防総合司令室は、巨大な映画館の内部のように薄暗い空間だ。

「わかっているだろう日高《ひだか》中尉？　国防緊急事態が宣言された時には、全職員は帰宅を取りやめ、外部との個人的連絡もすべて禁止だ」

「だって」

総合司令室勤務の情報士官、日高紀江《のりえ》海軍中尉は、ロッカールームに下ろしたてのピンキー・アンド・ダイアンの真っ赤な超ミニのワンピースを用意してあって、これから外の六本木にできたばかりのクラブで夜遅くまで踊りまくる予定だった。ロングヘアの日高中尉は手首を返して、帝国海軍女性士官の地上勤務用制服の袖からスウォッチの時刻の針を見た。

「待ち合わせ、してるんです」

「駄目だ中尉。君も士官なら軍規は知っているだろう？　持ち場につきたまえ」

ざわざわざわ

オペレーター席にぶーたれながら腰を下ろした日高中尉は、あたりを見回した。

（あーあ……）

ざわざわざわざわ

米空軍の北米航空宇宙防衛軍《NORAD》をお手本にしたとかいう、国防総合司令室は千人を収容する劇場のような、巨大な地下の空間だ。核の直撃にも耐えられるそうだが、レーザー光線もダンスフロアもミラーボールも備えられていなくて、その代わりに軍艦や飛行機がどこにいるのかひと目でわかる正面大スクリーンと、ひな壇のような何列もの管制席に数十人のオペレーターが座っていて、西日本帝国周辺の軍事状況に目を光らせている。

（――ったく、当直終了の三十秒前に『国防緊急事態宣言』が発令されるなんて、ついてないわ。でも前任の羽生《はにゅう》中佐だったら、彼に電話を一本かけるくらい大目に見てくれたもんだけどなあ……）

日高中尉はため息をついて、男の上司はいやだいやだと思いながら司令室正面のスクリーンに目をやった。

「あら――？」

Ｐ３Ｃ対潜哨戒機《しょうかい》の位置を示す白い輝点がいくつも、三浦半島沖に続々と集まっていく。その海域には呉へ回航される空母〈翔鶴〉と、それを護衛する〈大和〉はじめ四隻の護衛艦隊がいるはずだった。

「何か起きたのかしら、三浦沖で――」

「紀江、統幕議長がいらっしゃるわ。今夜は泊まりになるかもしれないわよ」

隣の席の同僚のオペレーターが、紙コップのコーヒーを持ってきてくれた。

**●国防総省　地下通廊**

どかどかどかっ

峰剛之介統幕議長が、白い第二種軍装で総合司令室へと急ぐ。

「砲撃させるな？」

「山多田大三の新兵器を砲撃しちゃいかんとは、どういうことだ波頭中佐！」

「新事実が判明したのです、峰議長」

波頭中佐があとからついて走る。六本木国防総省の地下通廊は、万一の核攻撃に備え、放射能の浸透を遅らせるために カクカクと何度もしつこく曲がっており、よほど慣れないとそのうち自分がどこにいるのかわからなくなってしまう。

「とにかく司令室で説明しますから、〈大和〉には一刻も早く砲撃中止命令を！」

●三浦沖　戦艦〈大和〉

「主砲発射用意！」

　森は双眼鏡から目を離さずに叫んだ。

〈大和〉はすでに全速で弧《こ》を描くように進み、浮上した青黒いクジラに向け主砲を発射しても、外れた砲弾が〈翔鶴〉に当たる心配のないポジションに占位しつつあった。

「一撃で決めるぞ！　よく狙え」

「はっ」

ドドドドドッ
〈大和〉は全速で〈翔鶴〉の右舷方向へと回り込んでいる。浮上した潜行物体は〈翔鶴〉の艦尾一〇〇メートルにひっついていたから、〈大和〉は〈翔鶴〉の真横近くまで回り込まないと安全な射線が取れなかった。

　ゴロンゴロンゴロン
　その〈大和〉の艦首で、巨大な石造り古墳《こふん》のような1番砲塔が、レーダー射撃管制システムの照準に従って左舷一〇〇〇メートルの目標へと向いていく。

ゴロンゴロン

続いて2番砲塔が、油圧モーターと巨大なベアリングの力で1番砲塔を追うように回転していく。二一メートルの三本の砲身が、白波の立つ海面の上に向けられる。

ゴロンゴロンゴロンゴロン

〈大和〉46センチ主砲の最大射程は四〇キロ以上ある。一〇〇〇メートルの標的ならば、ほとんど水平射撃だ。砲身はわずかに三〇センチ仰角を取っただけだった。

「艦長、着弾観測機が二機とも出払って、おりません」

「そんなものはいらん。この距離ならば、必中だ」

**●海面上〈アイアンホエール新世紀一號〉**

「見よ、これが〈アイアンホエール〉の威力だ！　世界を制する正しい力だ！」

ぱちぱちぱちぱち

ぱちぱちぱちぱち

〈アイアンホエール〉の艦内では、まだ『山多田先生勝利の大集会』の演説が続いていた。

この巨大な特殊潜航メカはオートパイロットで浮上したが、間髪を容れずに〈翔鶴〉を攻撃し〈究極戦機〉を奪い取るか破壊する予定なのに、操縦士も攻撃管制士官もその他の乗組員も全員が中央指揮命令所の真ん中に整列して〈山多田先生のありがたいお話〉に拍手していたので攻撃が一時的にストップしてしまっていた。

「おい、攻撃をしなくていいのか？」

列の中ほどに並んだ操縦士が気を揉んで、隣の攻撃管制士官に小声で話しかけた。

「だって、あんなに乗りまくって演説しているのに、『先生ここらで攻撃を』とか話しかけたりしたら、〈演説を中断させた罪〉で銃殺だぞ」

「うう、しかし浮上してぼやぼやしていたら――」

「しっ！　警護官が来る」

直立不動で演説を聞かされている数百名の乗組員は、完成したばかりのこの巨大特殊潜航メカの艦内各システムをまともに働くように調整する作業で、昨夜《ゆうべ》アムール川の秘密基地を出撃してからほとんど一睡もしていなかった。体育館の床みたいなところに立って、面白くもない話を我慢して聞いていると、眠くてたまらなかった。全員が『早く戦闘を終わらせて寝たい』と、それだけしか考えていなかった。

カツカツカツ

ＡＫ47自動小銃を持ったミニスカートの首領警護官が、ブーツの踵を鳴らしながら整列の外側を歩いていく。身辺を守る警護官をすべて若い女にしているのは、山多田大三の趣味だといわれている。

「うう、俺は眠いぞ」

首領警護官が行ってしまうのを確かめて、操縦士が言った。

「昨夜から一睡もしないで、この〈アイアンホエール〉を操縦してきたんだ」

「俺もだ。三重水素プラズマ砲の調整で、ぜんぜん寝てないんだ。さっき最初の一発はどうにか発射できたが、プラズマの電磁加速系統に信頼性がない。すぐに点検しないと二発目が撃てるかどうかわからないぞ」

〈アイアンホエール新世紀一號〉はネオ・ソビエトの所有する巨大超兵器であったが、なぜだかこれの開発にかかわったロシア人技術者も、操縦系統を設計したロシア人宇宙飛行士や潜水艦エンジニアも、一人も乗り組んではいなかった。乗組員は全員が旧東日本平等党員だ。この意味は、いずれ明らかになる。

## ●空母〈翔鶴〉航空指揮ブリッジ

「〈究極戦機〉の最終外被は、まだ開かないのか！」

郷大佐はいらいらしながら飛行甲板を見下ろした。

「司令、目覚めない〈究極戦機〉など外にさらして、どうするのですか？」

艦橋のオペレーターが、いっこうに脱出用救命胴衣を着けようとしない司令官に苛《いら》立《だ》って訊いた。

郷は振り向き、

「〈究極戦機〉が健在で、今にも発艦するように見せるんだよ！　この〈翔鶴〉を救うには、このハッタリしか手はないのだっ」

「魚住博士に最終外被の開放を急がせろ！」

**●六本木　国防総省総合司令室**

「核燃料廃棄物？」

「そうです峰議長」

波頭中佐は、黒いアタッシェケースからノートパソコンを取り出すと、プロジェクターと接続した。

「この映像をご覧ください」

総司令官席に着いた峰の目の前で、情報コンソールのモニターに映像が表れる。

パッ

「む？」

「衛星写真です。アムール川上流のネオ・ソビエト秘密基地」

「これは、この間、見ただろう」

「この右上のタンク群を拡大します。ご覧ください」

パパッ
粒子の粗《あら》い白黒写真が、拡大される。

「峰議長、われわれの分析の結果、大変な事実が判明したのです」

波頭は、一見すると石油のタンク群にも見えるそのブロックを指さした。

「むう。よく見ると、燃料タンクにしてはパイプラインがないし、こんなに厳重に柵で囲まれて、周囲に人影もないのはおかしいな」

「峰議長、この液体タンク群に満杯に蓄《たくわ》えられているのは、旧ソビエト連邦が、過去半世紀にわたって溜めに溜め込んでどこへも捨てられなくなってしまった、核燃料の廃棄物、推定二万トンなのです」

「なんだとっ」

峰は思わず大声を出した。

「核燃料廃棄物二万トン？」

**●戦艦〈大和〉**

「艦長、1番砲塔、2番砲塔、発射準備完了です！」

砲術長がインターフォンを耳にあてながら報告した。

「よし。2番砲塔、風速修整試射」

「はっ」

**●戦艦〈大和〉射撃管制所**

〈大和〉1番副砲のすぐ後ろ上方にある前部射撃管制所では、防音キャップ《ヒアリング・プロテクター》を耳に着けた砲撃管制士官が、2番砲塔の三本の砲身のうち真ん中のB砲を弾道測定のため先に発射するよう射撃管制システムにコマンドを打ち込んだ。

「2番砲塔、弾道測定試射。全乗組員、艦内退避よいか」

「全乗組員、退避完了、甲板ハッチすべて閉鎖完了」

砲撃管制助手の下士官が、艦内水密表示パネルを指さして、甲板に出ている乗組員が一人もいないことを確認した。〈大和〉が主砲を発射する時に、生身の人間が下手に甲板に出ていたりすると、爆風と衝撃波があまりにすさまじいのでハエタタキで思いきりひっぱたかれたハエのようにぺしゃんこになり、海の上へ吹っ飛ばされてしまうのだ。

「2番砲塔B砲、発射三秒前——」

砲撃管制士官は、射撃管制システムの画面表示を読み上げながら、両耳のヒアリング・プロテクターを手で押さえつけた。

「——二、一、発射」

## ●〈大和〉甲板上

ズドォーンッ！

2番砲塔の真ん中の一本が、一瞬先端で爆発したのかと思えるほどの爆煙を噴出した。長さ二メートル、重量一・五トンの91式徹甲弾がわずか二一メートルの砲身の中でマッハ3まで爆発的に加速され、飛び出していったのである。

ぶわわーっ

衝撃波が〈大和〉の甲板と上部構造物の表面を超音速でなぎ払った。あたり一面からぶわっとほこりが舞い上がり、艦尾で救命ボートを固定していたロープのうち締め方のゆるかった数本がショックで次々とちぎれ飛んだ。

ばしっ

ばしばしっ

## ●〈大和〉射撃管制所

「弾道追尾レーダー正常。風速測定値、修正」

〈大和〉のレーダー射撃管制システムには、レーダーで捉えた目標の位置とともに、高さ四〇メートルの艦橋の頂上センサーで測定した風向・風速・気温・空気密度などのデータがインプットされている。しかし〈大和〉の上空の風と目標の上空の風は微妙に違うので、一斉射撃の前に弾道測定をして、風のデータを修正してやらなければならなかった。

ブンッ！

一・五トンの91式徹甲弾は音速の三倍で〈アイアンホエール〉への一〇〇〇〇メートルを瞬時に飛び越し、波間に見え隠れする青黒い巨体のわずかに向こう側へ落下した。

ぞばーん！

〈大和〉の艦橋を超えるような高さの一本の水柱が海底火山の噴火のように立ち上がった。

ずざざざざざざっ

## ●〈アイアンホエール新世紀一號〉艦内

ぞばばーん！

「や、山多田先生、砲撃です！」

ぐらぐらぐらっ

加藤田要はたまりかねて、ぐらぐら揺れる中央指揮命令所の最前列から山多田大三を見上げ進言した。〈アイアンホエール〉の微小隕石排除用振動波発振装置は、オリジナルの状態からかなり効力が落ちており（一世紀もアムール川の川底にほっといたのだから無理もない）、水中で迫ってくる魚雷を誘爆させることはできるが、空中を超音速でぶっ飛んでくる巨大な砲弾に対してはほとんど排除効果が見込めなかった。

「先生、正義の反撃を！」

## ●六本木　国防総省総合司令室

「〈アイアンホエール〉の腹の中に核燃料廃棄物だと？」

峰はあきれて怒鳴った。

「あのクジラ形巨大メカは、大量の核燃料廃棄物を呑み込んでいるというのかっ」

「そのとおりです峰議長」

波頭がうなずく。

「ネオ・ソビエトは、ロシア政府が持てあました過去半世紀分の核燃料廃棄物二万トンの貯蔵を引き受ける代わりに、アムール川の秘密基地を国連軍に空爆させないよう、裏取引を交わしたのです。さらに超兵器を建造できるだけの資材と電子部品も調達した」

「なんということだっ、ひどいではないか！」

「今のロシアは、莫大《ばくだい》な費用のかかる二万トンの核燃料廃棄物の処理を誰かに押しつけられるなら、どこかの秘密結社がシベリアの奥地で鉄製のクジラを一頭組み立てるくらい、どうでもいいのです」

峰は核燃料廃棄物の貯蔵タンクの拡大衛星写真を指さして、

「それであの鉄製クジラは、どのくらいの放射性物質を呑み込んでいるのだ？」

「おそらく最低でも五〇〇〇トン」

「五〇〇〇トン？」

「〈アイアンホエール〉の胴体に穴でも開いて、中身が漏れ出したら相模湾《さがみわん》の生態系は今後五百年間、死滅します。いえ相模湾だけではない、あのへんは黒潮《くろしお》海流の通り道ですから、海流に乗って放射能は東京湾、房総半島を襲い、西日本帝国の関東地方は再起不能の壊滅的汚染を受けるでしょう」

「と、とにかく〈大和〉に、砲撃中止命令を出せっ！」

## ●戦艦〈大和〉

「全砲門、上下角マイナス〇・五度修正」

「〇・五度修正よし」

砲撃管制士官は、インターフォンを取って第一艦橋へ報告した。

「全砲門、効力射用意よし」

あとは艦長の『撃ち方はじめ』ですべての主砲が火を噴くのだ。

**●〈アイアンホエール新世紀一號〉**

「こしゃくな〈大和〉」

演壇の上の大三は、脇に控えている〈アイアンホエール〉通信士官にあごをしゃくった。

「マイクを持ってこい！　帝国艦隊の全艦に向け、強力指向電波を発信せよ」

**●戦艦〈大和〉第一艦橋**

「艦長、全砲門、効力射用意よし！」

砲術長の声に、森はうなずいた。

「よしっ、撃ち方はじめ！」

「撃ち方はじめます！」

砲術長は復唱すると、射撃管制所へのインターフォンに命じた。

「全砲門、撃ち方――」

その時、

ピガーッ！

〈大和〉艦橋に備えられたスピーカーというスピーカーから、まるで黒板を爪で思いっきり引っ掻いたような雑音が、最大音量で鳴り響いた。

ギチシシシシシシッ！

「うわぁっ」

砲術長がインターフォンの受話器を放り出して耳を押さえた。

「なっ、なんだ？」

「なんだこの雑音はっ？」

〈大和〉艦橋で通信にたずさわっていたすべての要員が、まるで魚雷の爆発を直接ソナーで聞いてしまった音響水測員のようにヘッドセットを放り出して耳を押さえ、あまりの苦痛にうめき声を上げた。

「ぐ、ぐわ～っ」

「痛い！」

**●空母〈翔鶴〉航空指揮ブリッジ**

「なんだっ？　何事だっ」

「郷司令、無線有線あらゆる通信系統に、強力な電磁シグナルが割り込んできています」

ヘッドセットを放り出した航空管制オペレーターが、痛む耳をさすりながら報告した。

「強力な電磁シグナル？」

「本艦の通信系統は核爆発の電磁衝撃波《EMP》ショックに耐えられるようプロテクションされていますが、それでなかったら電線が燃えだしていますよ」

**●空母〈翔鶴〉大格納庫**

「この強力な電磁シグナルの干渉は——？」

渚佐は眉をひそめた。

〈究極戦機〉の本体を包んでいる最終外被が、あと少しで開くところだ。一番デリケートな操作を要求される段階にきて、ＵＦＣインターフェイスシステムのモニターが一瞬揺らいだが、すぐ元に戻った。

「ふう、葉狩博士のシステム設計は完璧だわ。このくらいの電磁干渉にはびくともしない」

「そして〈封印〉もね」

　井出少尉がつぶやいた。

「え？」

　井出少尉は、ＵＦＣインターフェイスシステムの基本起動プログラムを別の画面に出して、スクロールさせながらチェックしていた。

「〈封印〉――？」

「何かが鍵になっていて、そこへくるとシステムが自動的にストップするんだ。くそっ」

　井出少尉は頭を振った。

「この〈究極戦機〉を起動するシステムが、封印されているというの？」

「はい魚住博士。〈究極戦機〉は、やはり九五パーセントの段階で自動的に覚醒を中止し、再び眠りにつくようにプログラムを組み替えられています」

「葉狩博士が――真一くんがそれをしたというの？」

「葉狩博士の書き置きを思い出してください」

「書き置き？」

　井出はうなずくと、くしゃくしゃになった三穴バインダーの紙を取り出して読んだ。

「ここです――『ＵＦＣのことは、大丈夫です。軍拡競争に利用されないように、僕がちゃんと封印をしておきました。ではさようなら。葉狩真一』」

渚佐は手を止めた。

「それでは……」

「このシステムは、最初から正常だったのです。おそらく葉狩博士は〈究極戦機〉が軍拡競争に利用されないよう、失踪する前に〈封印〉をほどこしていったのです」

## ●〈アイアンホエール新世紀一號〉中央指揮命令所

「強力指向電波、発信しております」

通信士官が敬礼した。

加藤田要は、中央指揮命令所の大スクリーンで、〈アイアンホエール〉を包囲した帝国艦隊の様子を見た。〈アイアンホエール〉の強力指向電波発信装置は、元は星間飛翔体に装備されていた短距離用の通常無線通信機である。短距離用といっても、有効距離は一光時（約十億キロ）もあるから、わずか一〇〇〇メートルの近さでそれを向けられた帝国艦隊の通信装備は、たまったものではないだろう。きっとあらゆる通信系統のスピーカーから大音響が鳴り響いたに違いない。

「うむ」

一段高い演壇の上で、大スクリーンを睨んだ山多田大三がワイヤレスマイクのスイッチを入れた。

プチッ

「あーあー」

## ●戦艦〈大和〉第一艦橋

「何をしてる！　あの独裁者の巨大クジラをスクラップの塊《かたまり》に変えてしまえ！」

「はっ」

砲術長が、再び射撃管制所に全門一斉発射を命じるためインターフォンを取った。

「全砲門、撃ち方――」

『あーあー、入ってるかこれ！』

ものすごい大音量で、〈大和〉艦橋のすべてのスピーカーから背中のかゆくなるようなだみ声が轟《とどろ》きわたった。

「うわあっ」

砲術長がまたインターフォンを放り出す。

「ぬうっ！」

森は振り向いて、艦橋の窓の外に見えている青黒い巨大なクジラの背を睨んだ。

「山多田大三、やはり貴様かっ！」

『どぅわっはっはっはっ！』

スピーカーががなる。

「わっ」

「うわあっ」

あまりにも大音量のだみ声の高笑いに、艦橋の士官たちは耳を押さえて身もだえした。

「こ、鼓膜《こまく》が――」

『どぅわっはっはっはっ！』

おまけにハウリングまで起こした。

キィイイイイイン！

「うぐっ」

さすがの森艦長も、顔をしかめて耳をふさいだ。

『〈大和〉の諸君』

「くそっ、山多田め！」

『〈大和〉の諸君、久しぶりだ。わしが誰だかわかるか？　だっはっはっはっ』

山多田大三はどこかホールのように広い場所でしゃべっているらしく、バックに群衆のざわめきのようなノイズが入っている。

ざわざわざわざわ

『皆の者っ』

山多田は群衆に向かって呼びかけた。

『世界で一番偉いのは、誰だっ』

すると群衆がずぞぞぞっとざわめいて、

『――世界で一番偉いのは、山多田大三先生です！』

数百人の群衆が、声を合わせて答えるのが聞こえる。きっと質問をしたあと目の前の群衆にマイクを向けているのだ。

『では、世界で一番正しいのは誰だっ』

『世界で一番正しいのは――』

これを〈大和〉艦橋の全スピーカーから、最大音量でやられるのだから、たまったものではない。

「いいかげんにしろ！　スピーカーの電源を切れ！」

「とっくに切っています！」

通信士官が叫んだ。

「駄目です、スピーカーの振動板が強力な電磁シグナルに直接反応しているんです！」

「くそっ」

『いいか〈大和〉、森艦長、よく聞け』

ようやく山多田は本題に入ったようだ。

森は頭にきながら、艦橋の天井スピーカーを睨んだ。

（今度帰港したら、絶対これをやられないようなプロテクション回路をつけてやる！）

『いいか〈大和〉、この地球の海を死の世界に変えたくなかったら、わが〈アイアンホエール新世紀一號〉の前にひれ伏すのだ！』

**●空母〈翔鶴〉航空指揮ブリッジ**

「〈アイアンホエール〉？」

郷は天井のスピーカーと、艦尾に見えている巨大な青黒い曲面の背を交互に見た。

**●〈アイアンホエール新世紀一號〉**

大三の前に整列していた乗組員のうち、操縦士と攻撃管制士官、三重水素プラズマ砲の制御要員らに持ち場につくよう指示が出された。

「よいか、山多田先生が『見よ、これが〈アイアンホエール〉の威力だ！』と言われたら、目の前の空母〈翔鶴〉に向け三重水素プラズマ砲を発射するのだ」

「はっ」

「はっ」

「タイミングが肝心だぞ。ちょっとでも間延びして発射が遅れ、山多田先生が恥をかいたりしたら、わかっているだろうな！」

〈アイアンホエール〉の副司令を務めている、旧東日本共和国絶対平等政権の元通産大臣がかん高い声で念を押した。

「はっ、命がけでタイミングよく発射いたします！」

**●戦艦〈大和〉第一艦橋**

「アイアンホエール――」

「――新世紀一號？」

森艦長と副長は、互いに顔を見合わせた。

「なっ、なんという」

森はこぶしを握り締めて艦橋の窓の外はるかに見える巨大クジラを睨んだ。

「なんというひどいネーミングだっ」

**●空母〈翔鶴〉航空指揮ブリッジ**

「ふざけやがって！」

郷は歯ぎしりをした。

「〈アイアンホエール新世紀一號〉……独裁者のつけそうなネーミングですな」

郷のすぐ隣で、若いくせに世の中のわかったような声が言った。

「きっと周りの誰も、ダサいと思っても文句言えなかったんでしょう」

井出少尉である。

「井出少尉。貴様、いつここへ来た？〈究極戦機〉はどうなった」

「司令、報告にまいりました」

井出はさっと敬礼した。

## ●〈アイアンホエール新世紀一號〉

「よいか。この〈アイアンホエール新世紀一號〉の腹の中には、旧ソ連が半世紀にわたって蓄積し、ほどよく熟成した核燃料廃棄物五〇〇〇トンが呑み込まれている。この〈アイアンホエール〉を砲撃すれば、胴体の穴から大量の放射性物質が漏れ出し、黒潮海流の流れる広大な海域は、すべて死滅するのだ！」

ワイヤレスマイクを手に持ち、演壇の上で演説するように帝国艦隊におどしをかける山多田大三を見上げながら、加藤田要はなんて素晴らしい作戦なのだろうと感心していた。

（この〈アイアンホエール〉が核燃料廃棄物五〇〇〇トンを腹に抱いている限り〈大和〉も帝国艦隊も、決して手出しできないだろう。その間にこちらは、三重水素プラズマ砲で次々と相手を粉砕できるのだ。そして浦賀水道から東京湾に突入し、『湾岸地帯に核燃料廃棄物を全部ぶちまけるぞ』とおどかせば、さしもの西日本帝国政府もたちまち降伏するに違いない）

要は勝利への確信に気をよくし、自分の立っている足の下に、鉄板一枚へだてて放射性物質がなみなみと蓄えられた巨大なタンクがあるという事実を、忘れることにした。〈アイアンホエール〉の乗組員が旧東日本平等党員だけで、この巨大メカを設計したネオ・ソビエトのロシア人技術者が一人も搭乗していないのは無理もなかった。ロシア人技術者たちは、まるでコンビニの店員が防腐剤の入ったおにぎりを自分たちでは決して食べないのと同じように、この放射性廃棄物タンカーに武装をくっつけたようなメカに決して乗ろうとはしなかった。

## ●〈アイアンホエール〉機関室

ウィイイイイイーン——

その頃、オレンジ色の照明に照らされた〈アイアンホエール〉の機関室では、星間文明の星間飛翔体から取り外してそのまま設置されたボトム粒子型核融合炉が、出力を上げ始めた。

インインインインイン

「三重水素プラズマ砲、発射準備」

「気をつけろ、一世紀前の墜落の時の傷が融合炉の容器についているんだ。出力を八パーセント以上に上げると亀裂が広がるぞ」

放射線防護服を着た機関制御員たちが、汗みずくになりながら融合炉の出力を少しずつ上げていく。
インインインインー――

**●戦艦〈大和〉第一艦橋**

「なんという卑劣な作戦だっ！」

森艦長は地団駄を踏んでいた。

「これでは主砲が撃てません。艦長、どうしましょう？」

「ううう、こうなれば〈究極戦機〉だけが頼りだ！」

**●空母〈翔鶴〉航空指揮ブリッジ**

「司令、〈究極戦機〉の基本起動プログラムには、葉狩博士の〈封印〉がほどこされていたのです。その〈封印〉を解かなければ、ＵＦＣ１００１は二度と目覚めません」

「〈封印〉だと？　どんな封印だ？」

郷は訊き返した。この場でなんとかなるようなものなのか？

「それはこの艦のコンピュータだけでは、残念ながらどんな封印なのかもはっきりしません」

「はっきりしない？」

「ＵＦＣが九五パーセント目覚めた段階で、ある外部因子を鍵としてインサートし〈封印〉を解いてやらなければ〈究極戦機〉は動かないのです。残念ながら、今ここでわかるのは、そこまでです」

「ううむ」

「横須賀《よこすか》の防衛大学校の、中央研究所のＪＣＮ８０００を解析に使えれば、システムの〈封印〉になっているものがなんなのか、突き止められると思うのですが――」

その時、飛行甲板を見下ろしていた艦橋オペレーターの一人が叫び声を上げた。

「司令、〈究極戦機〉の最終外被が開きますっ！」

プシューーッ！

## ●〈アイアンホエール新世紀一號〉

「山多田先生！〈翔鶴〉の甲板で〈究極戦機〉の格納容器が開きます！」

演壇の上の山多田大三は、そのままそこで指揮を執ることに決めたらしく、ワイヤレスマイクを手にしたまま「ふっふっふっ遅かったな」とつぶやいた。

大三は、三重水素プラズマ砲のエネルギーレベルが発射可能点まで上昇しつつあるのを横目で確認すると、再びマイクのスイッチを入れた。

「見よ、これが――」

その台詞に合わせ、プラズマ砲のコントロール席に着いた攻撃管制士官が発射安全装置をかたっぱしから外していく。

（結局、点検なしで、二度目の発射だ。電磁加速系が、保《も》ってくれればいいが！）

「――〈アイアンホエール〉の威力だ！」

三重水素プラズマ砲、発射！

最終発射ボタンを、管制士官が押した。

## ●空母〈翔鶴〉飛行甲板

「最終外被が開く！」

美月は顔を腕で覆いながらシーハリアーの機体の陰に逃げ込んだ。

空母〈翔鶴〉の長さ二五〇メートルの飛行甲板の中央では、銀色の、巨大な種子のような形の〈究極戦機〉特殊格納容器が、三重になった格納外被の最後の一枚を開くところだった。

バシュウーッ！

封入されていた大量の液体窒素が、猛烈な白煙となって噴出する。〈究極戦機〉UFC1001の本体は、その格納容器の核の部分に、液体窒素の羊水に浮かぶ胎児のような格好で眠りについていたのだ。そして実際にまだ、目覚めていない。

ビュウウーッ
冷たい突風が〈翔鶴〉飛行甲板を吹き払い、美月の隠れたハリアーの機体に、たちまち白く霜が凍りつく。

「きゃあつめたっ！」

## ●〈アイアンホエール新世紀一號〉

「発射！」

ビュウウウーン！

〈アイアンホエール〉の三重水素プラズマ砲は、ボトム粒子型核融合炉の出力を上げ、融合炉の内部で作り出した三重水素プラズマの球状エネルギー体を電磁誘導で砲身に導き、そのままリニアレールガンのように外の一方向へ加速して撃ち出すシステムだ。

照準などというものはほとんどなく、発射後のエネルギー体も無誘導だが、太陽内部と同じ核融合反応を起こしているエネルギー体がそのままぶち当たっていくのだから威力は核兵器並み、いやこれは立派な核兵器である。

「三重水素プラズマ、電磁誘導に乗った」

制御系のオペレーターが発射シークエンスの進行をモニターする。

「砲身内、プラズマ加速開始――ん？」

さっきプラズマ砲の女性オペレーターが、過労状態なのを無理に立たされて演説を聞かされたために貧血で倒れてしまったから、通常二名で行うはずの三重水素プラズマ砲の発射制御を、一人で行わなくてはならなかった。そのためオペレーターは、プラズマ砲砲身内の電磁加速系でオーバーロードが起きているのに気づくのが遅れた。

「電磁加速系に異常発生。プラズマの加速が止まった！　緊急事態！」

## ●〈アイアンホエール〉プラズマ砲機関部

ばしっ

ばしっ

ばしっ

ばしばしっ

〈アイアンホエール〉の口の部分に近いプラズマ砲の電磁加速系統で、制御していた真空管が過負荷に耐えられず、連鎖反応で次々爆発する花火のように吹っ飛び始めた。

ばしばしばしばしばしっ！


ズビューンンン……


プラズマ砲は、砲身の内部に三重水素プラズマのエネルギー体を宙に浮かせたまま、停止してしまった。

『緊急事態発生！　修理班急げ！』

プラズマ砲の修理班が、下水管のようなメンテナンス用シャフトを一列になって這うように進み、決死の修理作業に向かった。放射線防護服は旧ソ連の古いお下がりで、あちこちがほころびていた。

「班長、真空管が三十本も、かたっぱしから切れています！」

「早く取り替えるんだ！」

「わっ、熱い！」

「誰か軍手を持ってこい！」

「電線もたくさん焼き切れているぞ。誰かつなぎ方のわかる者はいるかっ？」

## ●〈アイアンホエール〉中央指揮命令所

「山多田先生、おそれながら申し上げます」

副長をしている元通産大臣が、汗を拭きながら演壇の上の大三に報告した。

「プラズマ砲の電磁加速系統に過負荷がかかったため、真空管と回路が焼き切れました。ただいま真空管を交換中ですが、その、焼き切れた電線のつなぎ方のわかる者が……」

大三がぎろっと睨んだ。

「修理できないというのか？」

「は、はは、実を申しますと、その電磁加速系のシステムを知っている女性オペレーターが、先ほど山多田先生の演説中に貧血で倒れてしまいまして」

ううう、と唸り声を上げた大三の背に、攻撃管制士官が大声で報告した。

「山多田先生！〈翔鶴〉の甲板上に、〈究極戦機〉が現れましたっ！」

●戦艦〈大和〉

「艦長、〈アイアンホエール〉が潜航します！」

「何」

「なんだと？」

〈大和〉艦橋の士官たちは、第一艦橋の窓に殺到して前方の海面を見た。

ズズズズズズ……

白い泡を噴き上げて、〈アイアンホエール新世紀一號〉の青黒い巨大な金属の背が、波間に没していく。

「どうしたんだ、偉そうに演説していたのが突然に……」

「さあ」

森艦長と副長は、顔を見合わせた。

●空母〈翔鶴〉

「司令、〈アイアンホエール〉は退却していく模様」

オペレーターの報告に、航空指揮ブリッジのキャットウォークの手すりにしがみついていた郷は、深くため息をついた。

「ふーっ、UFCコントロールセンターの魚住博士に連絡してくれ、〈究極戦機〉をしまってもいいぞ」

「郷司令、やはり〈アイアンホエール〉は〈究極戦機〉の姿に恐れをなしたのでしょうか」

井出少尉が、巨大な怪物の去った海面を見やりながら言った。

「そうであったと思いたい。しかし、こんな手は何度も通用しないぞ。あの山多田とネオ・ソビエトがあんな超兵器を開発して保有した以上、われわれも〈究極戦機〉を本当に使えるようにしなければ、地球は独裁者たちに乗っ取られてしまう」

「司令、われわれは横須賀の防衛大学校中央研究所へ行きましょう。葉狩博士の〈封印〉の謎を解くのです」

「うむ」

## 2

### ●横須賀　防衛大学校正門前　十月十六日ＡＭ08：47

「あ、来た来た」

古い石造りの正門の前で、筆記用具の入ったバッグを両手で持って立っていた水無月忍は、坂をのぼって歩いてきた紺《こん》のスーツの女の子に手を振った。

「ああ」

紺のスーツに白いブラウスの睦月里緒菜は、人見知りしないきれいな女の子が自分に手を振って笑っているのを見て、懐かしいようなほっとしたような顔になった。

「また会ったね」

「ひと月ぶりね」

まだ里緒菜も忍も、お互いの名前を知らなかった。忍の背にしている防衛大学校の正門には〈帝国海軍飛行幹部候補生・採用試験会場〉と大きな立て看板があって、正門の石造りの門柱の横にはヘルメットをかぶった歩哨《ほしょう》の兵士が立っている。

「なんか、ものものしいなあ……」

「行こう行こう。試験会場あっちだよ」

まだ尻込みしている里緒菜の袖をひっぱるようにして、忍は防衛大学校の緑の芝生の構内へと入っていく。

一カ月と少し前、航空会社の採用中止でキャビンアテンダントになれなくなってしまった里緒菜に『一緒に海軍のパイロットになろうよ』と無理やり誘ったのが忍だった。それも自由が丘の駅前で、初対面で名前も知らないのに、まるで十年も付き合っている友達みたいに忍は里緒菜に声をかけたのだった。

「なんだか、変」

「あら、何が？」

忍は振り向いて笑う。

里緒菜はひっぱられて歩きながら、

「だって、あたし、あなたの名前も知らないわ。あの時、あなたに急に誘われて、ものの弾みで願書出しちゃったけど――海軍のパイロットを受けるなんて、勇気ないわ」

「わたしもね」

忍は笑った。

「実を言うと、一人でこれを受ける勇気、なかったの。あなたはあの時、夢中になって海軍の女性パイロットのポスターを見ていたでしょう？　友達になれそうな気がしたの」

忍は立ち止まり、振り向いて里緒菜に、

「あなた、いやがってたみたいだけど、本当はこの試験受けたいんだなって、あの時、感じたわ。だから、無理やりに誘ったの。そしてほら、ちゃんと受けにきてくれたわ。嬉しい」

「実を言うとさ」

里緒菜は自分の足元を見て、パンプスで小石を蹴ろうとしたが、防大の構内はチリひとつ落ちていないほどきれいに掃除《そうじ》されていて、蹴っぽる小石が見つからなかった。

「帝国テレビっていう、大手のテレビ局を受けたの。そうしたらさ、女子アナウンサーを今年は十人採《と》りますっていうことだったんだけど、そのうち八人までが政治家や総務省や経産省の偉い人のコネですでに決まっていて、残り二人の枠に、全国から三万人受けにきていたの」

「そう」

「あーあ」

里緒菜はため息をつく。

「そういうさ」

忍は里緒菜を励《はげ》ますように、

「親のコネとか、関係ない世界へ行こうよ。パイロットの世界って、まさにそうじゃない」

「うん。それでね、やっぱりあたし空を飛ぶのが夢だったし、空を飛べるんなら、こっちでもいいかなって思っちゃって――でも自信ないなあ……」

## ●防衛大学校　構内

二人は、まるで定規《じょうぎ》で引いたようにきれいに手入れされた芝生の歩道を、試験会場になっている校舎のほうへと歩いていった。

「自己紹介、まだだったね」

忍が言った。

「あ、そうね」

里緒菜は自分を指さして、

「あたし、睦月里緒菜。聖香愛隣女学館よ。広尾の」

「わたしは――」

忍が自分の胸に手をあてて、自己紹介しようとすると、並んで歩く里緒菜は忍をしげしげと見て、

「ねえあなた――芸能人に似てるって言われない？」

「え？」

「ええと、確か女優の……」

里緒菜はちょっと考えて、

「確か、水無月――」

忍が微笑んで、『わたしが実は、水無月忍本人よ』と言おうとしたのだが、里緒菜はぽんと手を叩いて、

「――わかった水無月美帆！　ね？　似てるって言われるでしょ？　ね、ね？」

里緒菜に指さされ、
がっくり。

忍は、同年代の里緒菜が自分を知らないのにショックを受けてしまった。これでもデビュー当時は、ずいぶん騒がれたんだけどなあ。

## ●防衛大学校　中央研究所電算機センター

「もう一度、解析プログラムをRUN《ラン》させよう。これで〈封印〉に使われているものがなんなのか、洗い出せるはずだ」

電算機センターの主任研究員が、白衣の腕を伸ばして指示をした。

「解析プログラム、実行します」

海軍のスーパーコンピュータJCN8000は世界最大級の演算能力を持っていたが、それでも〈究極戦機〉UFC1001の起動プログラムロジックに隠された葉狩真一の〈封印〉の正体を洗い出すのに、もう一カ月もかかっていた。

「井出少尉、郷大佐をお呼びしてください。間もなく〈封印〉の正体がわかるでしょう」

「はっ、助かります！」

女性のオペレーターに言われ、井出少尉は、防衛大学の校舎の方で油を売っているはずの郷大佐を呼びに走った。

●防衛大学校　教授室

「郷大佐、その後どうなのです？　ネオ・ソビエトの動きは」

「うむ。山多田大三の〈アイアンホエール〉は、どうやら武装システムに重大なトラブルを起こしたらしい。アムール川の上流の秘密基地にドック入りして、出てくる気配がないのです」

「それは何よりですな」

郷大佐は、昔なじみの主任教官と湯呑みで茶をすすりながら世間話をしていた。

「この間に、何とか〈究極戦機〉を稼働できるようにしませんと――」

「わが防衛大学校のＪＣＮ８０００は世界最大級の演算能力です。必ずお役に立つでしょう」

そこへ、若い大尉の教官が、受験生名簿を持って入ってきた。

「主任教官、採用試験が始まりました」

郷はそれを聞いて、

「おう、今日は飛行幹部候補生の採用試験の日だったか。明日の海軍航空部隊を背負って立つ若人《わこうど》たちが選抜されるのだ。頼もしいな」

郷は空母〈翔鶴〉の航空団司令になるまでは、F／A18Jホーネットの飛行隊長として実際に編隊を指揮して飛んでいた空の男だ。

「あとでちょっと、受験生諸君の顔でも見てくるかな」

「郷大佐、久しぶりに、面接試験の試験官でもやりますか？」

「それもいいな。はっはっはっ」

だが教官の大尉は困った顔で、

「主任教官。実は、在校の学生たちが騒いでおります」

「わが防衛大学校の質実剛健の学生たちが、何を騒いでおるというのかね？」

大尉は受験生名簿をぱらぱらとめくって、

「実は受験生の中に、元アイドルがいるとかで……」

「アイドル？」

軟弱なことの嫌いな郷が顔をしかめた。

「どの受験生だ？」

大尉は名簿を指さし、

「これです。水無月忍。あの有名な、水無月美帆の妹だそうです」

## ●防衛大学校　廊下

井出少尉は、どこかで油を売っているはずの郷大佐を捜して、広い防衛大の校舎内を走り回っていた。古い石造りの建物の中はぴかぴかに掃除されて、廊下の床板なんか油を塗ったように黒光りしている。それを見るたびに、卒業生である井出少尉は、苦しかった毎日の朝掃除を思い出すのだった。

「懐かしいのはいいんだけど……郷大佐はどこだ？」

井出少尉は、ずらりと教室の並ぶ廊下を、きょろきょろしながら歩いていった。

（今日は飛行幹部候補生の採用試験か……ほう、女の子も何人か受けてるじゃないか）

廊下に向かって開かれた窓から、一心に答案用紙に向かうロングヘアの受験生が見える。

（海軍に女性パイロットがまた増えるんだな——）

井出少尉は、よしよし、と思って行こうとした。

だがその時。

（——ん？）

井出は、思わず目をこすった。

「ん——？　なんだ？」

教室の中で一生懸命に答案を書いている、抜けるように色の白い、ロングヘアのスレンダーな女の子。その子の背中から、何か後光が射《さ》しているように見えたのである。

井出は信じられずに、もう一度目をこすった。

「ま、まさか——！　あれは……！」

## ●中央研究所電算機センター

「〈封印〉の正体が判明しました！」

白衣姿の女性オペレーターが、モニターを見ながら叫んだ。ここ一カ月間の分析作業の苦労が実った瞬間だった。

だが、

「主任、なんでしょう？　これは」

オペレーターは、モニターに出てきた波形を見て首をかしげた。

「——音声信号？」

「音声信号だと？」

「はい、確かに」

髪を後ろでまとめたオペレーターは、白いきれいな指でもう一度、分析結果をモニターに出し直した。

「〈究極戦機〉ＵＦＣ１００１を起動するための最終段階の鍵《キー》となっている外部因子は、ある一定の固有パターンを持った、音声信号です」

**●防衛大学　教授室**

「アイドルだと？　そんなものは海軍には要《い》らん！」

郷大佐は採用担当の大尉に怒鳴っていた。

「はあ。やはりそう思われますか」

「そんな軟弱なもんは、不採用だ不採用！」

そこへがらりと戸を開けて、井出少尉が駆け込んできた。

「郷司令、こちらでしたか！〈封印〉の正体が明らかになりそうです！」

郷は「そうか」とうなずくと、井出少尉を先に立たせて教授室を出ていった。出て行きぎわに、「いいか不採用だぞ」と大尉を指さして念を押した。

## ●防衛大学校　廊下

「何をきょろきょろしている井出少尉！」

試験の行われている教室の前を通る時に、井出が窓から教室の中を見ようとしたので、郷は一喝した。

「あ、いえ、実は見覚えのある芸能人にそっくりの受験生がいましたので――」

「水無月忍とかいう、アイドル歌手だろう」

「えっ、どうしてご存知なんですか？」

「どうしてもこうしてもない」

郷は廊下を急ぎながら憤然と言った。

「アイドル歌手が、戦闘機パイロットを目指すだと？　わが帝国海軍をなめとるぞ！

あんなのは不採用だ不採用！」

「司令、お言葉ですが」

「なんだ？」

「忍は、アイドル歌手ではありません。今はアイドルを卒業して、女優です」

「うるさいっ」

## ●防衛大学校B－1教室　試験会場

午前中の学科試験が終わった。

終了のベルとともに、答案用紙が掻き集められ、試験会場の教室はため息とあくびでいっぱいになった。

忍と里緒菜は、前後の席でお弁当を広げて食べた。

「へえ、自分で作ってきたんだ。えらいなあ」

「一人暮らしだから、食事はたいてい自分で作るわ。ロケはたいてい早朝だから早起きも得意だし、おにぎりをたくさん作っていくと、スタッフの人たちにも評判がいいの」

忍の手作りのお弁当は、里緒菜の母が作ってくれたサンドイッチよりもずっと美味《おい》しそうだった。

「ねえ、女優の仕事って、どんななの？　もっと教えてよ」

「うーん、一番面白いのは、舞台かな」

「舞台？　テレビドラマじゃなくて？」

「うん。どんなに小さい劇場でも、わたしは舞台が好きなの。テレビの仕事は、観てくれる人が桁違《けたちが》いに多いのはわかっていても、スタジオのカメラはわたしの演技を観てなんにも言わない。でも劇場に観にきてくれるお客さんは、たとえ少人数でも、わたしの動きや声のひとつひとつに、反応してくれるの。すごく気持ちがいいわ。だからどんなに小さくても、舞台が好き」

「ふうん」

忍と里緒菜の周りの席では、男子の受験生たちが何人も固まって、航空雑誌のグラビアを見ていた。

「これだよこれ、ＡＦ２Ｊ・Ｍ」

「Ｆ２の改良艦上戦闘機か。いよいよデビューだな」

「海軍が採用するんだそうだ」

「本当か？」

里緒菜は、飛行機の写真がたくさん載ったグラビアを見てあーでもないこーでもないと言っている男子たちを見て、不思議そうな顔をした。

「あなただってヴィトンのバッグの種類なら、小さな違いでもわかるでしょ？　おんなじよ」

忍が笑った。

「ふうん」

里緒菜は『そういえば』という顔になって、

「ねえ、あたしたちの目撃したあの飛行機だけど」

「ああ、海ツバメ色の戦闘機？」

「なんていう飛行機なんだろう？」

普通の女子大生と普通の女優である里緒菜と忍は、シーハリアーFRSとF15イーグルの区別もつかなかった。

学外のサークル活動では結構もてていて、男の子に対しては物怖《ものお》じしない里緒菜が、「ねえちょっと貸してよ」と航空雑誌を一冊ぶんどってきた。

「ええと……」

二人はおでこを寄せてグラビアのページを探した。が、

「ないねえ」

「ないね」

二人があの日、目撃して、この試験を一緒に受けるきっかけになったシーハリアーは、その雑誌には載っていなかった。その〈航空ジャーナル〉は、新しく西日本海軍が導入することになった、F2改良型艦上戦闘機の特集号だったのだ。

「でも、これも可愛いじゃない？」

里緒菜がグラビアに載っている日の丸をつけた真新しい戦闘機を指さした。

「本当。口が鮫《さめ》みたいで、鼻先がピュッと尖ってて、コクピットが円《まる》くて、キュートだわ」

「これ、なんていう飛行機だろう」

それはね、とおせっかいな飛行機マニアの男子受験生がしゃしゃり出てきて説明した。

「それは、わが帝国海軍が新たに採用した、AF2J・M。『AF』はアタッカーファイターではなくてアドヴァンスト・ファイター。後ろの『M』はマリタイム。つまり海軍仕様さ。木谷首相が重要な軍事情報を米国に渡さなかったとかで、引き替えにたくさん造らなくちゃいけなくなって、それで急きょ海軍にも採用されることになったんだ。F16シリーズの艦上機タイプなんて例がないけれど、機体をやる三菱は相当、自信を持っているらしい。来月にも初号機が初飛行する予定さ」

一人でまくしたてるその男子受験生を見上げて、里緒菜は眉をひそめて、

「ええと――AF……なんだって?」

「AF2J・M。またの名を、F2改ファルコンJ」

「〈ファルコンJ〉?」

「そう。〈ファルコンJ〉」

忍と里緒菜は、顔を見合わせた。

「かっこいいね」
「かっこいいねー」

# 3

## ●防衛大学校　中央研究所電算機センター

郷大佐と井出少尉が白い蛍光灯《けいこうとう》に照らされた電算機センターに入っていくと、ちょうど〈究極戦機〉の起動プログラムロジックの解析が終了し、データがJCN8000にセーブされたところだった。

「〈封印〉の正体がわかったのか。これでそれを解《と》く鍵を探し出せるな！」

郷は興奮していた。なにしろ防大の教授室で茶飲み話をしながら（郷大佐には協力できることが何もなかった）、一カ月以上も待ったのである。それは、まるで前売りの初日の朝にリダイヤルをかけまくってやっと取ったチケットのコンサートが、一カ月たって、今にも開演する時の興奮にも似ていた。

「早く教えてくれ！」

「データのセーブが完了しました。スピーカーに出します」

白衣に髪を後ろでまとめた女性オペレーターが、画面に集中している時の抑揚のない声で言った。

（スピーカー？）

郷は『なんだ？』という顔をした。葉狩博士がほどこした〈究極戦機〉の〈封印〉の正体が、スピーカーから出てくるのか？

「音声信号出力」

主任が命じた。

「出力します」

オペレーターの指が、キーボードを滑った。

プッ
天井のスピーカーが息をつき、次の瞬間、リズムセクションとシンセサイザーオーケストラの伴奏に乗って、突然このフレーズが飛び出してきた。

『〽 White Page　白い日記を
White Heat　熱い想いで
White Blend　うずめてゆくの

I'm in love with you』

「ちょっちょっちょっと待てっ！」

「出力ストップ」

「ストップ」

コンピュータが一時停止する。

郷は、肩ではあはあと息をした。それはまるで、ヴァン・ヘイレンのファンが間違って中島《なかじま》みゆきのコンサート会場にまぎれ込んでしまった時のような、天地がひっくり返ったような驚愕《きょうがく》であった。

「な、なんだ、今のは？」

「もう一度、お聞きになりますか？」

「おいこれが、UFCの起動プログラムロジックに組み込まれているというのかっ？」

「そのとおりです」

主任が言った。

「続きを聞きますか？」

郷は呼吸を整えて、

「うう、わかったもう一度流せ」

女性オペレーターがうなずいて、コンピュータを再スタートさせる。

『〽 White Wine　グラスに揺れて
White Dream　夢見る夜は
White Blend　なんだかゴキゲン』

「これは途中の部分ですね。頭に巻き戻します」

オペレーターが言って、プログラムを巻き戻させた。

「う、ううむ」

キュルルル……

「最初のパートが出ます」

プツッ

『〽 White Spring　春の陽ざしに
White Lips　輝きだせば
White Blend　恋が芽ばえそう』

「い、いったいこれはなんだ?」

「歌です」

「そんなことはわかっておる!」

『〽リボンが風に踊る　大好きな季節が』

「これはいったいなんなんだ!」

『〽涙をはらいのけて　私をきれいにしてくれる』

「これはですね」

井出少尉が口を挟む。

『〽ドライに生きることも　時には必要ね
　笑顔で歩けばほら　ロマンスの足音』

「少し古いですが、水無月美帆の〈色・ホワイトブレンド〉です。名曲ですよ。おととし出たベストアルバムの収録《バージョン》ですな、アレンジが新しい」

「ホワイトブレンドだかマイルドブレンドだか知らんが」

『〜だから
　White Night　眠れぬ夜も
　White Lie　あなたの嘘も
　White Blend　淡い過去に消えてしまう』

郷大佐は、中央電算機センターの天井スピーカーから流れるアイドル歌手のポップスに、うううっと両手を握り締めた。

「こっ、これが、〈究極戦機〉の〈封印〉だとっ？」

「そうです」

主任がメタルフレームの眼鏡を光らせた。

「この音声パターンが、ＵＦＣ１００１のマスターブレインの起動ロジックに組み込まれてしまっています。組み込み方は天才的に完璧で、解除は不可能です。この音声パターンの持ち主がこの声で命じない限り、〈究極戦機〉ＵＦＣ１００１は永久に起動不可能です」

「なんだと？」

『〽 White Witch　愛の女神が
　White Love　新しい彼と
　White Blend　めぐり逢うわせるの』

「今、なんと言った？」

郷大佐は、主任研究員を締め上げげんばかりの勢いで訊いた。

「貴様、今なんと言った？」

「ですから、この歌を歌っている本人が、肉声で命じない限り、〈究極戦機〉は二度と動かないのです！」

「絶対かっ？」

「はい絶対動きません！」


『〽明日が待ってるから　後ろは振り向かないわ！』

なんということだ！　と郷大佐は天井に吠えた。

「それでは、このアイドル歌手が命じなければ、ＵＦＣはもう動かないというのか？」

「郷大佐、お言葉ですが、美帆はアイドル歌手ではありません。女優です」

「おまえは黙ってろ！」

　郷は井出少尉を怒鳴りつけると主任研究員に振り向いて、

「ではこの、水無月美帆とかいうアイドル歌手だか女優だかを連れてきて、ＵＦＣに向かってひと言、『動け』と言ってもらえばいいのだな？」

「それだけでは駄目です」

　主任研究員は、にべもなく言った。

「〈究極戦機〉ＵＦＣ１００１は、飛行コントロールも戦闘コマンドも、すべてのミッションフェーズでこの音声パターンによる直接指示《ダイレクト・インストラクション》が必要です。つまり、ＵＦＣは、この声の持ち主がパイロットとして搭乗しない限り、一センチも飛行不可能です」

「ふっ、ふっ、ふざけるなっ」

「葉狩博士の〈封印〉は見事ですよ。こうしておけばもう誰も、ＵＦＣを兵器として使用することはできないでしょう」

　息が詰まるような一瞬の沈黙のあと、

「ちょっと待って」

何かを考えていた井出少尉が、興奮するみんなを制するように手を挙げて、女性オペレーターの座る席へ急いで歩み寄った。

「君、もう一度、巻き戻してくれないか」

井出は、いったいどうしたのか、急に人の命を預かる手術中の外科医のような目つきになって、オペレーターに指示をした。

「はい」

井出の真剣さに気圧《けお》されながら、女性オペレーターはメスを手渡す看護師みたいに返事をして、〈封印〉のプログラムを巻き戻した。

キュルルル……

「止めて。そのフレーズだ」

「スピーカーに出します」

「頼む」

郷は、あっけに取られて井出少尉を見た。郷は今までこの若者が、こんなに真剣になっているところを見たことがなかった。

『〽 White Blend　なんだかゴキゲン

　明日が待ってるから　後ろは振り向かないわ！』

「止めて」

「はい」

「今のフレーズ、もう一度だ。『〽明日が待ってるから』から」

「はい」

　こいついったい何をしてるんだ？　と郷は急に真剣になった井出少尉を見ていた。でも井出があんまり真剣なので、郷は文句を言えなかった。


『〽明日が待ってるから――』


「ストップ」

　井出はオペレーターに命じると、郷と主任研究員に振り向いた。

「わかりました。やっぱりです」

「何がわかったんだ？　俺はさっぱりわからんぞ」

「郷司令、私のカンによれば、この歌を歌っているのは水無月美帆ではありません」

　井出は目をぎらりと光らせて、言い切った。

「なんだと?」

「ここです、『〽明日が待ってるから　後ろは振り向かないわ!』というフレーズ。半音がわずかに高いし、声に透明感がありすぎる」

「何を言っとるんだおまえ?」

「司令、水無月美帆は、こんな声を出しません。大変よくにていますが、これは美帆本人じゃない」

井出は自分の胸に手をあてた。

「私の命をかけてもいい。これを歌っているのは、妹の忍です」

「なんだと?」

「なんだって?」

「しかしだからそれが、どうしたというのだ」

「郷大佐」

井出は真剣な顔で進言した。

「今日ここへ採用試験を受けにきている水無月忍を、ただちに合格させましょう。これはまさに天の配剤《はいざい》――」

「いいかげんなことを吐《ぬ》かすなっ」

郷は井出少尉の白い制服の首を引っ掴んで締め上げた。

「そんな話は、信じないぞ！」

「かっかっ、科学的に証明できます！」

主任研究員が、締め上げられてひいひい言っている井出に訊いた。

「井出少尉、どうやって科学的に証明するのだ」

「そうだっ、この中央電算機センターは国防機密の塊《かたまり》だぞ。民間人のアイドル歌手なんぞをみだりに中へ入れて、やっぱり違いましたごめんなさいではすまないんだぞ！」

「す、すぐにこれと同じベストアルバムを手に入れて、この歌と、同じアルバムに入っているほかの歌とを精密声紋チェックしてください！　必ずわずかに違うはずです！」

こうして、ただちに郷大佐の命令で横須賀基地の海軍特殊陸戦部隊〈ネイビー・シールズ〉が出動、横須賀駅前のＣＤショップから水無月美帆のすべてのＣＤを買い占めた。

郷大佐は軍用トランシーバーで、中央研究所の中から特殊部隊の指揮を執った。

『郷大佐、横須賀駅前のＣＤショップから水無月美帆のアルバムはすべて買い占めましたが、水無月忍っていう歌手のＣＤは、見当たりません』

「馬鹿者！　井出少尉の話では水無月忍のＣＤはとっくに廃盤になっとるそうだ！」

井出が横合いからトランシーバーを引ったくるようにして、

「横須賀中の中古ＣＤショップをかたっぱしから探してくださいっ！」

『りょ、了解！』

「西日本の――いや地球の運命がかかっているのです。必ず水無月忍のＣＤを探し出してくださいっ！」

# 4

## ●防衛大学校　B－1教室　試験会場

　午前中の学科試験に続いて、午後はペーパーテストによる適性検査と心理検査だった。

　ペーパー航空適性検査は、簡単なパズルのような問題で、方向感覚や立体感覚をテストするもので、普通の人間なら落ち着いてやれば十分できる内容だ。心理検査は、袋とじの中に百以上の質問が上から下までずらりと並んでいて、『人前に出るとあがってしまって顔が真っ赤になる』『恐ろしい考えが頭に浮かんで眠れない』『自殺を考えたことがある』などの項目に〈はい／いいえ〉で丸をつけていく、例のあれである。

　ざわざわざわ

　すべての試験が終わると、三時半だった。

「どうだった？　忍」

前の席から里緒菜が振り向いて訊く。

「うーん」

忍はロングヘアの頭を傾けて、天井のほうを見ながら、

「数学がちょっと、自信ないかなあ」

## ●中央研究所電算機センター

「間違いないのかっ？」

「はい郷大佐。間違いありません。井出少尉の言われたとおりです」

主任研究員がモニターから顔を上げて言う。今、海軍の誇るスーパーコンピュータ・JCN8000の分析台には、水無月美帆のおとし出された問題のベストアルバムと、横須賀市内を〈ネイビー・シールズ〉特殊部隊が駆けずり回って探し出してきた水無月忍の五年前のCDが並べてかけられ、声紋の精密な比較チェックが行われていた。

「葉狩博士が〈究極戦機〉の封印に使ったこの曲は、確かに水無月美帆本人ではなく、どういうわけか妹の水無月忍によって歌われています。この一曲だけが、そうなので

す」

　郷が、ううむ、と唸った。

「司令」

　井出少尉が、

「葉狩博士は、この曲を歌っているのが美帆ではなく忍であることを、看破《かんぱ》していたのだと思います。あのベストアルバムを、研究室でいつも聴いていましたから。そういえば、『ミポリンはいい。実にいい。でもこの一曲だけ、声が少し若い』とつぶやいていたことがあります」

「葉狩博士がこの事実を知っていただと？」

「そうです。葉狩博士は、おそらく二重の封印としたつもりだったのでしょう。〈封印〉の正体が歌であることは、いずれわかります。しかし、たとえ海軍が水無月美帆本人を拝《おが》み倒して協力してもらい、〈究極戦機〉に向かって『動け』と言ってもらっても、それだけでは〈究極戦機〉は目覚めない」

「ううむ」

「しかし葉狩博士も、この私という存在を計算に入れていなかったというわけです」

　井出少尉は、得意そうに腰に手をあてた。

「さて、ということで」

「何が『さて』だ」

「先ほども申しましたが、これは天の――」

「うるさいっ！」

郷は一喝した。

「おまえは、あのアイドル歌手に地球の命運を託せというのかっ？」

「忍はアイドルではありません。女優です」

「冗談言ってる場合ではない！　ほかに何か〈究極戦機〉を動かす方法が――」

「ありません。郷大佐」

主任研究員が横からすまなそうに、しかしはっきりと言った。

「現在のわれわれの技術力では、〈究極戦機〉から葉狩博士の〈封印〉を解除することは、不可能です。水無月忍をパイロットにするしか、方法はありません」

「司令」

「郷大佐」

「うっ、うううううっ」

●防衛大学校　教授室

夕方近い防衛大学の教授室では、午前中に行われた学科試験の採点中だった。

どかどかどかっ
「失礼する！」

ものすごい勢いで教授室に乱入してきた郷大佐と井出少尉ほか研究所スタッフを見上げて、受験生の成績を集計していた採用担当の大尉はのけ反りながら、

「ご、郷大佐。心配しなくても、大丈夫ですよ。あの元アイドル歌手は不合格ですから」

だが廊下を四〇〇メートルも走ってきた郷は、大尉の机にどかっと両手をつき、

「合格させろ」

「は？」

大尉は理由《わけ》がわからず、荒い息で自分を睨みつけている郷大佐を見上げた。

「ご、合格させるのですか？」

「そうだ！」

「あ、あの元アイドル歌手を、ですか？」

「そうだっ」

郷は、まるで戦争が始まるような勢いで若い大尉に命令した。

「いいか！　水無月忍を——あの元アイドル歌手を、なんとしてでも合格させ、飛行幹部候補生として採用しろ！　これは地球防衛のための最優先事項である！」

「し、しかし大佐」

採用担当の大尉は、ちょうど机の上に載っていた水無月忍の数学の答案用紙を取り上げて、

「しかし大佐、数学が二十六点では、どうゲタを履かせても——」

「ええい貸せっ」

ぱっ
郷は、忍の書いた答案を大尉から引ったくると、

「まったく、まったく、なんという答案だ！　こんな積分もできんのかっ！」

その場で机にかがみ込んで、猛烈な勢いで書き直し始めた。

「おい、採点しろ」

郷は書き直した答案を、大尉に向かってぐいと突き出した。

「は、はい」

大尉は、郷が書き直した問題に丸をつけて、

「ええと、七十六点になりました」

「よし、これで合格だな」

「は、はあ……」

「これで」

郷大佐はものすごい迫力で大尉を睨みつけ、

「これでこの答案は、どこから見ても合格点だなっ？」

大尉は冷や汗をかいてのけ反りながら、

「は、はい。どこから見ても、合格点であります！」

「よろしい。おい、いいか、これは国防機密である。誰にも口外するな」

「は、はい、絶対に口外いたしません！」

「よし」

郷が汗をぬぐいながらひと息つくと、いつの間にか隣の机で、井出少尉が別の受験生の答案を一生懸命、書き直していた。

「こら井出少尉。貴様、何をしている」

「はっ、これは水無月忍の前の席にいた女子大生の答案でありますが――」

井出は、郷大佐がやったんだから自分だっていいだろうという顔で、

「とても可愛い子だったので、忍とペアで編隊を組ませれば、絵になるだろうと思っ

て」

井出は、まさか文句はないでしょうねという上目遣《うわめづか》いで、ううっと怒りを我慢している郷大佐を見た。

こうして、水無月忍と睦月里緒菜は、国防機密によって飛行幹部候補生に合格し、大空への一歩を踏み出すことになった。彼女たちに合格が報《しら》されるのは、この日よりさらに二週間後のことである。

〈episode 04につづく〉

## episode 04
## わくわくさせて

## ●港区麻布　芸能プロダクション〈三日月珊瑚礁《みかづきさんごしょう》〉十月三十一日　15：00

〈三日月珊瑚礁〉社長の丹波拓郎《たんばたくろう》（47歳）は京都の映画村の大部屋俳優の出身で、若い頃は毎日斬《き》られて悲鳴を上げたり主役のサムライに向かって凄んでみせたりばっかりしていたので、必然的に怒ると声がでかかった。

「どこの芸能プロだっ！」

「いえ社長、よそのプロダクションの引き抜きとかいうんではなくて」

水無月忍のマネージャーの荒井《あらい》よし子は、身の丈《たけ》一八五センチの丹波が怒って迫ってくるのでのけ反りながら、

「忍がちょっと、二～三年よそへ行って勉強してきたいと――」

「だったら引き抜きだろうが！」

大部屋俳優時代に、撮影中、主役の刀で切られて頰《ほお》に傷のある丹波は、縞《しま》の背広とサングラスに真っ白いマフラーがお気に入りのスタイルであったが、はっきり言ってそのスタイルで六本木を歩くと人がみんな避《よ》けて通った。

「どこのプロダクションだっ？　荒井おまえわかってるのか？　忍は役者としてこれ

からなんだぞっ！」

丹波は外苑東《がいえんひがし》通《どお》りが見下ろせる社長室から、ばっとドアを開いて電話の鳴り響くオフィスへ出た。デスクと呼ばれる四人のスタッフが、電話を取って〈三日月珊瑚礁〉所属のタレントの出演交渉に応じている。そのオフィスの隅《すみ》に、コーヒーの紙コップを持って水無月忍が座っていた。

「忍っ！」

丹波はヴェロキラプトルが人間に襲いかかる時みたいに、がうっと吠えて、

「いったい何を考えてるんだおまえ！」

でも忍は、

「あら、社長」

抜けるように白い顔を向けて、恐竜も怖がらないネバーランドのティンカーベルみたいに笑った。

「荒井さんたら、あんまり大げさにするんだもの。わたしちょっと、試験を受けてみただけです」

「試験だと？　いったいどこのオーディションだっ！」

丹波がまだ興奮しているので、忍は笑った。

「違いますよ。それに、受かるかどうかもわからないし――でも、もし実現するなら、

ニューヨークへミュージカルの勉強に行くよりも、ずっとわたしの俳優としての人生に、プラスになりそうな体験ができるところです」

するとと丹波はまた吠える。

「忍、言っておくがな、いまうちの戦列を離れることは許さんぞ。おまえはのぼり調子で、役者としてこれからという時なんだ。見ろこの映画雑誌。これも、これもだ。この間おまえがヒロインとして出演したニューウェーブ・やくざムービーの評価だ！『水無月忍が刺されて死ぬシーンは、絶品である』『姉の美帆と違って淡泊な味があり今後が期待できる』、みんなおまえのことをほめてるんだぞ！　主役が取れるのも遠くないんだっ」

「大丈夫ですよ。わたし試験、そんなによくできなかったし、試しに受けてみただけですから……」

そこへデスクの一人が、

「あの、社長」

「なんだ！」

「あちらの方《かた》が、忍に会いたいと――」

「何いっ？」

丹波が振り向くと、小さなビルのワンフロアを借り切っている〈三日月珊瑚礁〉のオフィスの入り口に、見慣れない変わったデザインのスーツを着た女が立っている。

（ん――？）

振り向いて、丹波は眉をひそめた。

（なんだこの女……）

女は二十代後半だろう。服は黒で、金のボタンが縦一列に並び、左胸には翼の形をした金色のバッジをつけている。それだけではない。背中に定規でも入ったかのように背すじが伸びていて、左の脇に白い帽子を挟んでいる。しかも切れ長の目をした、ものすごい美人だ。

丹波がびっくりしたのは、その女がちょっと見たことのない美貌《びぼう》の持ち主であるからではなく、自分が睨みつけても微動だにしなかったからだ。

「あ、うう。どなたかな？」

切れ長の目の女は、口を開いた。

「水無月忍さんに、お渡しするものがあります」

丹波の後ろで、忍ががたっと立ち上がった。

忍にはその女が、帝国海軍の女性士官であることがわかった。でも女の制服の左胸に光っている翼のバッジが、海軍の戦闘機パイロットであることを示す戦闘航空徽章《ファイター・ウイングマーク》であることまでは知らなかった。

「わたしが、水無月です」

忍が言うと、女はうなずいた。

女は途中に立ちはだかる丹波を、まるで公園の木でも避《よ》けるように無視して、

「水無月忍さん、あなたにお渡しするものがあって来ました」

「ちょっちょっちょっちょっと待てっ！」

丹波が猛烈な剣幕で、

「あんた、うちの事務所に忍を直接引き抜きにくるたあ、いい度胸じゃねえか、ええっ！」

しかし女がふっとこちらを向き、切れ長の目でちろっと見ると、

「うぐっ」

丹波は、まるで鹿島神宮《かしまじんぐう》のニシキヘビに睨まれた筑波山《つくばさん》のウシガエルみたいに、声を失ってのけ反ってしまった。

（な、なんだこの女の殺気は――）

丹波の背中から冷や汗が出た。丹波は仕事の性質上、その筋の人たちと交渉事をすることもあるが、こんなのけ反るような殺気を感じたことはなかった。

（――この女は何者だ？　まるで抜き身の日本刀が歩いているようだぜ……）

女はしかし、穏《おだ》やかな口調で、

「水無月忍さん」

「はい」

忍は立ち上がって、女に向き合った。

女は忍を、爪先《つまさき》から顔まで確認するように見た。そして白い封筒を取り出すと、忍に手渡した。

「おめでとう。帝国海軍はあなたを歓迎します」

「え――――！」

女はほのかに微笑して、さっと敬礼した。

「明後日、そこに書いてある場所へ一二〇〇《ヒトフタマルマル》時に出頭されますよう」

女は忍にそれだけ言うと、踵《きびす》を返してカツカツとオフィスを出ていった。

「ご、合格通知――――？」

忍はもらった封筒と、オフィスを出ていく女性士官の黒色の制服の背中を、交互に見ながら言葉を失っていた。

表《おもて》の路上では、国防総省の旗を立てた黒塗りのリムジンが、雨模様の中でワイパーを動かしながら彼女を待っていた。

「どうだった水無月忍は？」

後部座席で待っていた郷大佐が訊いた。

女は
「なんともいえませんね。鍛《きた》え方しだいでしょう」

「そうか」

リムジンが動きだす。

「でも、いい目をしていたわ」

女は微笑した。

郷はうなずいて、

「愛月大尉。できれば君に、水無月忍の教育係をやってもらいたいのだが」

「わたしが、ですか？」

愛月大尉と呼ばれた女は、自分を指さした。

「そうだ。君は、〈究極戦機〉のメインパイロットだ。いや、だったというべきかな」

「本当に〈究極戦機〉が、もうあの子の声でしか動かないというのなら——あの子を、かわいそうだけれど海軍の戦闘機パイロットにしてしまうよりないでしょうね。でも教官役の適任者は、ほかにいますわ」

「誰だね？」

「郷大佐。わたしは、あの戦闘マシーンに乗ってから変わってしまいました。この身体《からだ》にこそなんの変化もありませんが、私の人格は――わたしがあの底知れない能力を持ったマシーンの一部にされてしまったのか、あるいはあのマシーンに乗って戦うたびにわたしの中に眠っていた何か恐るべきものが目覚めてきたのか、それはわかりませんが……今では六本木を歩いていると、やくざがわたしを避《よ》けて通ります」

愛月有理砂は郷を見た。

「〈究極戦機〉に乗るということが、いったい人間に何をもたらすのか、一番多くあれに乗ったわたしですら、実はまだ、摑《つか》めていません。そんなことで悩んでいる人間には、何も知らないあの子を〈究極戦機〉の――あの恐ろしいUFC1001のパイロットに育てることなんてできません。迷いが入ってしまいます」

「では、誰ならできるというんだ。君以外で？」

「UFCチームでただ一人、〈究極戦機〉に乗る前も乗ったあとも、ぜんぜん人格の変わっていないパイロットがいますわ。彼女なら、たぶん……」

# 1

**●紀伊半島沖《きいはんとう》　帝国海軍戦艦〈大和〉十一月一日**

「あっ、あたしがですかぁっ？」

森高美月の素《す》っ頓狂《とんきょう》な声が、〈大和〉艦長室に響きわたった。

「そうだ森高中尉」

艦長の森大佐がうなずいた。

「貴様をぜひ新人パイロットの教官にと、推薦《すいせん》がきておるんだ。栄転だぞ。ぜひ承《しょう》諾《だく》しろ」

「じょっ」

美月はプルプルと首を振った。

「冗談言わないでください艦長！　あたしが人にものを教えられるような性格か、艦長が一番よく知ってるでしょう?」

「いいか森高」

森艦長は後ろ手を組んで、広い艦長室の真ん中で直立不動している美月の周りをぐるぐる歩き始めた。

「一カ月前、山多田大三の〈アイアンホエール〉がわが艦隊を襲った海戦で、われわれの切り札である〈究極戦機〉は出動できなかった。なぜだ?」

「あたしが芝浦の食堂でごはん食べてて、〈翔鶴〉に来るのが遅れたせいですか?」

「違う」

美月は艦長室の真ん中に立たされたまま、上目遣いに天井《てんじょう》を見た。戦艦〈大和〉の竣工《しゅんこう》は昭和の初期、ほとんど百年前の代物《しろもの》だ。

〈こういうのを、〈前世紀の遺物〉っていうんだろうなあ……〈究極戦機〉が核融合動力のGキャンセル駆動で飛ぼうって時代に、46センチ砲振りかざして喜んでるんだもんなあ――〉

実際、〈大和〉の内装は新造のイージス艦などと比べると、まるで明治の創業以来、今も変わらぬ木造四階建てで営業し続ける、あの由緒《ゆいしょ》ある箱根《はこね》の〈富士屋《ふじや》ホテル〉とかつての赤坂プリンスホテルの新館くらい、時代の差が存在する。

〈――この天井の高さといい凝《こ》った装飾といい……お寺の本堂じゃあるまいし〉

巨艦〈大和〉の艦長室は、その大きさや（何しろ艦内の全部の区画を歩いて見て回ろうと思ったら、朝の六時に出発して途中でお弁当食べて夜の十一時までかかるといわれている）を十分に活《い》かして広く造られ、今、美月の立たされている艦長執務室に隣り合って、艦長専用豪華寝室、艦長専用のキッチンや来客をもてなすラウンジまでついていて、へたな4LDKのマンションよりも広いのだ。

「こら森高、聞いとるのか？」

「は、はい」

森はごほんと咳払いすると、

「あの時、〈究極戦機〉UFC1001は、魚住博士はじめサポート・スタッフの必死の努力にもかかわらず、ついに覚醒して動きだすことはなかった。なぜだか知っているか？」

「あ、あのうひょっとして」

美月は艦長を見た。

「〈究極戦機〉、葉狩博士にアイドル歌手のCDインプットされておかしくなっちゃったって噂、本当なんですか？」

「森高！」

森艦長は美月の周りを一周すると、正面から彼女をじろりと見た。

「西日本帝国の国防機密を、軽々しく口にするな。いいか、〈究極戦機〉ＵＦＣ１００１は、都合により、水無月忍という元アイドル歌手で今は女優をしているという素人の、肉声で命じなければ動かないことになってしまったのだ」

「あちゃー」

美月は頭を搔いた。

「そりゃ大変だ」

「他人事《ひとごと》みたいに言うなっ！　山多田の率いる核テロリストどもと戦うには、水無月忍を〈究極戦機〉に乗せなければならんのだ！」

「その元アイドル歌手を、ＵＦＣのパイロットにするんですか？　そりゃ大変――わっ」

森艦長が至近距離から指さしたので、美月はのけ反った。

「貴様がするんだ森高中尉！　いいかっ、その水無月忍を、〈究極戦機〉に搭乗できるようなファイターパイロットに育てるのは貴様だ！　昨夜《ゆうべ》の国防会議でそう決まった！　貴様は責任持って、水無月忍をＵＦＣ１００１のパイロットに育て上げろ！」

「うそぉっ！」

美月は叫んだ。

「冗談じゃない！　あたしできませんよそんなこと！」

「愛月が、貴様を推薦したんだ」

「有理砂が？　まーたあの女、人に押しつけて——そのくせいいところはみんな自分でさらっちゃうんだから……」

「ぶつぶつ言うな」

森艦長は美月の肩に手を置いて、

「なあ森高、ものは相談だ」

「へ？」

「いいか、貴様の勤務評価は、知ってのとおり最低だ。わが帝国海軍のすべての中尉の中でも最低に近い」

「言われなくても、わかってます」

「貴様が少尉から中尉になれたのも、〈究極戦機〉に乗って地球のために戦ったからだ。そうでなければ貴様のようなはねっ返りは永久に万年少尉だ」

「言われなくても——」

「まあ聞け。そこで相談だ」

「なんですか？」

美月は、肩に置かれた森艦長の手を、気味悪そうに見た。

「いいか森高。水無月忍を責任持って、ＵＦＣのパイロットに育て上げてみせろ。そうすれば今までの不始末をぜんぶ帳消しにして、大尉にしてやるぞ」

「え」

美月は自分を指さした。

「あたしが――大尉、ですか？」

「そうだ」

「今までに書いた始末書もぜんぶ帳消しですか？」

「そうだ帳消しだ」

「貨物船の甲板に不時着して全国放送されたのも？」

「うむ」

「新宿の上で超音速出して、高層ビルの窓ガラスぜんぶ割ったのも？」

「う、ううむ。それも帳消しだ」

美月の頭の中で、神経織維《シナプス》のソロバンが猛烈な勢いで計算を始めた。

（うーん、〝大尉〟か――ルテナン・モリタカからキャプテン・モリタカか……〝キャプテン・モリタカ〟……う～ん、いいなあ――）

チーン
急に美月が笑ったので、今度は森艦長がのけ反った。

「わかりましたわ艦長、わたしやってみますわ」

「そっ、そうか」

　森艦長はハンカチを取り出して、顔を拭きながらうなずいた。

「よかったよかった、引き受けてもらえて」

「大尉になったら、給料も上がるんですよね？」

「もちろんだとも」

　森艦長はうなずいた。

「いやぁやれやれ、これで〈さよならパーティ〉の準備が無駄《むだ》にならずにすんだよ」

「え？」

　美月は首をかしげた。

「〈さよならパーティ〉？」

　パン、パン！

　森艦長が大きく手を叩くと、艦長室のラウンジのカーテンがぱーっと開き、いつから待機していたのか副長、機関長、航海長、砲術長はじめ戦艦〈大和〉の主《おも》だった士官たちが白い第二種軍装に身を包んで現れ、かたっぱしから一斉にシャンパンを抜き始めた。

　ぱんぱんぱん
　ぱんぱん

「な――」

紀伊半島沖の海を見はるかす、二十人は入れる広いラウンジのテーブルには料理が用意され、向こう側の壁には『おめでとう　さようなら森高中尉』の横断幕まで張られている。

「――何よこれ？」

「いやあ森高中尉、おめでとう」

「栄転おめでとう」

「〈大和〉もさびしくなるよ」

佐官クラスの幹部乗組員たちが、次々に美月の肩を叩いて喜ぶ。

「うっうっうっ、中尉、とうとう行っちゃうんですねぇ……！」

美月のハリアーの後席で着弾観測員を二年間にわたって務めた迎少尉が、嬉しいのか悲しいのかどっちかわからない涙に暮れている。

「もう中尉の後席に乗らなくていい――じゃなくて乗れないのかと思うと、僕は、僕は」

「――ったくもう！」

美月は、なんだか詐欺《さぎ》にかかったような気分になってきた。

●帝都西東京　広尾〈聖香愛隣女学館〉

ピンポーン

『短大英文科二年の睦月里緒菜さん、短大英文科二年の睦月里緒菜さん、至急、学長室まで来てください』

え？　と里緒菜はカフェテリアの天井を見上げた。学内放送で名前を呼ばれるなんて初めてだし、学長室なんて、どこにあるのかもよく知らない。

「急ですまないのだが」

御年《おんとし》70歳の山羊《やぎ》のような顔をしたお爺《じい》さん——〈聖香愛隣〉の学長なわけだが——が、午後の陽《ひ》の射し込む静かな学長室の巨大なマホガニーデスクの向こうで言った。

「睦月、里緒菜くんじゃね」

「はい」

里緒菜は学長室の真ん中に立って、いったいあたし何をしちゃったんだろう——と首をかしげていた。

「学長、本当によろしいんでしょうか？」

ワイシャツの腕に黒いカバーをつけた中年の教務課長が、汗を拭きながらデスクの横に立っていた。

「仕方ないじゃろう、総理大臣命令が出とるんだ」

山羊のような白髪《しらが》のお爺さんは髭まで見事な白髪で、背広の代わりに白いシーツでもかぶっていたらまるで仙人みたいだった。その仙人みたいな学長は、大きな黒光りするデスクの上に両ひじをついて、湯呑みで渋茶をすすり込んだ。

「ずずず、ずずーっ、あー」

里緒菜は訳がわからなくなって、焦げ茶色にてかてかと艶《つや》の出た学長室の中を見回す。〈聖香愛隣〉の校舎は明治時代に建ったものだという。天井に近い額には、巨大な筆で墨書《ぼくしょ》された『純潔』と『良妻賢母』――。どちらも古びて紙が黄色くなっている。

（あれ？）

と、里緒菜は部屋の隅《すみ》、自分の背後にいつの間にか黒いかちっとしたスーツを着た女性が立っていたのに気づいて、ちょっと驚いた。

（人がいる気配なんかなかったのに――影のようにスッと立っているんだもの。誰だろう？）

「睦月くん」

「あっ、はい」

里緒菜は学長を振り向いた。

「あー、君は」

「はい」

何を言われるのだろう？

「今日で卒業だ」

**●世田谷区奥沢　駅前**

カンカンカンカン――

里緒菜の乗ってきた目黒《めぐろ》線の電車がぐおおーっと走り去って、遮断機が上がる。

里緒菜はショルダーバッグを肩にかけ直すと、通行人の先頭を切って走りだした。

「はあ、はあ、はあ！」


――『あなたが、睦月さんね？』

「はあ、はあ、どうしよう、受かっちゃった、どうしようー」

――『わたしは愛月有理砂。帝国海軍から来ました』
『か、海軍、ですか？』
『水無月忍さんとは、お友達ね？』
『はい、それほどまだ、親しくはないですけれど、気は合うほうです』
『よかったわ、あなたたち二人、訓練でもいいパートナーになれそうね』
「どうしよう、あたし、戦闘機になんか乗れるかなぁ！」
――『あのう、どういうことでしょうか？』
『あなたにこれを、渡しにきました』
『ええっ？』
『おめでとう。帝国海軍は、あなたを歓迎します』
「どうしよう！」

## ●世田谷区奥沢　睦月家

「おお里緒菜。ちょうどいい。待ってたんだぞ」

息せき切って玄関に飛び込むと、まだ夕方早くて明るいというのに、父の祐一郎が帰宅していた。

「里緒菜ちゃん、いい知らせよ」

母の薫《かおる》がリビングのテーブルに座った祐一郎にお盆に載せたお茶を運んでいる。いつになく明るい。ニコニコしている。

「お父さんがね、里緒菜ちゃんの就職を決めてきてくだすったのよ」

「え——？」

あなたはいお茶、と薫は茶碗を置く。祐一郎はネクタイを外しながら、

「いい会社だぞう。俺もちょっと苦労した。なあ母さん、はっはっはっ」

「富士桜銀行系列の、〈富士桜オリエントリース〉なんですって」

「うん。取引先との商談がうまくいってな、営業用軽自動車五十台をリースで使いたいと言ってきたから、俺が〈富士桜リース〉にその話を回してやったんだ。リースの副社長がこれまた喜んでなあ、『睦月さんこのお返しはどういった形で——』と言っ

てきたから、俺がすかさず『じゃあ女子大生を一人、採《と》ってくれませんか』とな。絶妙のタイミングだよこれは、わっはっはっはっはっはっ」

「えーー」

里緒菜は、リビングの入り口に立ったまま、父と母を見ていた。

「リース、会社――？」

「そうだ」

祐一郎は大きくうなずいた。

「おまえは四月から、毎日、川崎《かわさき》支店の窓口で、リース料金と利息の計算だ。それからクレジットカードの番号照会と苦情《クレーム》受け付け、外回りで軽自動車や事務用機器リースの営業――やることはいっぱいあるぞ、うん、まっとうな仕事だ。やっぱり金融機関関連が一番だ」

「あ――あの」

「よかったわね里緒菜ちゃん」

「座れ座れ。どうした？　乾杯しよう、母さんビール」

「はいはい」

里緒菜は、どうしたらいいのかわからなかった。今日はいろんなことが起こりすぎる。

「あの、あたし……四月から毎日、川崎の支店で利息の計算をするの？」

「それにクレジットカードの苦情処理だ。忙しいぞ、一日中、電話がかかりまくってくるからな。何しろわが〈富士桜カード〉は、発行枚数西日本帝国一だ。わっはっはっはっ」

「あ、あのう、お父さん」

「心配するな、そのうち富士桜銀行の一番優秀な若手行員と結婚させてやる。これでおまえの将来も安泰《あんたい》だ」

「よかったわねぇ里緒菜ちゃん」

「よかったよかった、わっはっはっはっはっはっ、母さんビール」

　里緒菜は言葉を失った。

（相談、しようと思ったのに……海軍なんてお父さんにもお母さんにも内緒で受けたから——どうしよう）

## ●目黒区自由が丘　コーポ・サボイア

　忍が明日の朝食用パンの包みを抱えて帰ってくると、マンションのエントランスに見覚えのある車が駐《と》まっていた。

「あっ」

真っ赤なＢＭＷ320ｉのカブリオレで、黒い幌《ほろ》がかかっている。

「お姉ちゃん、来てるんだ――」

忍は、カンカンとメタリックの外階段を上がっていった。


「勝手に上がったわ。あんまり表《おもて》、うろうろしたくなくて」

水無月美帆は、三階の２ＤＫの部屋の窓のそばの床にじかに座って、天井灯を点《つ》けずに暮れていく自由が丘の遠景を眺めていた。

「よく時間、空《あ》いたね」

忍は玄関を上がってスリッパを履く。上がってすぐの横に、送るばかりに梱包《こんぽう》した透明衣装ケースがふたつ、積み上げて置いてある。

「今夜だけ、スケジュールがぽかっと空いたの。でも局でうろうろしているとプロデューサーに食事付き合わされるでしょ？　さっさと逃げてきた」

「お姉ちゃんごめんね。食べるものあんまりないの」

忍はキッチンにパンを置いて、食品庫を引き出して覗く。

「スパゲッティならできるけど？」

「――いいよ」

美帆はフッと笑った。

「疲れて、あんまり入らない。ビールがいいな」

「あ、待って。大きい缶でひとつだけある」

忍は冷蔵庫を開ける。

「ねえ忍」

「なあに」

「どうしたの、部屋」

「どうしたのって？」

忍は大きな銀色の缶を開けて、ふたつのグラスに注《つ》ぎ始めた。

「あんたまるで引っ越しするみたいじゃない」

「ああ」

忍はグラスをふたつ持って、灯《あかり》の点いていない部屋の中を歩いてきた。なんとなく、もうしばらくは外のかすかな夕陽だけのほうが、落ち着くような感じだった。

髪を掻き上げる姉の美帆が、窓辺でシルエットになっている。姉は素足《すあし》だった。

その横に、忍は座った。

「お姉ちゃん、わたしね」

「ん」

「明日の朝ちょっと、遠くへ行くの。私物はカラーボックスにふたつって制限されちゃって、今日は整理するの大変だった」

「どこ？」

「静岡《しずおか》のほう。浜松《はままつ》かな」

「長期ロケ？」

「ううん。違うの」

忍は頭を振った。

「訓練よ」

「訓練――？　なんの？」

「パイロット」

「え？」

美帆はグラスを止めて、忍を見た。

「パイロット――って？」

忍は絨毯《じゅうたん》の床を見ながら、

「お姉ちゃん、実はね、内緒で受けてたの。帝国海軍の飛行幹部候補生」

「え――」

美帆は妹が何を言ったのかわからない様子だ。

「――なんだって？　もう一度言って」

## 2

**●帝都西東京 目黒区自由が丘 コーポ・サボイア**

飲み干した空《から》のグラスふたつを前にして、姉と妹はしばらく話していた。

「忍、どうするのよ女優の仕事は」

「しばらくの間、休業するわ」

「休業って――忍、あんたはこれからなんだよ」

「知ってるわ」

まだ部屋には灯《あかり》が点いていなかった。忍はほの暗い中で、絨毯の上でひざを抱えて、天井を見上げた。

「ぜんぶ、承知の上よ」

忍はひざにあごを載せて、

「今は依頼される仕事をかたっぱしからこなして、実績を積んで評価をもらって、一歩一歩、階段をのぼるようにしていかなきゃいけない時期なんだって、わかっているわ。せっかくドラマや舞台の仕事が来始めているのに、ここで二年も三年もどこかへ留守にしたら、また振り出しに戻るのはわかっているわ」

「わかってるんなら――」

「お姉ちゃん」

　忍は美帆を見やった。

「わたし、周りには、戦闘機パイロットのコースでしごかれて、普通の人にできない体験を積んでくることは女優としてこれからやっていくためにすごくプラスになるから、なんて言っているわ。でもね」

「――」

「でも、わたし、本当のことを言うと――お姉ちゃんにだけは本当のことを話すけれど、実はあの時、いい、しびれてしまったの」

　美帆は忍を見た。

「あの時――って？」

「あの時よ――お姉ちゃんの代役でドラマのアフレコした日、テレビ局の窓から一緒に見たわ。目の前を通りすぎる戦闘機を見た時、わたし本当のことを言うと、しびれてしまったの。自分ではまだ意識していなかったけど、わたしの中にいる〈本当のわたし〉みたいなものが、あの時に決心してしまったの。『わたしもあれに乗ろう！』って。『自分はまだ二十一だ。進路をひとつに決めてしまわなくても、いろんなことができるはずなんだ。わたしにできることが、役者の道以外にも、あるかもしれない』って」

「無謀《むぼう》よ、あんた女の子なのよ」

「女性の戦闘機パイロットは、大勢いるわ。あの時、目の前を通り抜けた海ツバメ色の戦闘機のパイロットも、わたしより少し年上なだけの、女性だったわ」

「忍、女優休業して海軍に入って、パイロット訓練を途中で脱落して帰ってきても、もう芸能界には、仕事がないかもしれないのよ」

「わかっているわ」

忍は、自分の胸に手のひらをあてた。

「わかっているけど、駄目なの。もう変えられないの。わたしのこゝにいる何かが――胸の中の〈本当のわたし〉が、『そうするんだ』と決めてしまったから、やっぱり危ないからやめたほうがいいとか頭で考えても、駄目なの。変えられないの。わたしは、行くしかないの」

●目黒区自由が丘　緑《みどり》が丘《おか》一丁目交差点

「はあ、はあ、はあ」

大井町線のガードをくぐって走ってきた里緒菜は、スーパーと交番の見える住宅街の交差点で足を止め、肩で息をしながら持っていた手帳を広げた。

「えーと、ここは……」

頭の上の信号機についているプレートを見る。

「緑が丘一丁目だから――こっちだ」

里緒菜は四つ角を左に曲がって、ほの暗い夕方の街路を走っていく。

「はあ、はあ」

学校帰りのお化粧も取れてしまって、目は真っ赤に泣きはらしていた。

(忍、忍――あたしは、どうすればいいの)

●目黒区自由が丘　コーポ・サボイア

美帆は忍の目を、しばらく黙って見ていたが、

「――忍」

美帆は笑って、

「あんた、初めて真剣になったね」

忍は、うなずいた。

すると美帆は両手を頭の上に伸ばして、うーん、と伸びをしながら、そうか、とうとう真剣になったか、とつぶやいた。

「ねえ、忍」

「なあに」

「忍、あたしがここまでこられたのも、実はあんたのおかげなんだよ」

「え？」

「あんたが七年前デビューした時の話だけどさ、あたし、本当のことを言うと、怖かったんだよ」

美帆は髪を掻き上げながら、

「妹のあんたのほうが、本当は才能あるって、あたしは知ってた。追い越されるのが、すごく怖かった。だからあたしは、必死になってがんばった。アイドルから脱皮して本格的な歌手になるために喜多条俊之《としゆき》のプロデュースでアルバム制作した時も、スタジオの副調から『こんなに声出ないのか、歌手やめちまえっ！』て怒鳴られて、すっごくつらくて悲しくなって、やめちゃおうかって何度も思ったけど、でもスタジオから逃げ出すと後ろからあんたの足音が聞こえるような気がして、やめられなかったよ」

「お姉ちゃん――」

美帆は、忍を見た。

「でも、あんたは、才能あるくせにおっとりしてて一度も真剣に芸能活動しなかったね。学校のクラブの延長みたいに仕事してた。ううんわかるよ、あんたは本当は、本気出したらすごいんだよ。あたしがそれを一番よく知ってる。あたしは知ってる。あたしがここまでこられたのは、あんたが後ろから追いかけてくれたからだもの」

「お姉ちゃん」

「おととし、あたしのベストアルバムの録音で一曲だけ代役してくれた時、あんたが歌ったら最初のテイクでディレクターがＯＫ出したでしょ？　一度も練習しないで。あんなことあたしにはなかったよ」

「お姉ちゃん、あたし――」

「忍、お祝いしようか」

美帆は笑った。

「初めてあんたが、本当に真剣になった記念にさ」

「うん」

「シャンパンでも買って――ええとサングラスは――」

美帆がそう言って立ち上がりかけた時、
どんどんどん！

どんどん！

暗くなった部屋の向こうで、入り口のドアを激しくノックする音がした。

姉妹《ふたり》は、話すのをやめて部屋の入り口を見た。

どんどんどんどん！

「何かしら？」

すると入り口の向こうで、「あ、あのう」と女の子の声が言った。

「――水無月忍さんの部屋、こちらですか？　あたし、睦月ですけど……」

**●渥美《あつみ》半島《はんとう》沖　帝国海軍戦艦〈大和〉**

エンジンのスタートを終えた。
キイイイイン
「N2回転、六四パーセント。排気温度447℃。よーし安定した」
森高美月は、アビオニクスの電源を外部コネクターからメインエンジン発電機《ジエネレーター》に切り替えると、後席に見えるように親指を立てて、声を上げた。

「ビフォーテイクオフ・チェックリスト！」

しかし後席から返事がない。

美月はショルダーハーネスで固定した肩を窮屈《きゅうくつ》そうにしながら後ろを振り向き、

「もう、さっさとチェックリスト読んでよ迎少尉――あ……」

シーハリアーFRSマークⅡの後席には、誰も座っていなかった。代わりに、美月の私物を詰め込んだ大きなナップザックと、ヴィトンのボストンバッグ、それに小さな猫の縫《ぬ》いぐるみがひとつ、射出座席の五点式シートベルトでしっかりと固定されている。

「そうか今日は、一人なんだ……」

美月は飛行ヘルメットの頭を前に向けて、革手袋をした両手をコクピットの外へ出し、甲板の整備員に『固定装置を外せ』と合図した。


ズゴォオオオオ！

着陸灯と衝突防止灯を点《つ》けたFRSマークⅡが、戦艦〈大和〉の最後部飛行甲板を垂直離陸していく。

「森高中尉に敬礼っ。総員、帽振れっ」

飛行甲板の整備員たちが、ライトをいっぱいに点けて夜空へ上昇していくシーハリアーに帽子を振った。

ハリアーは見送りに応《こた》えるように、高度一〇メートルを保って〈大和〉の速度に合わせ、右舷の横をゆっくりと前進した。

「森高中尉が行くぞ」

「転任するんだって？」

「今日、急に決まったんだそうだ」

若い士官や乗組員たちが、だだだっと右舷甲板に出てくると、誰が指示したわけでもないのに対空高角砲の前に横一列に並び、帽子を振り始めた。


「なんだあれは？」

森艦長が、第一艦橋の右横の窓から甲板の騒ぎを見下ろして言った。

「登舷礼式《とうげんれいしき》をやれなんて、指示した憶《おぼ》えはないぞ」

「若い連中が、自主的に見送っておるようです」

副長が言った。

「人気があったのか嫌われてたのか、よくわかりませんな、あの娘は」

キィイイン
「このおんぼろ大戦艦も、しばらく見納めか……」

美月は、左手のノズルレバーで方向可変推力をコントロールしながら、夜の海原《うなばら》を航行する黒い城のような戦艦の姿を見下ろしていた。ハリアーの着陸灯に照らされて、〈大和〉の掻き分ける白波がうねるように左右へと広がっていく。

「あいつ――」

美月は、舷側で手を振ってくれている人波の中に、迎少尉の姿を探そうとした。

（あいつ、うまくやれるかなあ――ほかのパイロットの後席で……）

ひとつ年下の、裕福に育った世間知らずのハンサムな坊ちゃんの姿を、美月は見つけることができなかった。

「――さて行くか」

美月は左手で軽く敬礼すると、フルパワーで回るペガサスエンジンの推力をすべて前進方向へ向けて、速度を上げながら〈大和〉の右舷を離れていった。

キユィイイイイン！

## ●伊勢湾《いせわん》上空

美月はハリアーの速度を二〇〇ノットまでしか上げなかった。高度はわずか二〇〇フィート（六〇メートル）。美月にとって最後になるシーハリアーでの低空飛行を楽しみながら行くつもりだ。

「新月かぁ。暗いわけだ」

美月は、これから名古屋《なごや》郊外にある三菱重工の小牧飛行場《こまきひこうじょう》へ行く。そこで新しい彼女の乗機を受領して、数日の慣熟訓練を受けたのちに、新しい任地である静岡県の帝国海軍浜松基地へ向かう予定になっていた。

天候は穏やかだったが、月がなく、伊勢湾上空は真っ暗だった。

「迷子になる心配はないもんね」

美月の目の前の風防投影式計器《ヘッドアップ・ディスプレイ》には、ＦＲＳマークⅡのＩＮＡＳ慣性航法／攻撃システムが描き出す前方の地形のＣＧ画像が、淡いグリーンのワイヤーフレームの絵となって映し出されていた。さっき離艦前に、小牧飛行場の位置を緯度／経度で記憶させておいたから、何も見えなくても美月を疑似有視界飛行で小牧まで連れていってくれるはずだ。

「着いたらこいつともお別れか……」

後席に載せている小さな猫の縫いぐるみは、〈大和〉航空管制オペレーターの女の子たちがみんなで美月にと作ってくれたものだ。後脚《あとあし》にスキューバダイビングのフィンを履《は》いて、前脚に双眼鏡を持った黒猫のキャラクターは、この〈大和〉着弾観測機であるシーハリアーの垂直尾翼に描かれているイラストと同じものだ。

「今度の飛行機は、通常型戦闘機か――空中で停《と》まれないなんて、芸がないよなあ……」

## ●目黒区自由が丘　コーポ・サボイア

「〽ああ　あなたと別れた今でも
ああ　私はあなたと生きているの
いつの日も
生きてるの――」

ランプシェードとキャンドルの灯《あかり》だけでほのかに明るくしたマンションの部屋で、水無月美帆が床に座り、グラスを揺らしながらゆっくりと歌っている。

水無月忍が、低いテーブルを挟んで差し向かいにひざを抱えて座っている。その隣に睦月里緒菜。里緒菜は絨毯の床にぺたんと座って、ワインのグラスを持ったまま、口を半分開けて聴《き》き入《い》っている。

「〽今　たそがれの街
　あなたは歩いてる
　どこへ急ぐの
　人波の中
　もしも　私のこと
　想い出したならば
　すぐに電話で　声を聞かせて」

低いテーブルの上には、空になったシャンパンの瓶《びん》と、半分なくなった赤ワインのフルボトルと、自由が丘のデリカテッセンで買ってきたおつまみがたくさん、載せられている。

ゆったりとしたアカペラで、美帆はスイングした。

「〽ああ　あなたと別れた今でも
　ああ　私はあなたと生きているの
　　いつの日も
　　生きてるの」

　ぱちぱちぱちぱちぱち
　里緒菜が、グラスを置いて手を叩いた。

「すごおい、すごい」

　ぱちぱちぱち
「あたし、なんかこう、びんびんきちゃった」

　里緒菜の頬が、ピンクになっている。

「こんなに近くで、生《なま》で聴いちゃった。美帆さんの歌」

　忍が、横でフフ、と笑って、

「里緒菜ようやく元気になった」

「ほんと」

　美帆が笑って、壁に寄りかかるとワインを一口飲んだ。

「この部屋に飛び込んできた時は、びーびー泣いてた」

言われて里緒菜は、エヘヘ、と頭を掻いた。

――『忍さん、いますかっ?』

忍は、姉にパイロットコースへ進むことを打ち明けた直後、ドアを叩いて飛び込んできた睦月里緒菜を一生懸命、励ましてやらなくてはならなくなった。ほんの二時間前のことだ。

――『どうしたの睦月さん?』
『ごめんね、教えてもらったアドレス頼りに来たの。意外と近いから、走ってきちゃった』
『睦月さんあなた、泣いてるの?』
『あのね、お父さんが、うちのお父さんが――』

「里緒菜、あなたも合格したって、昼間、愛月さんから連絡をもらって知ったわ。わたしとあなたを、ペアで訓練に投入することに海軍で決まったんですって。帰った頃を見計らって、電話しようと思っていたのよ」

忍は、自分のグラスにワインを注いだ。

「でも、おうちの人が反対してるんじゃね……」

「うん――」

里緒菜は、うなずいた。

「――ていうか、あたし自身も、ぜんぜん自信ないんだ。ジェット戦闘機に乗るだなんて……まるで別の世界のお話みたい。お父さんが言うの。『軍隊に入るだなんて、とんでもない！　いったいどういうことなのか、わかってるのかっ？』って。お母さんも、『軍隊だなんてとんでもないわ、死ぬかもしれないのよ』って――確かに戦闘機パイロットって、帝国海軍の中でも一番危険な仕事なのよね……」

「うん」

「あたし、ついこの前まではキャビンアテンダントになりたくて、空を飛ぶのが夢で、『あたし負けない！』なんてつぶやきながらがんばってきたけど、でも航空会社が不況で採用を中止してしまったから、それまでの努力がいっぺんにぜんぶ駄目になってしまったわ」

「うん」

「そんな時、あの飛行機を見たの。海ツバメ色の戦闘機。あたしの頭の上を飛び越えていったあの戦闘機を見た時、なんとなく憧《あこが》れたわ。テレビのニュースでそのパイロットが女性だと知った時も、もっと憧れたわ」

「かっこよかったよね、ポスターの人」

「うん。あたし――あの人みたいに飛べたらどんなにいいだろうって思った。でも、ジェット戦闘機が超音速で飛ぶような世界は――ようく考えてみれば、あたしが住めるような、普通の世界じゃないんだわ――」

里緒菜は、しょんぼりとグラスを見た。

「住む世界、か――」

忍は天井を見た。

## ●名古屋郊外　小牧飛行場

キィイイイン！

C130やF15、工場を出たての機体や運用試験中の実験機が並ぶ小牧飛行場の三菱重工専用駐機場《ランプ》に、美月のハリアーは垂直降下してきた。

「別に滑走路使ったっていいんだけど――最後だからな……」

美月は、パーキング・ポジションに立つ整備員の発光スティックに誘導され、高度三メートルでホバリングしながら位置を調整する。美月が操縦桿《スティック》を動かすと、ハリアーの翼端で反動コントロールシステムが高圧空気を噴射し、機体の姿勢を小刻みに変えた。

「ポジションよし——」

美月は、左手でスロットルレバーをゆっくりとアイドルへしぼった。胴体内のペガサスエンジンが、ヒュゥウウウンと回転を下げる。

ドシュンッ
「着地！　燃料コントロールレバー、カットオフ」

すぐにエンジンをシャットダウンすると、数人のメカニックが駆け寄ってきて美月の機体に外部電源のコネクターをつなぎ、操縦席の下へ乗降ステップをつけた。

「森高中尉ですね。お疲れさまです」

「機体に異常はないわ。あと、お願いね」

美月は整備員にショルダーハーネスを外すのを手伝ってもらうと、ステップで地上に降りてヘルメットを脱いだ。

「ふう……」

「森高中尉、あちらで先任技術士官が待っております。ご案内します」

迎えにきた下士官について、美月は歩きだす。小牧飛行場は、軍民共用だった名古屋空港が沖合に移転してからは、航空機メーカーの専用飛行場となっている。美月の

ＦＲＳマークⅡは、Ｃ130Ｈハーキュリーズ輸送機とＥ767早期空中警戒管制機《AWACS》の間にちょこんと停《と》まっていて、振り返るととても小さく見えた。

「ねえ、あの機体、どうなるの？」

「新しく〈大和〉へ赴任するパイロットが来て、明日の朝、持っていきます」

「ふうん――ねえ、大切に扱ってって伝えてね、デリケートなんだから」


美月が振り返り振り返り歩いていくと、少し開いた扉から光が漏れる格納庫の前で、三十代の技術士官が待っていた。

「森高中尉、遅くまでご苦労だ。私は海軍航空技官の浅見《あさみ》技術少佐」

「森高美月です」

美月は敬礼する。あたしの新しい機体ってなんなのだろう？

「来たまえ森高中尉。君の新しい機体を見せよう」

**●目黒区自由が丘　コーポ・サボイア**

「お父さんが、あたしに言ったの。『おまえは、世の中を何も知らない。派手に見えることに憧れるばかりで、地道に毎日会社へ通って働くなんてくだらないと思っている』って――」

里緒菜の頭の中に、ついさっき自宅のリビングで言われたことがわんわんこだましていた。

――『だが違うぞ里緒菜。地道に、毎日毎日を繰り返すことが、本当に生きることなんだ。この世には、面白い仕事とか、かっこいい仕事とか、そんなものはありゃしないんだ。歌手とかタレントとか、格好よさそうに見える仕事はあっても、そういう連中はまともじゃないから、銀行は金を貸さんのだ。それが世の中だ。

里緒菜、お父さんの言うとおりにするんだ。リース会社に就職して、川崎の支店にこつこつ毎日通うんだ。九時から五時まで毎日きちんと勤めて、いずれはお父さんがこいつは出世すると認めたお父さんの銀行の行員と結婚して、堅実に社宅に住んで、子供を作って暮らしていくんだ。それが、一番いいんだ。それが〈本当の人生〉というものだ！』

「あたし――」

里緒菜はしょんぼりしながら、

「――あれだけ言われると、それがやっぱり、まともな世界なのかな、あたしが住むべき世界なのかなって思っちゃって……」

忍が、うーん、と何か言おうとしたが、その時、

「フフ」

美帆がテーブルの向こうでクスッと笑った。

里緒菜が、え？　と顔を上げる。ワイングラスを持った水無月美帆が、里緒菜を見ていた。

「――睦月里緒菜さん」

美帆は壁に寄りかかったままで、里緒菜を呼んだ。

「は、はい」

「あなた、自分をごまかす言い訳ばかりしてるね」

「え？」

美帆はグラスに口をつけながら、

「あきらめる理由を、一生懸命探してる。〈違う世界〉に行くのが怖いから」

「え――」

里緒菜は美帆を見た。

「〈違う世界〉に――って？」

美帆はそれには答えずに、

「さっきのあたしの歌、どうだった？」

「あ――ええ、すごくうまかったです。うまいっていうより、うまい以上の何かです」

里緒菜はうなずいた。

里緒菜はさっきの美帆のアカペラを聴いていた時の表情になって、

「あたしの周りにもカラオケとかうまい人いるけど、いえ、そういう人たちと比較すること自体、失礼なんだろうけど、なんだか全然、次元が違うっていうか、あたしの気持ちにびんびんきました」

美帆は微笑した。

「あたしはお金をもらって歌うんだもの。お遊びでやる人の千倍も真剣に歌うわ」

でもね、と美帆は続ける。

「里緒菜さん、あなた、『千倍も真剣に』ってどんなだか、わからないでしょ？」

「はい……」

美帆は、自分の胸に手をあてた。

「あたしは、歌手よ」

「はい」

「歌を歌うのが仕事。それを好きで選んだわ。でもね、仕事で歌うっていうことは、歌いたくない時でも、つらい時でも悲しい時でも、疲れていても、スケジュールが入っていたら人の前に出て歌わなければいけないということなのよ。たとえ肉親が死んだとしても、その日にコンサートが組まれていてチケットが完売していたら、あたしは笑顔で、いつものように恋の歌をうたわなくてはならないわ。

あたしの歌は、そういうことをひとつひとつ、乗り越えてきた歌なの。だから、遊びで歌う人と違うのは当然だわ」

「――」

「十六の時に歌手を始めてね――最初のうちは、『こんなはずじゃなかった』って思ったよ。でも好きで選んだから、やめなかった。とってもつらいけど、プライバシーなんかほとんどないけれど、もしあたしが芸能活動をやめて、普通の生活に戻って、『自分はそれで生きていけるだろうか？』って考えると、とても無理なの。学校を出て、会社に雇われて、毎日毎日オフィスの中で同じことを繰り返して、同僚のＯＬたちとグチるばかりの会話を毎晩毎晩、続けられるだろうか――？

そう考えると、『明日、舞台から落ちて死んでもいいから、芸能界にいたほうがいい』って、あたしの胸の中で〈本当のあたし〉がそう言ったのよ。この忍が――」

美帆は忍を指さした。

「――この忍が、さっきあたしに『胸の中の自分が空に進まずにいられないんだ』って言ったみたいにね」

忍が、うなずいた。

里緒菜は下を向いてしまった。

# 3

## ●小牧飛行場　運用試験格納庫

「開けてくれ」

浅見少佐は整備員に指示をして、Ｅ767が一機すっぽり入れる大きさの格納庫の扉をオープンさせた。

ゴロゴロゴロゴロ
「あのう浅見少佐、あたし、できたらあのハリアーでそのまま赴任《ふにん》したいんですけど――」

美月がぽつりと言った。

「新人訓練生を初級課程から教える仕事なんでしょう？　新型機なんてもらわなくたって」

だが浅見少佐は白衣に後ろ手を組んだまま、左右に開いていく明るい格納庫を見ている。

「森高中尉、今度の新人二人は、三カ月で仕上げてこれに乗せるんだそうだ。テストケースだそうだが——私も国防機密にはあまりタッチできんのだが、急ぎの養成計画らしいね」

浅見は、開いた格納庫の扉から、中へ入っていく。

「だから、君もこれに乗る必要があるんだよ。来たまえ」

「あたし——」

美月は後ろからついて歩きながら、

「通常型戦闘機なんて、つまんなくて」

「垂直離着陸機《ヴィトール》から来た連中は、みんなそう言うよ」

浅見は白衣の背中で笑った。

「でもこいつを見れば、気が変わる。一度乗れば、ハリアーを忘れるよ」

「そうですかあ……？」

広い格納庫の中には、見慣れないシルエットの機体が、真新しい防水布をかけられて静かに待っていた。

浅見は手を上げて、

「おい、こいつのご主人が来た。除幕しろ」

「はっ」

メカニックが二人がかりで、鋭角のシルエットを持つ機体の上から黄色い防水布をはがしていく。シーハリアーのころころと丸っこい機体を見慣れた目には、ずいぶん尖ったシャープな機体に見える。機首《ノーズ》はくちばしのように伸びていて、先端が針のようだ。

（ハリアーより大きいな……あっ）

ベールを脱いでいく機体を見て、美月は思わず声を上げた。

「浅見少佐、これ――」

「そうだ」

浅見は、うなずいた。

「最新鋭だ。いいだろう？」

美月の目の前に、まっさらなライトグレーの塗装の新型機が、格納庫の水銀灯を浴びて姿を現した。

「これ――」

美月は思わず駆け寄ると、特徴的な機体を眺め渡した。平たく伸びた機首下面には、鮫の口のような空気取り入れ口《エア・インテーク》がある。コクピットの風防《キャノピー》は完全な一体型バブル。

「森高中尉、ＡＦ２Ｊ・Ｍ――量産型の1号機だ。今朝、工場を出てきたばかりだぞ」

「へえー」

美月は20ミリバルカン砲の砲口が覗く左側の機体側面を、手袋を取った手でポン、ポンとさわった。

「へえー」

「Ｆ２シリーズ初の海軍仕様だ。着艦フックもついとるだろ？　脚も強化した。もっともこれはもはやＦ２じゃない。主翼設計は全面的に変えたし、エンジンは最新のＩＨＩ／Ｆ408、アビオニクスも次世代のＦＣＳ－Ｊ２、機体は新素材を大幅に増やし、下面に垂直安定板《フィン》を追加してＣＣＶ機動もできるようにした。格闘戦《ドッグファイト》でもハリアーに負けんぞ――こら、ＣＣＶのフィンにさわるんじゃない」

　ＡＦ２Ｊの機体の下にもぐり込んで、へえーへえーとあちこちさわりまくっていた美月は、主翼の下から出てくると、

「あ、浅見少佐、これマニュアルあります？」

「用意させてあるよ」

「今夜、シミュレーター空《あ》いてます？　夜中なら大丈夫ですよね」

なんだか急に元気になった美月に、浅見は面喰《めんく》らった。

「まぁ、そう急がんでも。君の荷物は宿舎に運ばせるが――」

「あ、いいです。その辺に置いといて」

美月は手を振って、

「ええと、格納庫のオフィス、今夜使っていいですか」

「そりゃかまわんが——」

美月はメカニックから大判の電話帳のような航空機《エアクラフト》オペレイティングマニュアルを三冊受け取ると、重そうに両脇に抱え、格納庫の奥に見えているガラス張りの整備オフィスへ向かい始めた。

「森高中尉、宿舎に行かんでいいのか？　夕食はどうするんだ」

浅見は美月の背に声をかけるが、

「基地の売店《PX》から出前取ってください。あ、コーヒーも一緒にお願い。ポットに三杯くらい」

美月はさっさと、格納庫のオフィスへ入っていく。入りぎわに振り向いて、

「あ、シミュレーター、午前一時頃から使いますから、システム立ち上げといてくださいね」

「中尉、君の慣熟訓練スケジュールは、明日から一週間取ってあるんだぞ」

「今夜ぜんぶやっちゃいます」

「何？」

「で、明日の朝、それ飛ばして浜松行きますから」

よろしく、と美月はオフィスのドアを閉めた。

**●小牧飛行場　訓練センター　十一月二日**

ウィーンウィーン
蛍光灯に照らされたシミュレーター・ルームで、六軸の油圧アクチュエーターに載せられたAF2J・Mのフルモーション・シミュレーターがウィンウィンいいながら動き続けている。

「なんだまだやっとるのか」

明かりの点いたシミュレーター・ルームを浅見少佐が覗きにきて、あきれた声を出した。

「かんべんしてくださいよ少佐。夜中過ぎからずっと付き合わされているんです」

三菱プレシジョンの若い技師が、シミュレーター管制卓に座って目を赤くしていた。

ウィーンウィーン
ガコン！

ふいに機械のこける音がして、六本のアクチュエーターに支えられた白い箱形のシミュレーターが天を向いたまま動作不能状態《スタック》してしまった。

「ごめーん、失速して落としちゃった。もう一度リセットしてくれる?」

管制卓のスピーカーから、美月の声がする。

「はいはい中尉、ほいで今度も敵機は出しますか?」

『イスラエル空軍のF15Cを四機くらい出してくれないかしら? さっきのミグ29は弱すぎて話にならないわ』

「はい、了解」

技師はシミュレーターをリセットする操作を行いながら、

「十二時過ぎに森高中尉が来て、『離着陸のカンを掴みたいから』ってタッチアンドゴーを始めたんです。三十分くらいで終わるのかなと思ってたら、いつの間にか空域へ出て空中機動訓練《エアワーク》を始めて、アクロバット始めて、とうとう二時過ぎからは、敵機を出して空戦おっぱじめました」

「空戦?」

「本当にあの人、AF2J初めてさわるんですか? 一時間でミグ29八機にスホーイ27七機も落として平気な顔してるんですよ! その代わり自分で勝手に失速して、地面に五回も穴掘りましたけど——あ、これで六回目か」

浅見は腕組みをして、うーむと唸った。

「あのな、海軍に噂があるんだよ」

「なんです？」

技師はインターフォンに「いいですよスタート！　今度のは強いですからねっ」と怒鳴る。

「『森高美月に礼儀と協調性があったら、とっくに空母〈翔鶴〉の戦闘航空団で飛行隊長になっている』という噂だ。飛行機にかけては、天才なんだそうだ」

ウィーンウィーンウィーン――

美月の乗ったシミュレーターが、動き始める。

「あいつが訓練生の頃、Ｔ２改高等練習機からシーハリアーへ転換する時に、マニュアル一回読んだだけで操作手順を全部暗記して、シミュレーション一回やっただけで次の日には実機を飛ばしてたんだそうだ。それも教官なしでだ」

「本当ですか――？　わわっ？」

キューン！

ズバババーン！

ＣＧ画面発生装置と連動したシミュレーターの疑似音響システムが、ドルビーサウンドで爆発音を響かせた。イスラエル空軍のＦ15Ｃの最初の一機が、美月に血祭りに上げられた音であった。

「しかしまあ――森高美月といえば、戦艦〈大和〉で月曜日の甲板朝礼に出たためしがないと聞いていたのに……新しいおもちゃが手に入ると、ずいぶんと熱心だな」

## ●東名高速道路《とうめいこうそくどうろ》　厚木付近

ぐぉおおおお――

「無理して連れてきちゃったかなあ……」

未明の東名高速を走る赤い320iカブリオレの運転席で、忍が心配そうに横を見る。

「――ううん……そんなことないの」

里緒菜は右の助手席で、シートベルトを締めてうつむいている。

「あたし、忍にひっぱられないと、どうも駄目みたい」

里緒菜は顔を上げた。

風が里緒菜の顔をなぶった。

冬の始まりの東名だったが、寒い季節のカブリオレというものは案外おつだよと教えてくれたのは、この車を忍に貸してくれた美帆である。BMWの、古いデザインのオープンカーは、幌《ほろ》を上げて走っても風の巻き込みは少ないし、シートの電熱ヒーターが効《き》いているから少しも寒くはないのだった。

「あのね、忍」

「うん」

「あたし、ゆうべ飲みながら美帆さんにああ言われた時、胸にこう、ものすごくきたの」

――『自分はそれで生きていけるだろうか？』

「今まで、あたしにあんなこと言ってくれた人、いなかったわ」

――『もしあたしが芸能活動をやめて、普通の生活に戻って、「自分はそれで生きていけるだろうか？」って考えると、とても無理なの。学校を出て、会社に雇われて、毎日毎日オフィスの中で同じことを繰り返して、同僚のＯＬたちとグチるばかりの会話を毎晩毎晩、続けられるだろうか――？』

「あたしも美帆さんの、『明日、舞台から落ちて死んだっていいから、芸能界にいたほうがいい』って言葉、すごくよくわかるなあ――」

あの時、美帆にその話をされた時、里緒菜は思わず下を向いた。胸が悪くなってしまったのである。里緒菜の目にはその時、父親の言うとおりにリース会社に就職して、毎朝毎朝、満員電車で川崎の支店に通《かよ》って机の上に高さ三〇センチに積まれたクレジットカードの申込用紙を毎日毎日、何百枚もパソコンにインプットし続けている五年後の自分の姿が浮かんでしまったのだった。それだけではない。父親の言うとおりに銀行員と結婚して、富士桜銀行の松戸《まつど》東社宅に入居した自分が、松戸西友《せいゆう》の食品売り場の白いビニール袋を提《さ》げて子供の手を引いて京成《けいせい》バスに乗ろうとしている十年後の姿までが、見えてきてしまったのだ。しかもその十年後の里緒菜が手を引いている子供は里緒菜にぜんぜん似ていなくて、勤務成績はいいらしいが毎晩十二時まで帰ってこなくて土曜も日曜も接待ゴルフで自分の趣味がなんにもなくて、おまけに頭がはげかかっている夫にそっくりの男の子で、バス乗り場の路上に座り込んでアイスクリームを買ってくれと泣き叫ぶのである。

そのイメージが目の前に浮かんだ時、里緒菜はまるで自分のBカップのブラの谷間から毛虫が何匹も入ってきて胸の中でうごめき回りまくっているような生理的嫌悪感《けんおかん》に襲われ、吐き気をもよおしてしまったのだった。

「ううっ」

悪寒《おかん》がぶり返すような気がして、里緒菜は口に手を当てて吐き気をこらえた。

「大丈夫？　里緒菜？」

「――大丈夫よ」

里緒菜はうなずいた。

「自信ないけど――親に逆らうのも初めてだけど、あたしは……」

一緒に浜松の基地へ行こうよ、と誘ったのは忍だった。戦闘機を飛ばす基地がどんなところなのか、見てから決めたっていいじゃない。

「あたしは……」

里緒菜は、320iの助手席に、不安そうにしがみついていた。

「ねえ里緒菜、歌うたいながら元気出していこうよ」

「え」

「ねえこれ知ってる?」

忍はハンドルを握りながら、吹きつける夜の風に向かって気持ちよさそうに歌い始めた。

「〽風を切るたび
気持ちよくって
胸が　膨らむ
望みは高く

HIGH, HIGH, HIGH, HIGH!――」

ゴォオオオオ――

深夜便のトラックに交じって、忍の運転するＢＭＷは走り続けた。

**●小牧飛行場　滑走路《ランウェイスリーフォー》34**

ズグォオオオオッ！

「おい、本当に行っちまったよ」

再燃焼装置《アフターバーナー》の火炎と薄い煙を曳きながら、明け方の空に急上昇していく一機の真新しいＡＦ２Ｊ・Ｍ――〈ファルコンＪ〉。美月の乗る量産型１号機である。

「森高中尉、ゆうべ初めてあれにさわったんだろ？」

「信じられん」

「すごいな」

海のほうから朝陽が昇り、九〇度近い姿勢で急上昇する〈ファルコンＪ〉のバブル型キャノピーをきらりと光らせた。

浅見が見ていると、美月のファルコンはそのまま機首を引き起こし、続けて宙返り《ループ》に近い機動をし、頂点で背面からひらりと裏返って水平になる〈インメルマン・ターン〉と呼ばれる空戦機動だ。

「おいこっちに来るぞ」

美月のファルコンは、浅見たち開発スタッフが見上げるランプエリアの上空を、主翼を振りながら低空で通過《パス》した。

バリバリバリッ！

キィイイイン――

そして、たちまち見えなくなった。

# 4

## ●帝国海軍浜松基地　管制塔

『浜松タワー、こちらファルコン001。五マイル南西にいる。進入許可を求む』

「――えっ？」

早朝の管制塔で当直をしていた管制官は、いきなり入ってきた女性パイロットの声にびっくりりして、あわてて双眼鏡と無線のマイクを引っ掴んだ。

「あー、浜松タワーです。コールサインをもう一度どうぞ」

『こちら、ファルコン001。森高中尉です。しばらくお世話になるんでよろしく。リクエスト・ビジュアルアプローチ』

「ラ、了解《ラジャー》。滑走路《ランウエイ》は見えていますね？」

『はい、視認《インサイト》』

## ●浜松基地南西上空　三〇〇〇フィート

『ファルコン001、了解。現在の使用滑走路は27《ツーセブン》です。目視進入《ビジュアル》を許可します』

「ラジャー」

新しい〈ファルコンJ〉の操縦席は三六〇度視界がよく、まるで自分の身体が空に向かって突き出しているみたいだった。

美月は〈ファルコンJ〉の操縦桿を握って、浜名湖《はまなこ》の上空にいた。昨日まで乗っていたシーハリアーと違い、操縦桿はサイドスティックで美月の右側にある。手の力を検知してフライ・バイ・ワイヤに伝えるシステムだから、ハリアーの時のように思いっきり動かさなくても、機体はわずかな舵圧《だあつ》を感じて反応してくれた。シートも上向きで、フルにリクライニングして飛んでいるようで、疲れなかった。

「えーとあの、浜松タワー、着任の挨拶《あいさつ》にローパスでも一発決めたいんですけど」

『ファルコン001、駄目です。騒音問題がうるさいので、無用の滑走路ローパスは禁止されています』

「ちぇっ、けち」

あふぁあ、と美月は操縦席であくびをした。昨夜《ゆうべ》から寝ないでこの新型戦闘機のシステムや操縦法を詰め込んだ。好きなことに集中していると時間のたつのを忘れるが、本当はずいぶんと疲れているはずだ。

美月は眠い目をこすりながら、水平線からわずかに視線を下げて、操縦コンソールのカラー液晶《LCD》ディスプレイを着陸モードにセットしていった。AF2Jのアビオニクスは本家のF2Cなどよりさらに進んでいて、円《まる》い針の計器がまったくない。

「滑走路27《ランウエイツーセブン》か——基地の南をいったんやり過ごして、東側から入ろうっと」

ピッ、ピッ

三面ある大型LCDのひとつを『マップ表示』にすると、浜松基地の滑走路と自分の機体の位置が、グラフィック地図《マップ》の上に四色で表示された。

**●浜松基地　管制塔**

「森高中尉が来たって——？」

インターフォンで起こされた主任管制官の少佐が、あくびしながら階段をのぼってきた。

「おかしいな、森高の着任は一週間後のはずだが」

「見てください」

当直管制官が双眼鏡を手渡す。

「む——」

指さされた方向を見ると、基地の南側の海岸線の上を、一五〇〇フィートの目視進入高度で滑走路と並行に飛ぶ、淡いライトグレーの機体がぽつんと見えた。

「CCVフィンをつけたF2——確かに例の新型機だ」

「そうでしょう」

少佐の後ろで、いつの間にか管制塔に上がってきていた若い士官が、わかったような口ぶりで言った。

「森高中尉は、予定より早く来ますと、僕の言ったとおりだったでしょう？　少佐」

「井出少尉——しかし、あの森高は、一夜漬《いちやづ》けでAF2Jをものにしたというのか？」

特別任務のため、郷大佐とともに昨日からこの基地に来ている井出少尉は、腰に手をあてて得意そうに、

「もちろんです。そのくらいの天才でなければ、今回の〈緊急極秘養成計画〉の教官役など、務まりませんよ」

**●浜松基地付近　県道21号線**

「『海軍浜松基地こっち』って標識すぎてから、だいぶになるけど――」

海に近い一面の野原のような中を、赤いBMWカブリオレが走ってゆく。

「――ほんっとになんにもないわ。すごい田舎ね」

ハンドルを握りながら、忍はまるで自動車メーカーが新車のコマーシャル・フィルムを撮影する時によく使う、カリフォルニアの海岸沿いのフリーウェイみたいな景色を見渡した。

（お姉ちゃんが、『海軍の航空基地っていったらひどい田舎なんでしょ』ってこの車を貸してくれたけど、ほんと、新幹線とバスで来たら大変だったわ……）

美帆は『当分使っていい』と言って、この車のキーを貸してくれた。忙しくて自分の車に乗る機会がないのだという。

うーん、と目をこすりながら助手席で里緒菜が目を覚ます。

「起きた里緒菜？　もうすぐ着くよ」

里緒菜は、「どのへんだろう？」とあたりを見回しながら大きくあくびをした。

「ふあぁ――忍はタフだねえ」

「女優は体力だもん」

忍は笑った。

「二時間の舞台を声張り上げながらこなすと、エアロビクスのクラス三回分くらいのエネルギーを使うのよ」

海から風が吹きつける丘のような野原を、幌を開けたカブリオレは走ってゆく。道が直線になる。左側が早朝の海、右側が一面に葦《あし》の生えた草地だ。草地の中に、ぴかぴか光るライトの列が現れた。滑走路へ続く進入用の照明施設だ。

キィイイイイン――

「ねえ忍、飛行機が降りてくる」

里緒菜が後ろを振り向いて言った。

## ●滑走路27《ランウェイツーセブン》　最終進入コース

「着陸《ランディング》チェックリスト、完了《コンプリート》」

滑走路27へ降りるための楕円形のパターンを回り終えて、美月の〈ファルコンJ〉は滑走路に正対し、センターラインの延長上を三度の降下角を保って正確に降下していった。

キイイイイン

美月は滑走路上の進入目標《エイミング》ポイントから目を離さず、着陸脚《ランディング・ギア》が出ていること、下げ翼《フラップ》が着陸のため最大角度に出されていることを、片手でもう一度、確認した。

すべてよし。

「なんかこう、一発決めたいなあ。せっかく最新鋭機で赴任してきたのに――」

美月は、滑走路上を低空高速で通過《パス》しながら、ついでにエルロン・ロールでもくるりと一発決めて、新しい任地のみんなに最新鋭機を見せびらかしたかった。

『ファルコン001、クリアー・トゥ・ランド。風は二七〇度、八ノット』

管制塔から着陸許可がきた。

「あのー、やっぱり、ローパスとか駄目ですかぁ？」

『駄目』

**●最終進入コース　真下**

「忍、なんだろう、あの飛行機」

里緒菜の声に、忍は運転しながら斜め後ろを振り向いた。二人の女の子の長い髪が、フルオープンの風になびいてはためく。

ギィイイイイン！

「ファルコンだわ！」

「ファルコン？」

ギィイイイイイイイン！

猛烈な爆音を叩きつけながら、ＣＣＶフィンを胴体下面につけたピカピカの〈ファルコンＪ〉が赤いカブリオレの頭上を追い越してゆく。

ドドドドドドッ！

「きゃあ」

「きゃあっ」

## ●最終進入コース　滑走路直前

「あっ！」

滑走路の末端を高度五〇フィートで通過、着陸のため引き起こしに入ろうとした瞬間、美月の目に何か小さな黒いものが滑走路上をぴょんぴょん横切るのが映った。

「タワー、滑走路を猫が横切った！　進入復行《ゴーアラウンド》する！」

ヘルメットのマイクに叫ぶと同時に、美月は左手のスロットルレバーをカチンと当たるまで前方へ押し、右手の操縦桿で機首を二〇度まで一気に引き上げた。

ズドドドッ！

アフターバーナーが自動的に点火し、フルパワーで〈ファルコンJ〉は上昇に転じた。

　バリバリバリバリッー
　バリバリバリバリッ！

「きゃあ！」

「すごーいこの音！」

忍が思わずハンドルを離して耳をふさぎそうになったほど、ファルコンのIHI／F408エンジンのアフターバーナー全開の轟《とどろ》きは、壮烈に降り注いだ。

びりびりびりびり
BMWの車体も、里緒菜の身体も忍の身体も、猛烈な爆音に叩かれて震えまくった。

「きゃーっ」

　ギィイイイイン
（しめたっ）

上昇を始めたファルコンの操縦席で、着陸脚を収納しながら美月は舌なめずりした。滑走路に飛び出してきた一匹の猫を避《よ》けたのだから、これは緊急避難である。

「このまま宙返りいっちゃえ！」

美月はフルパワーのまま、さらに機首を引き上げた。

ドドドドッ

推力／重量比が1をはるかに超えるＡＦ２Ｊは、垂直になりながらなおも加速していく。

「それっ、ループ！」

キキキキキッ

急停止したＢＭＷの座席から、忍と里緒菜は、蒼《あお》い空に吸い込まれるように上昇するライトグレーの機体を見上げた。

「すごい――」

「すごい……」

里緒菜は口を半分開いたまま、上空のファルコンから目を離すことができなかった。それはまっすぐ天に向かって放たれた、一本の矢のようであった。

「あれが――Ｆ２……」

「里緒菜」

「忍」

二人は、首が痛くなるのも忘れて、大きなループを描くファルコンの軌跡を追い続けた。

〈episode 05につづく〉

# episode 05
# 誰も代わりになれないの

●アムール川上流　ネオ・ソビエト秘密基地　十一月二日　06：21

白い蒸気が基地内の連絡路に立ち込めている。

シュー
白い蒸気は、基地の暖房に使われる原子力のスチームだ。黒ずんですすけた工場施設の建物やプレハブの住居棟から、建て付けの悪い隙間《すきま》を通ってスチームの蒸気は漏れてきて、表の冷たい空気に触れて白い煙になる。二年前からここシベリアのアムール川上流原野に設営されたネオ・ソビエト秘密基地の、それは早朝の光景だ。

「〈アイアンホエール〉が戻ったって？」

つらい一日の労働が始まろうとしていた矢先、基地に明るい報《しら》せがやってきた。

「本当か！」

「こいつは朝から景気がいいぞ」

「ドックへ急げ！」

ジャガイモ農園に作業に出ようとしていた旧東日本平等党の党員たちが、農機具を放り出して走った。

シュウゥー……

警備の兵士が小銃を持って守っているボロボロの金網フェンスの向こう側に、青黒い異様な光沢《こうたく》を持った何かの巨大な背が、白い蒸気に見え隠れする。

シュー……

「入れてくれ入れてくれ」

「俺もドックにいれてくれ！」

〈アイアンホエール新世紀一號〉は、夜明け前に三度目のテスト航海から帰着したばかりだった。今回は、新しく調整したボトム粒子型核融合炉と振動推進システムの適合性テストのための出動で、アムール川を河口近くまで下ったものの、日本海には出ずに戻ってきた。

『——ドック排水完了後、総員はただちに生鮮食料荷揚げ態勢をつくれ。繰り返す、ドック排水の完了後すべての作業員は〈アイアンホエール〉尾部の下に集合せよ』

二カ月ほど前、相模湾沖で西日本帝国艦隊との壮絶な海戦を引き分けたのち、〈アイアンホエール新世紀一號〉は本格的な戦略出動をしていない。主兵装である三重水素プラズマ砲が、未だに故障したまま復旧の見通しが立っていないからであった。

〈アイアンホエール〉は、腹の中に五〇〇〇トンの核燃料廃棄物を詰め込んでいるため国連軍が手を出せないという優位性を持っていたが、空母一隻を一撃で轟沈できる三重水素プラズマ砲が役に立たないのでは、世界征服の遠征に出るわけにはいかない。

汚染物質を呑み込んでただ大海をうろうろするだけの巨大な金属製のクジラなど、世界中のもの笑いになるだけだ。

うわぁ――

〈アイアンホエール〉が入渠《にゅうきょ》したドックの排水がすむと、ドック内から歓声が沸《わ》いた。この巨大な超兵器が、今までの歴史上のどの軍艦よりも画期的だったのは、それが〝漁業にも使える〟という点であった。

「サケだサケだ！」

じゃららら－っ

ホエールが航行中に口から呑み込んで船倉に蓄えてきたサケやカニやエビやニシンが、今、真っ白いクラッシュ・アイスとともにホエール尾部の搬出口から一斉にどさっと吐き出されてきた。

〈アイアンホエール〉は口から常時、大量の海水を呑み込んで、それを核融合炉の冷却に使うとともに振動推進《キャタピラー》システムで後方に噴射して、前へ進む仕組みになっている。例のズビュルルルというサウンドはその時に発生する。スクリュー推進よりもはるかに強力な加速を得られるが、大量の海水を呑み込んで進むのだから、当然その中には魚やカニがたくさんまぎれ込んでくる。アムール川の基地へ帰投する時に対潜ソナーで魚群を追い回して呑み込むと、立派な水揚げを得ることができるのだ。

じゃらじゃらっ

どどどっ

「わあ。今日はエビも交じってるぞ」

「今夜はごちそうだ」

「明日はホームランだ」

● 〈アイアンホエール新世紀一號〉ブリッジ

うわぁー

うわわぁー

「まったく！」

加藤田要は、歓声を上げる基地の隊員たちとは反対に、魚に群がる群衆をブリッジから見下ろして悪態をついた。

「世界征服のための偉大なる超兵器が、食糧調達のために漁に出なくてはならんとは！」

と、情けないああ情けないとつぶやきながら、要はブリッジを下りていく。

うわああ——！

歓声が、高まった。

山多田せんせい、ばんざーい！

平等ばんざーい！

基地に住む一万人の党員たちの声が喜びでいっぱいなのも、彼らの独裁者が帰ってきたからではなく、今夜はエビやカニが食べられるからに違いなかった。

「ふん」

要は、テスト航海の結果を技術者たちと相談するため、急いで階段を下りていった。

**●ネオ・ソビエト秘密基地　司令部食堂**

川西《かわにし》作戦少尉は、プレハブの司令部食堂で、ものすごくしょっぱい梅干し一個をおかずにして麦入りのごはんを食べていた。

「ん——？」

うわぁ——

ばんざーい——

思わず顔を上げて、川西少尉は秘密基地の巨大ドックのほうを振り向いた。

山多田先生、ばんざーい――

（そうか――明け方に〈アイアンホエール〉が帰投したんだな。嬉しい、今夜は塩じゃけが食べられるぞ！）

若い川西は、ネオ・ソビエト基地の粗末な食事で、毎日ひもじくて仕方がなかった。同じ年頃の西日本帝国の若者たちは、お昼に代々木《よよぎ》のシェーキーズでピザの食べ放題ランチを腹いっぱい食べたり、夜には渋谷《しぶや》の〈和民《わたみ》〉や〈村《むら》さ来《き》〉で大根おろしサイコロステーキをつつきながらビール片手に女子大生と合コンしたりしているというのに、彼は東日本共和国に生まれてしまったばっかりにこうして寒い朝からくたびれた軍服を着て、梅干しで麦ごはんを食べなくてはならなかった。

（ここ数カ月、特に食糧事情、悪かったものなあ……）

最近では、中国東北部の農村から買いつけた米や麦だけが、彼らの主食なのだった。梅干しでさえ、底を尽きかけていた。

（あの〈ホエール〉が魚を獲《と》ってきてくれるから、俺たちはなんとか生きていけるんだよなあ）

巨大な流線形の〈アイアンホエール〉は、今や旧東日本平等党員たちの、心の支えになっていた。

「そういえば――」

川西は、二年前に反逆者の汚名を着せられ、追っ手を逃《のが》れて西日本へ亡命した先輩の情報将校のことを思い出した。

（是清《これきよ》先輩は……）

「おい川西、六時半から作戦会議だぞ」

「あ、はい、すぐ行きます」

川西少尉はぱさぱさの麦ごはんを急いで掻っ込みながら、亡命した先輩のことをうらやましく思い出した。

（是清先輩は今頃、西日本で何を食べているんだろう——？）

# 1

**●西日本帝国　西東京・六本木〈吉野家《よしのや》〉六本木店**

「へいお待ちっ」

はちまきをした若い店長が、湯気の立つ大盛りの丼《どんぶり》を運んできた。白いごはんを盛る手つきから、数グラムと違わない分量で牛肉を載せる手さばき、客に『ねぎ抜きで』と注文された時にもすかさず応じられる熟達した職人の業《わざ》は、今朝も変わらず見事なものだ。

「ねぎ抜きの大盛り、玉子《たまご》二個入りねっ」

ドン！

「――」

目の前に置かれた丼を見て、ポール・スミスのスーツを着た長身の金髪の男は、カウンターに座ったまま、黙って静かに息を吸い込んだ。

ぱち
割り箸《ばし》を口にくわえ、静かに割る。青い目で丼を見下ろした金髪の青年は、おもむろにごはんの真ん中にぐりぐりと穴を開けると、そこに黄色い生卵を二個、つっつっと流し込んだ。

（うむ――）

醤油《しょうゆ》さしを取り上げ、少し掻き混ぜた玉子の真ん中に、小量、垂らす。この分量は大切で、やり直しは利かなかった。青年は真剣に、『このくらいかな?』という顔をして、醤油さしを置いた。

「お兄さん、好きだねえ。毎朝毎朝、ねぎ抜きの玉子二個入り」

体育会系の店長が、額に汗を浮かべて笑いかけた。

すると金髪の青年は青い目を上げ、表情を変えずに、

「――店長」

「へい」

「牛丼に玉子を二個も入れて、毎朝食べられるという幸福を、あなたは知っているか」

「へ?」

「私は、知っている」

まったく普通の日本語でそう言うと、ポール・スミスの金髪青年は、丼の牛丼《なかみ》をずずずっと掻っ込み始めた。

**●国家安全保障局《NSC》　情報分析課**

「おはようございます」

プラスチックの身分証明書を上着の内ポケットにしまいながら、金髪青年が地下三階の情報分析課のオフィスへ入ってきた。ここへ下りてくるには、国家安全保障局の入り口で身体検査を受け、特別な鍵《キイ》がないと動かないエレベーターに乗って、さらに地下三階に降りたところで、もう一度、指紋のチェックを受けなければならない。

「よう」

昨夜から泊《と》まり込んでいたらしい波頭《はとう》中佐が、アームバンドをしたワイシャツの腕を上げて答えた。口髭《はひげ》を生やした波頭中佐は、私服でいる時は着るものの趣味にうるさい。二年前、金髪青年が東日本共和国からこの西日本帝国へ亡命してきた時に、亡命の報奨《ほうしょう》として総理大臣からマンションと身の回りのもの一揃いが贈られたが、ポール・スミスのスーツを青年に選んでやったのは波頭である。

「中佐、また泊まり込みですか?」

「ああ」

波頭は椅子の背をぎしっといわせてあくびをした。

「どうもやつらの動きが気になってな――」

波頭のデスクにはコーヒーのポットと、何枚もの白黒《モノクロ》の衛星写真が載せられている。

青年は上着をかけると、波頭のデスクに歩み寄った。

「結局、〈アイアンホエール〉は日本海に出ずにまた戻ったようですね」

「主機関《メイン・エンジン》の調子と、それからプラズマ砲の修理がなかなかできんようだ」

波頭はまたあくびをした。

「今回も、アムール川を漁船のようにうろうろしただけで、何もせずに基地に戻ったよ」

「もうすぐ、アムール川も凍ります」

青い目の青年は言った。

「そうすれば、容易に日本海へは出られません」

「ああ、君の母方の先祖は、ロシアだったな」

「ええ」

青年はうなずいた。

「シベリアの冬は、何もかも凍りつくのだと母は言っていました」

「うむ。このままやつらが一冬、来年の春までおとなしくしていてくれればいいのだが」

　波頭は唸った。

「そうです波頭中佐。今出てこられても、〈アイアンホエール〉に対抗できるわれわれの〈究極戦機〉は、出撃できないのですからね」

「それなんだがな是清」

　波頭は、机の引き出しから〈TOP SECRET〉と赤いスタンプが押されたファイルを取り出した。

「――極秘ファイル？」

「海軍の、〈緊急養成計画〉のファイルだ。昨夜、届いた。見てびっくりするなよ」

「は――？」

　なんですか、と青年はファイルを手に取り、青い目でぱらぱらとめくった。

「この二人の女の子は――？」

「モデル事務所のカタログじゃないぞ。二人ともれっきとした帝国海軍の少尉候補生だ。今日、入隊することになっとるそうだ」

「この女の子たちが――〈究極戦機〉の？」

「左側の写真、水無月忍というのが〈究極戦機〉ＵＦＣ１００１の次期メイン・パイロット。右の睦月里緒菜は随行支援戦闘機《サポート・ファイター》のパイロット候補だ。睦月は都内の短大二年生、水無月は元アイドル歌手の女優だそうだ」

「——女優？」

波頭は椅子のままキィッと振り向いた。

「その水無月忍、君と同じ姓だな是清。親戚《しんせき》か？」

「はあ」

水無月是清は、首をかしげた。

「父方の、遠い親戚かもしれません。もともと日本は、昔ひとつの国だったわけですから——それにしても」

「ん」

「二人とも、けっこう可愛《かわい》いですね」

**●帝国海軍浜松基地　滑走路脇**

ドゴォオオオ——！

「すごい——」

「すごい……」

忍と里緒菜は、上空に大きなループを描いて飛翔《ひしょう》する〈ファルコンJ〉の機体から、目を離すことができなかった。

「ね、ねえ忍」

「何」

「あたしたち、本当にあれに乗るの？」

「そうみたい」

「うそ――どうしよう」

**●帝国海軍浜松基地　自家農園**

ゴォオオオ――

「ほう――」

ズボンのすそをまくって畑から新しい大根を引っこ抜いていたひょろりとした初老の男が、手を止めて上空を仰《あお》ぎ見た。

「――見事な宙返りだな。パイロットは誰だ？」

大根畑のあぜ道には軍用ジープが停《と》まっていて、ピストルを携帯した若い将校が男を待っている。

「司令、とんでもないやつですよ。こんな早朝からアフターバーナー全開で低空アクロバットなんて！」

「はっはっはっ、でも見ろ、いい腕だぞ」

「またにわとりが卵を産まなくなったって、苦情をもらいますよ」

はっはっは、と初老の男はまた笑って、まるまるとした大根三本を肩に担ぐと、ジープに戻ってズボンのすそを直した。肩章の下に突っ込んでいたネクタイを、バックミラーに映しながら結び直す。制服のシャツの胸には、金色の星が五つも並んでいた。

「パイロットも野菜も、活《い》きのいいのが一番だ。出せ」

「はっ」

ブォン

ジープは、遠くに見えている管制塔の方角へと走りだした。飛行場の区域内は、滑走路以外ほとんどが草っぱらである。

「今日の朝めしは大根のみそ汁だ。うまいぞ、無農薬有機栽培だからな。はっはっは」

**●浜松基地　中央ゲート前**

「どうする里緒菜？」

ゲートの手前に停めたBMWカブリオレの運転席で、忍は里緒菜を見た。

「わたしは、基地に入るわ。里緒菜、もしあなた気が進まないのなら、この車でそのまま帰ってもいいのよ」

「うん――」

里緒菜は下を向いてしまった。

「――忍」

「ん」

「まだ決心がつかないのは、確かなの。でもあたし、ここで帰りたくないわ。怖いけど、帰りたくない」

「じゃ、入るわよ」

うん、と里緒菜はうなずいた。

**●浜松基地　メインエプロン**

キィイイイインン！

滑走路に飛び出してきた小さな猫を避《よ》けるために進入復行《ゴーアラウンド》し、ついでに宙返《ルー》り《プ》を一発決めて無事に着陸した森高美月のＡＦ２Ｊ・Ｍ――〈ファルコンＪ〉量産１号機は、整備員の誘導に従って浜松基地司令部前のメイン駐機場《エプロン》に定位置停止《ランプ・イン》し、エンジンを停止した。

ヒュウウウウン――

「ふーっ」

キャノピーをはね上げたコクピットで、ヘルメットを脱《ぬ》いだ美月の髪が、海に近い浜松基地の風にふぁさっと広がった。

「あー疲れた、昨夜《ゆうべ》から徹夜だもんね」

胴体の下に鮫のひれのようなＣＣＶフィンをつけたぴかぴかの〈ファルコンＪ〉の機体に、たちまち整備員が駆け寄ってくる。

「森高中尉ですね」

「お疲れさまです」

「１番の油圧系統がリークしてるみたい。初期故障だと思うわ。見といて」

「了解しました」

機体を任せると、ヘルメットを抱えて美月は管制塔をかねた司令部の建物へと歩いた。

「浜松訓練基地も、久しぶりだなあ」

バルルル

バルルルル

エプロンの一方では、朝の飛行訓練に備えてプロペラ単発のT3初等練習機が十数機、地上でのエンジン試運転《ランナップ》を行っている。

キィイイイン

その向こうでは胴体の短いミツバチのようなT4中等ジェット練習機が、一列に並んでエンジンを始動するところだ。

「朝も早《は》よから、がんばってるなあ訓練生のみんな——」

T4の列線のその向こうには、銀色の針のようなT2改超音速高等練習機がいる。短い主翼の下にサイドワインダー熱線追尾ミサイルを取りつけているのは、今日の課目に射撃訓練があるためだろう。

「懐かしいなあ」

美月は飛行幹部候補生の頃、T2改高等練習機で初めての空対空射撃訓練をして、いきなり98ポイントを取って訓練生新記録を樹立したことがある。今になっても、その記録はまだ破られていないはずだ。

美月は海軍のパイロットを育てる浜松基地のエプロンを見渡して、まさかあたしがここで教官をやるなんてねえ、とつぶやいた。フライトの成績はトップだったが、廊下に立たされる回数も美月はトップだった。

「そういえば――」

美月は赤白の縞模様《しまもよう》に塗られた管制塔を見上げた。HAMAMATSU NAS 150ft（NAS は海軍航空基地《ネイバル・エアステーション》、一五〇フィートは海面からの標高）と大きく書かれた管制塔の下にこの訓練基地の司令部がある。

「――ここの司令官、まだあの〝有機栽培〟のおっさんなのかなあ……」

タワーを見上げていると、

「森高中尉」

背中で声がした。

振り向くと、銀髪長身のかっこいい中年将校と、白い制服を着た若い細身の少尉が並んで美月を迎えていた。

「あら郷大佐、井出少尉」

「久しぶりだな森高。元気か」

「お久しぶりです森高中尉」

ニャア

井出少尉が胸に抱えている、黒い毛玉のようなものが、ピンクの舌を出して鳴いた。

「あら、その子――」

「さっき森高中尉が着陸する寸前、滑走路に飛び出した、のら猫です」

まだ幼い仔猫だった。井出少尉にだっこされるのがいやなのか、前脚をつっぱってまたニャーと鳴いた。

## ●浜松基地　司令部前

「ここかなあ」

忍は赤白に塗られた管制塔のある建物の前でＢＭＷを停めた。

「ゲートの人に、タワーの下の司令部へ行くようにって言われたけど……」

「ここなんじゃない？」

里緒菜が指さした先に、『帝国海軍浜松教育航空隊司令部』と墨で書いた看板がかけられている。この建物の向こう側はもう飛行場のエプロンで、プロペラからジェットまでいろいろな訓練機がずらりと並んで、バルルルキィイインとものすごいエンジン音を立てている。

二人は車を降りると、司令部の入り口へ歩いていった。

「あ、待って」

「え？」

「ほら、あの人！」

忍が気づいてエプロンのほうを指さした。

〈ファルコンJ〉のぴかぴかの機体を背にして、飛行ヘルメットを足元に置き、小さな黒猫を抱き上げているフライトスーツ姿の女性パイロット――

「あっ」

里緒菜は声を上げた。

「海ツバメ色の戦闘機の人だ――！」


「ねえ井出少尉、あたしこの子、もらってもいいかしら？」

「もちろんです」

「おい森高、独身士官宿舎《BOQ》はペット禁止だぞ」

「いいじゃないですか郷大佐。ペットじゃなくて扶養家族《ふようかぞく》ってことにすれば」

「扶養家族だ？」

ニャー
「おーよしよし、かわいそうにねぇおまえ、こんなに小さいのに捨てられちゃったんだねえ。今日からあたしと暮らそうね」

「おい森高、さっきのアクロバットといい、着任早々わずか十分でもう規則違反を二コもやる気か？」

「郷大佐、あなたには小さくて親に捨てられた気持ちわかります？　あたしにはわかります」

「む、ううむ」

ニャー
美月は仔猫の前脚を左右に摑んでムササビみたいに広げると、

「どれどれ、おまえは男の子かな？　女の子かな？　――あ、女の子だー」

名前は何にしようかしらねえ、と美月が言うと、井出少尉が、

「森高中尉、名前は僕がつけておきました。ちさとです」

「ふーん。おまえの名前、ちさとだってさ。よかったね」

「おいこら、井出少尉」

「いいではありませんか郷大佐、森高中尉は猫連れてると絵になりますよ」

「貴様はいつもそう言って、この間も水無月忍一人でいいところを『編隊組ませたら絵になる』とかほざいて前の席の女子大生まで合格させおって」

「あっ、郷大佐、それは国防機密ですよ。軽々しく口にされては――」

「うるさいっ」

「ねえあの人たち、喧嘩《けんか》始めたよ」

里緒菜が、白い制服の少尉を締め上げているダンディな銀髪の大佐を指さした。

「海軍も、いろいろと大変なのね」

エプロンの外から忍と里緒菜が見ていると、

「よう、来たか」

いきなり後ろで声がした。

二人が「えっ」と振り返ると、大根を三本肩に担いだひょろりとした高級将校が、目尻の下がった顔で笑っていた。

「水無月忍くんと、睦月里緒菜くんだな。私は雁谷《がりや》といって、この浜松基地の司令だ」

「あ、こんにちは」

「こんにちは」

二人はぺこりとお辞儀《じぎ》をした。

「朝めしでも食いながら、君らの入隊式をやろう。あいつらも呼んで——ほら、あそこで猫抱いとるのが君らの教官だ」

——きゃー、ちさとがひっかいた！

長い髪の女性パイロットの悲鳴が、二人のところまで聞こえてきた。

## 2

### ●アムール川上流　ネオ・ソビエト基地　中央司令部作戦室

「と、いうわけで、〈アイアンホエール〉の修理状況は順調であります」

何が順調だ、と思いながら川西少尉は会議テーブルの末席で朝の定例作戦会議を眺めていた。先任作戦参謀が、〈今朝の作戦情報〉を読み上げているところだった。

（未だに、会議で本当のことを言ってはいけないなんて——こんなことではわがネオ・ソビエトはいつまでたっても西日本帝国に勝てないぞ。日本の半分にも勝てないのでは、世界征服なんてずっと先だぞ）

この基地で一番大きい司令部の建物も、もうすぐ雪に閉ざされる季節になれば、隙間風で寒くていられないだろう。

「加藤田官房第一書記」

大きな長方形のテーブルの前のほうに座ったロシア人の宇宙船技術者が、手を挙げた。

「〈アイアンホエール〉のプラズマ砲の修理に関してですが」

銀髪の、初老のロシア人の博士は流暢《りゅうちょう》な日本語で、

「依頼してあった部品の発掘は、進んでいますか？」

部品の発掘――

川西は思わずロシア人技術者の顔を見た。

ロシア人の博士は、

「〈アイアンホエール〉の三重水素プラズマ砲がいまひとつ不調なのは、〈ホエール〉のボトム粒子型核融合炉からプラズマを取り出して前方へ電磁加速誘導する機構《システム》がうまく働かないからです。この状態ではプラズマが融合炉へ逆戻りする危険があり、砲が撃てません」

「うむ」

テーブルの上座《かみざ》で、加藤田要がうなずいた。それでも今朝は山多田大三が来ていないから、少しは遠慮のない発言ができるのだった。

「これを完全に修理するには、星間文明の星間飛翔体についていた、純正のエネルギー伝導チューブが一メートル、どうしても必要です。現在わが地球製の伝導チューブ

で欠損した部分を補《おぎな》っていますが、電磁加速レールガンの出力をあるレベルまで上げると、たちまち熔《と》けて吹っ飛んでしまうのです」

ううむ、と会議室の一同が唸った。

「現在の状態ではプラズマ砲の修復は不可能で、このままでは〈アイアンホエール〉は永久に出撃できません」

ロシア人の博士は、山多田大三がいたらその場で銃殺されてしまうような本当のことを思いきって言った。

「う、うむ。君の言うことはよくわかった。カモフ博士」

ざわざわと会議室がざわめいた。

川西はざわめく会議室の高級将校たちを見回した。

（〈アイアンホエール〉の核融合エンジンが、実は一世紀前このシベリアに不時着した星間文明の宇宙船――星間飛翔体っていうらしいけど――からそっくり移植したものだっていうことは聞いていたけど……）

何しろ地球上では、まだ核融合そのものが実現にこぎつけていない。初期条件の達成が、このままでは二〇三〇年頃になるだろうといわれている。〈アイアンホエール〉や西日本帝国の〈究極戦機〉ＵＦＣ１００１に搭載されている星間文明のボトム粒子型核融合炉は、構造と動作理論までは解明できたものの、地球の材料技術がとても追いつかなくて、今のところ複製することができないでいた。

（やっぱり〈ホエール〉のエネルギー系統に使う部品は、アムール川上流のそのまた上流の、人も住まない源流地域の通称〈北のフィヨルド〉と呼ばれる氷河が渓谷《けいこく》に落ち込む宇宙船墜落現場まで行って、〝発掘〟してこなければいけないのか――）

〈北のフィヨルド〉は、海のように広いアムール川をどんどんどんどんはるかにさかのぼって、ようやくたどり着く北極地方に近い源流の、昼なお暗い深い渓谷の奥の奥で、それでも三〇〇トンクラスの漁船程度の船ならば入っていけるのだが、あまり気味のいい場所ではないと聞いている。

（――〈ホエール〉のエンジンにするため宇宙船から核融合炉を取り外して運ぶ時にも、一番近いアムール源流地域のモンゴル系先住民が一人も手伝わなかったっていうしなあ……）

地元の先住民は、悪い言い伝えがあるとか恐れて、その〈北のフィヨルド〉には決して足を踏み入れようとはしないのだった。星間飛翔体の不時着地点は衛星写真でわかっていたのだが、その場所に行こうとして現地の漁師に道案内を頼んでも、恐ろしがって引き受ける者がおらず、ようやく一人の若い漁師に謝礼として、携帯用ＤＶＤプレーヤーに携帯ゲーム機までつけてやって『うん』と言わせ、それでもアムールの源流へさかのぼって調査船がフィヨルドの入り口へ来ると『やっぱり帰る、帰る』とわめきだし、どうしてそんなに怖いのだとネオ・ソビエトの士官が尋ねても首を振るばかりで、仕方がないから東日本共和国ではめったに手に入らなかった貴重品の水無月美帆のCDまでくれてやって、ようやく調査船は墜落現場にたどり着くことができたのだという。

川西は実際にそこへ行ったことはないが、先輩たちから話は聞いていた。

「おいまたあそこへ、部品の発掘に行くのか？」

「ぞっとしないな」

先輩の作戦士官たちがささやき合っているのを聞きながら、川西少尉は、誰かが宇宙船の残骸から使える部品を探すためにそこへやらされるのだろうか、と不安になった。

「カモフ博士」

加藤田要が言った。

「君のリクエストのとおり、先週、調査船を不時着地点のフィヨルドへ向け出発させている。昨夜あたり現地に到着しているはずだ。さっそく連絡を取って、必要な部品を探させよう」

一同は、顔には出さないけれどほっとした雰囲気になった。あの不気味な宇宙船墜落現場には、もう誰かが要の命令で向かっているらしい。

川西もほっとした。この大規模なネオ・ソビエト基地の中にいても、シベリアの原野の夜は真っ暗で怖くて、それだけでもうあまり外へ出たくはなかった。

要が通信参謀を呼んだ。

「通信参謀、調査船にエネルギー伝導チューブ一メートルを見つけて、急ぎ持ち帰るよう命じるのだ」

「は、はっ」

ところが頭を丸刈りにした通信参謀は、汗を拭きながら立ち上がって、

「加藤田官房第一書記、じ、実は——」

「どうした?」

「実は、フィヨルドに向かった調査船から、昨日の夕方、確かに〈北のフィヨルド〉入り口に到達した旨《むね》の入電があったのですが——その」

「どうしたのだ?」

「それがその、今朝の定時連絡が入らず、おかしいと思ってこちらから呼びかけても、応答がないのです」

「応答がない——?　通信機の故障ではないのか?」

「ありえません。調査隊にはバッテリーで動く予備の無線機まで持たせてあるのです」

なんだって?

川西は思わず通信参謀を見た。通信参謀はびっしょり汗をかいていた。

「実は本日未明から、調査船との通信を回復しようとあらゆる手を尽くしているのですが――残念ながら調査船からの応答はまったくないのです」

不時着地点へ向かった調査船が、音信不通――？

ざわざわざわ
会議室はふたたびざわめきたった。

**●アムール川河口付近　日本海海中**

クォオオ――

帝国海軍の最新鋭攻撃型原子力潜水艦〈さつましらなみⅡ〉は、八ノットの微速で日本海の公海上からロシア領アムール川へひそかに潜入しようとしていた。

クォオオオ――

「艦長」

かつて地球上に降臨した悪魔のような核生命体〈レヴァイアサン〉と最初に戦い、指揮していた通常動力潜水艦・初代〈さつましらなみ〉をあっという間に沈められてしまった経験を持つ山津波正隆《やまつなみまさたか》艦長は、原潜〈さつましらなみⅡ〉の発令所でセーラム・ライトを吸っていた。

「艦長、あんまり吸うと身体に毒ですよ」

潜望鏡に寄りかかって天井を睨みながらしきりに吹かしている山津波に、副調の福《ふく》岡《おか》大尉が言った。

「いくら原潜は喫煙自由だといったって――それに昔はタバコなんか、吸わなかったじゃありませんか」

「なあ福岡」

山津波はそれには答えず、

「おまえも、防衛大だよな」

「はいそうですが」

「おまえはどうして防衛大に入った？」

山津波は訊いた。山津波は今年で三十二歳、防衛大学校を出てからまだ十年の若い少佐だ。

少し年下の福岡大尉は首をかしげて、

「どうしてって――そうですね、国立大学受験に備えて腕試しをしようと軽い気持ちで受けたら、受かってしまったんです。防衛大は試験が早いし、受験料のいらない模擬試験みたいなものでしたからね」

「そうか。それでは、俺と似たようなものだな」

「は？」

「俺はな――本当は国公立の医学部志望だった」

「艦長が、ですか？」

「そうだ。高知医大《こうちいだい》か、和歌山県立医大《わかやまけんりついだい》なら、ぎりぎり合格できる偏差値だったんだ。ところが医大は数学が全問完答できなくて、すべってしまった。腕試しに受けた防衛大しか、入れるところがなかったんだ。家が貧乏で、浪人はできなかった。俺は、本当は、医大を出て医者になって、実家のある大阪《おおさか》で開業して、見合いでキャビンアテンダントの嫁さんなんかもらって、ＢＭＷを買って、休みの日は六甲山《ろっこうさん》へゴルフに行く生活を夢見ていたんだ。それが、十四年たったら何をしている――？　俺は攻撃型原潜の艦長なんかになっていて、これから領域を侵犯してロシア領のアムール川へひそかに潜入しようとしている。こんなことをやるようになるなんて福岡、おまえは想像していたか？」

「いえ、全然」

クォオオオ――
全長九〇メートルの〈さつましらなみⅡ〉は、潜望鏡深度でゆっくりとアムール川に入ってゆく。川といっても瀬戸内海のように広いから、艦の慣性航法装置《INS》が『アムール川に入った』と言ってくれなければ、乗っている人間にはよくわからない。


「潜望鏡下ろせ」

　プシュー
「艦長、外はどうですか」

「あたり一面、灰色だ。もうすぐ雪が降りだして、この川も凍るな」

　山津波は赤い照明に照らされた海図台《チャート》に歩み寄って、ロシア東方の地図を見た。アムール川はシベリアの大地を、くねくねと曲がりながら果てしなく奥地へ続いている。

「航海長、全長何キロあるんだ、この川は？」

「二〇〇〇キロです、艦長。ネオ・ソビエトの基地は半分よりやや上流にあります」

「やれやれ」

　山津波はため息をついた。

『艦長、付近にはロシア海軍の警備艇はおりません』

　水測室からソナー係がインターフォンで報告してきた。

「こんなところを真面目に警備するやつなんかいないさ。よし、速度を上げろ」

「は」

「いくら六本木からの指令とはいえ、潜水艦でシベリアの川をさかのぼるなんてあまり気が進まん。早く偵察任務をすませて帰ろう」

「そうですね」

アムール川をひそかにさかのぼって、ネオ・ソビエト基地の様子を探り、詳しい撮影と情報収集を行うのが今回の任務だった。

「ロシア政府が国連軍の空爆を許可しないから、わざわざこんな遠回しの作戦をしなくちゃならない。まったくネオ・ソビエトの基地など、アムール川に戦艦〈大和〉をのぼらせて、砲撃で一挙に撃滅すればいいのだ！」

最近、自分の人生で悩むこととしきりの山津波は、一刻も早く帰りたかった。

だがアムール川の灰色の水中を進んでゆく原子力潜水艦〈さつましらなみⅡ〉は、当分、帰れないことになるのである。

**●西日本帝国　呉海軍工廠　航空母艦〈翔鶴〉接岸岸壁**

「あーねむい」

転勤用に身の周囲《まわり》のもの一式を詰め込んだサムソナイトのスーツケースをゴロゴロひっぱって、日高紀江《ひだかのりえ》はオーバーホール真っ最中の空母〈翔鶴〉が接岸している呉の

A39岸壁にやってきた。

――『そーとー、変わってる人だってよ』

「あ～あ」

紀江はくたびれ果てて、海軍中尉の制服のままサムソナイトの上に腰を下ろした。ピンクとブルーの派手なスーツケースには、グアムやサイパンへ遊びにいった時のコンチネンタル航空や西日本帝国航空のバゲージタグがたくさんついていた。

辞令が出されたのが急だったので、昨夜は荷物づくりでほとんど徹夜して、そのまま今朝の早朝便に乗ったのだ。

「ふぁあああ――」

思わずあくびが出た。

――『君は転勤だ日高中尉』

『てっ、転勤――？』

「――なんであたしが艦隊勤務なのよぉ」

海軍の中尉といったって、紀江は電子戦オペレートの専門だからほとんどOLのような生活をしていた。地下鉄日比谷線で六本木の国防総省に通《かよ》い、地下要塞《まち》のような国防総省総合司令室で戦術情報システムを相手に一日暮らして、終われば地上に出てクラブで遊んで、思えば士官候補生学校の練習航海以来もう三年、軍艦になんか触ったこともなかった。

（そんなあたしが、なんの因果《いんが》か——）

昨日の夕方、突然に紀江は六本木国防総省総合司令室の戦術オペレーター職から、連合艦隊空母〈翔鶴〉への転勤を命ぜられたのだった。その日の勤務がはねたらクラブへ行くつもりで女性士官更衣室のロッカーに真っ赤なピンキー・アンド・ダイアンの超ミニワンピースまで待機させてあった紀江はびっくりして抗議したが、

——『く、空母乗り組みって、駄目ですあたし船酔いするんです』

『仮にも海軍中尉が船酔いとは何事だ』

『だって』

『いいか日高、〈翔鶴〉のUFCコントロールセンターで、魚住博士のアシスタントをしていた井出少尉が特別任務でしばらく艦を離れることになった。後任が急遽《きゅうきょ》、必要になったのだ』

「あたしが週に四日もクラブに通ってダンスフロアで踊りまくっていたのを、きっと面白く思ってなかったんだわあのおっさん――」

あ～あ。紀江はため息をついて、七万トンの最新鋭空母艦を見上げた。

カンカンカン

カンカン

ジジジーッ

すでに乾《かん》ドックで行う艦体そのものの補修は終わっており、〈翔鶴〉は岸壁につながれて、今は艤装《ぎそう》や電子装備の整備を受けているのだろう。ふたたび出港できる日もそう遠くないはずだ。

「あー」

――『紀江ー、聞いたわよ〈翔鶴〉に乗るんだって？』

『魚住博士のアシスタントするんだって？』

『大変ねえ』

『え――大変って、何が？』

クラブもない空母に乗らなければならないことに加えて、悩みの種はまだあった。

――『そーとー、変わってる人だってよ、その魚住博士』

『――本当？』

『核融合のエキスパートだっていうけど〈異端の学説〉って決めつけられて学会から干《ほ》されていた頃は、モデルしながら食いつないでいたんだって』

『モデルって――魚住博士って女なの？』

『すっごい美人だけど、すっごく性格変わってるんだって』

『付き合うの大変だってよぉ』

「どーなるのかなぁ、今日からあたしの生活……」

紀江はまたため息をついた。

日高紀江中尉からクラブとダンスを取ったら、何が残るというのだろう。

**●空母〈翔鶴〉大格納庫　ＵＦＣコントロールセンター**

「魚住博士――あのう、魚住はかせ、いらっしゃいますか？」

UFCコントロールセンターの、白い薬学実験室のようなオフィスに顔を突っ込むと、紀江はこのセクションの主《あるじ》を呼んだ。

「うおずみはかせー！」

しーん
コンピュータのモニターが、管制席にも天井にもたくさん並んでいるコントロールセンターには、ブーンという演算記憶装置の作動する軽い唸りと、大規模な人工知能《AI》を最適な温度で働かせるための強力な空調の音がするだけだ。

（誰もいないのかなあ……）

紀江は手首の時刻を見た。もうすぐ朝の八時だ。

「あのう、失礼しますよ」

紀江は大声でコントロールセンターの奥に呼びかけてから、白い室内に足を踏み入れた。

（あ、この部屋、片方がガラス張りになってるんだ）

UFCコントロールセンターは、この巨大な航空母艦のほぼ中心に位置する特殊大格納庫の天井に突き出している。誰もいない管制席の向こうは強化ガラス張りで、照明の点いた広大な大格納庫を見下ろすことができた。

（あれが〈究極戦機〉か――初めて見るな……）

鈍い水銀照明を受けて、青白い銀色の、巨大な種子のような形のＵＦＣ格納容器がはるか下の床面から直立している。このコントロールセンターの窓の位置よりも頂上は高いから、相当な大きさだ。

「へえ――」

これが核生命体〈レヴァイアサン〉から地球を救った、〝究極の戦闘マシーン〟か――

ばたばた

奥から足音がしたのはその時だった。

「あ」

長い黒髪を垂らして、白衣を肩に引っかけたスレンダーなシルエットの女性が、けだるそうに艦内用デッキシューズを履き潰して奥の士官室《キャビン》から現れた。

紀江はその姿を見てハッとした。

（きゃー、抜けるような色白――うらやましいなぁ。どんなスキンケアしてるんだろ？）

六本木の常連で、外国から来たモデルなど見慣れている紀江の目にも、キャビンの奥から出てきた二十代後半の女性が並の美人でないことがわかった。

この人が、魚住渚佐か――

噂は本当だったようだ。そうすると『変わっている』という噂も、本当なのだろうか。

「あ、あのう、魚住博士でいらっしゃいますか。あたし――」

紀江はバッグを床に置いて、挨拶しようとしたが、
パタン
黒髪の美人はこっちを見ようともせず、ほっそりとした腕で室内の研究用デスク脇《わき》にある白い冷蔵庫の扉を開けた。ビン入りの牛乳を一本取り出すと、入り口に立っている紀江などまるで見えないかのように、白衣の腰に手をあててぐびぐびっと飲み始めた。

「あ、あの――」

あっけに取られて眺める紀江。

ぜんぜんこっちを見てくれない。

細身の美女は、思い切りよく牛乳を一気飲みすると、

「ふう……」

今度は白い冷蔵庫の扉におでこをつけ、

「DNAが――」

「は？」

「わたしのDNAが、『起きろ』と騒ぐ」

「――は？」

「わたしは」

魚住渚佐は、まるで舞台女優が告白シーンで観客に振り向く瞬間《とき》みたいにくるりと冷蔵庫に背を向けると、額にかかった髪を振り払って白魚《しらうお》のような指を頬《ほお》にあてて、

「わたしは、起きたくなどなかったのに」

頭を振った。

「あ、あのう……」

紀江は、なんと言って挨拶すればいいのか、わからなくなってしまった。

## 3

### ●帝国海軍浜松航空基地　司令部　司令官室

「あらためて自己紹介しよう。私は雁谷准将《じゅんしょう》。この浜松訓練航空基地の、司令官だ」

目尻の下がった、ひょろりとした初老の高級将校が、忍と里緒菜に手を差し出した。

「よろしくお願いします」

「よ、よろしく」

雁谷准将は学者のような風貌だったが、握手をすると手のひらは農家の人のようにごつごつしていて、忍は『あれ？』と思った。

「君らは夜通し走ってきたのか。元気がいいな。元気がいいのは何よりだ。はっはっはっ」

准将は司令官室の入り口に立っている当番の隊員に、三人分の朝食を運んでくるように命じると、ランプエリアの見える窓を背にして大きなマホガニー・デスクに座った。

「君らもソファにかけろ。一緒に朝めしを食おう。今朝は、私の育てた無農薬大根のみそ汁に大根おろしだ。うまいぞ、はっはっは」

「はい」

「は、はい」

忍が横を見ると、里緒菜はだいぶ上がっているようだった。まだパイロット訓練生として入隊する決心もついていないのに、『入隊式をやろう』なんてひっぱり込まれて、司令官の人と握手してしまった。軍人という職業の男性を見るのも、初めてだった。お腹が出ていなくて、声がでかい。背筋なんか、後ろに定規が入っているんじゃないかと思うくらい、ぴんと伸びている。

(富士桜テレビにたむろしている業界関係の人たちとは、正反対だわ。なんだか新鮮――)

忍はソファにかけながらそう思った。

(これが海軍の、司令官の部屋なのか……)

見回すと、司令官室はテレビ局のプロデューサーの部屋みたいにごちゃごちゃしていないし、部下や同僚を『〜ちゃん』なんて呼ばないし、朝ごはんを『シーメ』とも言わないし、おそらく雁谷准将はこの基地で一番偉いんだろうけど、デスクに座った時にも足を靴のまま机にのっけたりしなかった。

(芸能界と、違うんだ――)

准将の背中の窓には、エンジンのランナップを終えて訓練生の搭乗を待っている銀色のT3単発初等練習機が十数機、ずらりと並んでいるのが見えた。

そして――

「あのう、准将さん」

「なんだね水無月くん」

「その額ぶちは、なんでしょうか?」

忍は、雁谷准将の頭の上の壁にでかでかと掲げられた額を指さした。筆文字で、勢いよくこう書かれていた。

**無農薬有機栽培**

「――『無農薬、有機栽培』?」

「そうだ水無月くん」

雁谷准将は『よく気がついた』という風にうなずいた。

「『無農薬有機栽培』。これが当訓練基地のモットーだ。添加物なし！　訓練は明るく厳しく元気よく！」

「は」

「はぁ」

　忍と里緒菜が顔を見合わせていると、

「失礼いたします」

　湯気の立つできたてのみそ汁と炊《た》きたてのごはんを載せたトレイを持って、当番の下士官が二人、司令室に入ってきた。

「朝食をお持ちしました。どうぞ」

「あっ、どうも」

「どうもすみません」

　きちんと制服を着た軍曹《ぐんそう》に食事のトレイを置いてもらって、忍と里緒菜は恐縮して立ち上がる。

「とんでもありません水無月候補生どの」

　若い軍曹は、レギンスにセーターの忍に向かって、ぴっと気をつけして敬礼した。

（——え？）

　候補生どの——？

二人の軍曹は、まるで超一流レストランのウエイターみたいに、白いナプキンを腕にかけて司令官室入り口の脇に立った。

「さあ、食おうじゃないか」

雁谷准将がにこにこと言った。

「はい」

「は、はい」

そう返事はしたものの、すぐには手を出す気になれない。みそ汁と大根おろしと生卵だけのごはんなのに、そばにウエイターに立たれたりすると妙な気持ちだった。

(なんだか、落ち着かないわ——)

そう思いながら忍が箸《はし》を取り上げた時、

「——むっ」

にこやかだった雁谷准将の顔が、みそ汁を一口含んだとたんに険しくなった。

「むむっ——軍曹!」

「は、はっ」

「なんだこのみそ汁は!」

怒鳴りつけられて、入り口ドアの若い軍曹はぴんと威儀を正した。

「軍曹! 今朝のこのみそ汁を作ったのは誰だっ?」

「はっ、専属の調理師が法事で休暇を取っておりまして、そのう、臨時にまかないを頼みました」

「馬鹿者っ！」

雁谷准将は、みそ汁のお椀《わん》を突き出して、右手でマホガニー・デスクをどんと叩いた。

「みそ汁に化学調味料が入っておるではないかっ！　わが海軍の大事なパイロット訓練生に、化学調味料入りのみそ汁を飲ますつもりかっ？」

「ははっ、も、申し訳ありません」

「すぐに作り直させろ！」

「はっ、すぐに作り直させます！」

怒鳴りつける雁谷准将を、忍はあっけに取られて見ていた。隣の里緒菜は驚いて目を回しかけている。せっかく食べ始めたのに、二人の軍曹は『失礼します！』と忍と里緒菜の目の前からトレイを引ったくるように持っていってしまった。

（はー）

（はー……）

顔を見合わせる忍と里緒菜。

いきりたつ雁谷准将を見て、忍は心の中で唸ってしまった。

（うーん――テレビ局のプロデューサーと、あんまり変わらないかもしれない）

## ●浜松基地　郷大佐執務室

「たっ、たっ、たったの三カ月ぅ？」

同じ頃、司令官室の階下にある郷大佐の部屋では、これからの任務の内容を説明された森高美月がいきりたっていた。

「三カ月で、ＡＦ２Ｊに乗せるっていうんですかっ？」

「そうだ森高中尉」

銀髪のダンディな郷大佐は、腕組みをしてうなずいた。

「最初の三週間でＴ３初等単発プロペラ機をマスターし、次の三週間でＴ４中等ジェット練習機、その次の三週間でＴ２改高等練習機を終わらせて、最後の三週間でＡＦ２Ｊだ。これできっちり三カ月」

「そうです、それできっちり三カ月」

郷大佐のデスクの脇に立った井出少尉もうなずいた。

「む、無茶です！」

美月は叫んだ。美月は郷のデスクに広げられた水無月忍と睦月里緒菜の写真つきフ

アイルを指さして、

「相手は飛行機がどうして飛ぶのかもわからない、アイドル歌手と女子大生ですよ！」

「中尉、水無月忍はアイドル歌手ではありません。今はアイドルを卒業して女――わあっ」

美月のぶん投げた椅子が風を切って飛んできたので、井出少尉はあわてて身をかわさなければならなかった。

がっちゃーん！

「女優だかアイドルだか知らないけどっ！」

「ひえぇっ」

「待て、落ち着け森高」

美月の足元では、言い争う人間たちをよそに、小さな黒猫のちさとがお皿のミルクを美味《おい》しそうになめている。

ピチャピチャピチャ
「とにかくっ」

美月はまた叫んだ。

「とにかく、こんな無理な注文は、あたしいやですっ！」

## ●浜松基地　被服支給課

「こちらで衣装合わせをします」

やっとのことで朝食をとり終えた忍と里緒菜は、世話役として紹介された先輩の女性士官に連れられて、制服を支給するセクションにやってきた。

「一人ずつ採寸するから、着ているものを脱いで」

「はい」

「あ、はい」

「白い礼装だけ先に合わせてしまいましょうね。十時からあなたたちの入隊式だから」

専門の係員も手伝って、あっという間に忍と里緒菜は海軍士官候補生の白い制服姿になっていく。

「よく似合うわ」

「あの、小月《おづき》少尉」

「なあに水無月候補生」

忍と里緒菜の世話役になってくれたのは、小月恵美《えみ》というまだ二十代前半の少尉だった。上智大学《じょうちだいがく》の理工学部を出て海軍に入って、しばらくはイージス巡洋艦の要撃《ようげき》管制オペレーターをしていたのだという。色白の知的な美人だ。

（そんなエリートの女性が、訓練基地でわたしたちの世話役についてくれるだけでも不思議だけれど――）

忍は、とりあえず一番気になっていたことを訊くことにした。

「あのう小月少尉、新入生は――今日、入隊する訓練生は、わたしたち二人だけなんですか？」

「そうよ」

小月少尉は事もなげに答えた。

「あなたたち二人だけよ」

「ど、どうしてですか？」

里緒菜が訊いた。

「あなたたちはね、特別なの」

「特別――？」

「特別って……」

「いずれわかるわ」

「あのう小月少尉」

忍はまた訊いた。

「少尉は、イージス巡洋艦で要撃管制をしていたのでしょう？」

「そう。そのあとは、ＵＦＣチームで支援オペレーターをしたわ」

ＵＦＣチーム——？

なんだろう。

「そんな第一線のキャリアウーマンみたいな人が、どうしてわたしたち新人訓練生の世話役なんか、してくれるのですか？」

小月恵美は、すぐには答えずに微笑んだ。

「水無月少尉候補生——いえ水無月忍さん」

「はい」

「いずれわかります。とにかく帝国海軍は全力を挙《あ》げて、あなたと睦月さんを戦闘機パイロットにしたいの」

**●浜松基地　郷大佐執務室**

「森高、これを見てくれ」

いきり立つ美月をなんとかなだめながら、郷大佐はデスクの上に大きな白黒《モノクロ》写真を広げた。

「なんですかそれ？」

　ぶすっと答える美月。

「今朝《けさ》届いた、アムール川上流ネオ・ソビエト基地の衛星写真だ。ここを見ろ」

「どこ」

「ここだ」

　郷大佐は、一カ月前に戦艦〈大和〉をはじめとする帝国海軍の艦隊と一戦交《まじ》え、駆逐艦〈初風〉を三重水素プラズマ砲で轟沈して深海へ逃げていった〈アイアンホエール新世紀一號〉の、上空から捉えたシルエットを指さした。

「〈アイアンホエール新世紀一號〉の、流線形の背中が見えとるだろう。やつらはプラズマ砲の突然の不調で引き揚げていったが、それがなければわが空母〈翔鶴〉も危ないところだった。やつは腹の中に旧ソ連が半世紀かかって溜めに溜め込んだ核燃料廃棄物を五〇〇〇トンも呑み込んでいて、いざとなればそれを吐き出して海にぶちまけてしまうから、わが〈大和〉も砲撃を加えることができなかった。実にやっかいな〝核テロリストメカ〟だ」

「そんなこと、知ってますよ」

「森高、〈アイアンホエール〉に立ち向かえるのは、わが海軍の〈究極戦機〉ＵＦＣ１００１だけだ。おまえもＵＦＣチームのパイロットの一人だった。だが今、失踪した葉狩博士のほどこした〈封印〉のおかげで、UFCを動かせるのはあの水無月忍ただ一人になってしまった」

「――」

美月は、むすっとしたまま聞いている。

「いいか森高、〈アイアンホエール〉のプラズマ砲の修理は、今のところあまり進んでいないらしい。アムール川ももうすぐ凍りつく。これからの冬は、やつらも襲ってはこないだろう。だが来年の春になったらわからん」

郷は真剣な顔で、美月を睨みつけた。

「われわれには、時間がない。〈アイアンホエール〉が復活してふたたび襲ってくる来年の春までに、われわれはあのアイドル歌手――じゃなかった水無月忍を、〈究極戦機〉のパイロットに育てなければならんのだ！　そうしなければこの西日本帝国は核テロリストに蹂躙《じゅうりん》され、海も陸地も汚染されて、野菜も肉も魚も牛乳も全部駄目になって、今後五百年間は人が住めなくなってしまうのだぞ！」

「（ぶすー）」

「あのう森高中尉、中尉は操縦の天才なんですから、女優と女子大生の二人くらい、三カ月もあれば戦闘機パイロットにできるでしょう？」

「本人次第だわ」

美月はぶすっと言った。

「『どうしても戦闘機に乗りたい』っていう熱意と根性がなければ、いくら教官が天才でも、本人に才能があっても、どうしようもないわ。おおかた郷大佐と海軍がやることだから、軽い気持ちで受けにきた二人を身体検査も飛行適性検査もすっ飛ばして、無理やり合格させちゃったんでしょ？」

うっ、と郷は言葉に詰まった。実にそのとおりだったからである。

ニャア――

お皿のミルクを飲み干したちさとが、美月のフライトスーツの脚《あし》をほっぺたでぐいぐい押して、『もっとよこせ』と鳴いた。

ニャア
「よしよし」

美月は黒い小さなちさとを抱き上げる。まだミルクしか飲めない、歯も生《は》え揃わない幼い仔猫だ。

「かわいそうに、お腹空《なかす》いてたんだ。お代わりあげるからね」

ニャア
美月は、士官食堂に頼んで温めてきてもらった牛乳のカップから、ちさとのお皿に白いミルクを注《そそ》いであげた。

「おい森高」

「森高中尉」

郷と井出を背中で無視して、美月はミルクを一生懸命なめる仔猫の背中をなでてやった。

「おまえのママは、どこへ行っちゃったんだろうねぇ――」

ピチャピチャピチャピチャ
ちさとは、捨てられてから何日も何も口にしていないようだった。歯もろくに生えていないのでは拾い食いもできなかっただろう。

「――そっか……」

美月はちさとの背中をなでながらつぶやいた。

「……〈アイアンホエール〉が放射能をぶちまけると、ミルク飲めなくなっちゃうんだ――」

ピチャピチャピチャ
ちさとは、ひげの生えた顔の半分を真っ白にして、一心にミルクをなめている。

美月はため息をついた。

「――郷大佐」

「う、うむ。なんだ」

美月は背中を向けたまま、

「三カ月でどうしても仕上げろっていうんなら、一〇〇パーセントあたし流でやりますよ。訓練マニュアルなんか無視して」

「も、もちろんだ。おまえの好きにやっていい」

郷はうなずいた。

「じゃ」

美月は立ち上がると、フライトスーツのひざをぱんぱんと払った。

「じゃ、入隊式なんか取りやめです」

「何？」

「二人とも、すぐにフライトスーツを着せてください。一分でも惜しいですから」

「ちょっ、ちょっと待て」

「森高中尉」

「今、〝あたし流でいい〟っておっしゃったでしょ？」

「しかし、航空力学もT３の操作法も教えないで、いきなり練習機に乗せるというのか？」

あわてる郷大佐を、美月はちっちっと人差し指で制した。

「郷大佐。いにしえの撃墜王・坂井芳郎《さかいよしろう》中尉のお言葉を覚えていらっしゃいますでしょう？　帝国海軍の戦闘機はなんで飛ぶのですか？　ガソリンですか？」

「い、いや」

郷大佐は、威儀を正した。

あのアメリカを相手に引き分けた〈太平洋一年戦争〉で旧大日本帝国に大勝利をもたらしたミッドウェー海戦、そのミッドウェー海戦でアメリカ海軍のF４Fワイルドキャット戦闘機を二十八機も撃墜し、みずからも傷つきながら洋上を一〇〇〇キロも血だらけになって帰還した帝国海軍の伝説の空戦の神様・坂井芳郎の遺《のこ》した言葉は、現在でも海軍の全戦闘機パイロットの座右《ざゆう》の銘《めい》として受け継がれている。

「『わが帝国海軍の戦闘機は、熱意と努力と、根性で飛ぶ』のだ」

「そうでしょう？　リクツで飛ぶんじゃありません」

美月は、二皿目のミルクをきれいに飲み干して満足そうなちさとを抱き上げると、井出少尉に「この子お願い」と手渡し、部屋を出ていく。

「しかし、森高――」

「あの二人を着替えさせて、三十分後に打ち合わせ《ブリーフィング》ルームへよこしてください。離陸は一時間後」

「あ、うう」

「よろしいですね？」

美月は振り返って念を押すと、部屋を出ていった。

## 4

### ●アムール川上流　ネオ・ソビエト基地ヘリポート

キュンキュンキュンキュンキュン
キュンキュンキュン
旧東日本平等党警護隊に所属していたミル24ハインドD大型攻撃ヘリコプターが一機、砂ぼこりを巻き上げながらエンジンを始動している。
「まっ、待ってくれ」
急いで旅支度《たびじたく》をした川西作戦少尉が、革製の古いスーツケースを引きずって迷彩色のヘリの機体へ走っていく。
「僕も乗ります！」

──『いやぁおめでとう川西』

「僕も乗ります！　──ったく何が栄誉ある任務だよ。一番若い僕に押しつけるなんて！」

川西は汗だくで走りながら悪態をついた。

「なんで僕が捜索隊にはいらなきゃならないんだ」

──『おい喜べ川西』

『は？』

川西少尉が、アムール川最上流の〈北のフィヨルド〉と呼ばれる北極圏に近い未開の奥地で消息を絶ったネオ・ソビエト調査船の捜索隊に加わるよう命じられたのは、調査船音信不通の報告がなされた朝の定例作戦会議のすぐあとであった。

──『おまえは、星間飛翔体の不時着現場へ部品の発掘に行って消息を絶った調査船を捜索するため、これよりすぐにヘリで〈北のフィヨルド〉へ向かうことに決まった』

『え──えっ？』

先輩の作戦将校たちが、口々に激励しながら川西の背中を叩いた。その叩き方は、まるで『いやなことは全部おまえがやるんだこのやろう』と言っているようなものだった。

──『いやぁおめでとう川西』

『栄誉ある任務だぞ』

『党と山多田先生に奉仕できる絶好のチャンスだ』

『よかったよかったよかった』

荷造りする時間は十分しかなかった。

「何が『よかった』だ！」

キュンキュンキュンキュンキュン

川西がミル24の兵員輸送キャビンの入り口ステップに足をかけると、

「川西少尉は君か？」

キャビンの中から銀髪の初老のロシア人が顔を出して、流暢《りゅうちょう》な日本語で言った。

「は、はい。僕です」

するとロシア人は、昆虫のくちばしのように尖ったミル24ハインドD大型攻撃ヘリコプターの機首のほうを指さして、

「すまんが君は砲手席《ガンナーズ》に乗ってくれ」

「は？」

兵員輸送キャビンには八人も乗れるのに、初老のロシア人は、川西を客席には乗せてくれなかった。

「ガトリング砲と対地ミサイルの取り扱いはわかるな？」

「は、はあ。一応は情報将校ですから、たいていの兵器なら研修だけは受けていますが――」

川西は、空転する四枚ローターに帽子を飛ばされないようにしながら、ヘリの機首を見た。

ミル24の機首には、これも昆虫の複眼のようなキャノピーが縦並《タンデム》びに並んでいて、最前方が対地攻撃をする砲手の座る席、その後ろが一段高くなってパイロットの座る操縦席である。ふたつのキャノピーは完全に独立していて、乗り降りも別だ。

「よし、君は臨時砲手だ。この基地のエリアを一歩出たら、外のロシア共和国はすでに母なるソ連ではないのだからな」

「はあ」

ロシア人は旧ソ連の宇宙船技術者らしい。確か朝の定例作戦会議では、カモフ博士と呼ばれていた。

〈アイアンホエール新世紀一號〉の、設計者の一人だ。

（やれやれ、鉄砲も撃ったことないのになあ）

川西は、祖父の形見《かたみ》にもらった古いスーツケースだけをキャビンに載せてもらうと、急いで機首に回った。スーツケースを受け取ってもらう時にちらりと内部《なか》が見えたが、博士のほかには誰も乗っていないようだった。

（そうか。調査船が遭難していたら、乗組員を救助して帰らなければいけないわけか――）

フィヨルドに入っていった小さな調査船には、十名近い乗組員が乗っていたはずだ。

（じゃあ、『ヘリで行く捜索隊』って、博士と僕と、あそこに乗ってるパイロットの三人だけか――？）

それでは雑用係や危険な作業は、全部僕じゃないかと悪態をつきながら、川西はヘリの機体に付き添っているメカニックから砲手用のヘルメットを受け取った。もう一人のメカニックが機首最前部砲手席のバブル型キャノピーを開けて、川西が照準用ヘッドアップ・ディスプレイのついた砲手席に乗るのを手伝ってくれた。

「まったくもう、ぶつぶつ」

川西がショルダーハーネスを締めながら口の中でぶつぶつ言っていると、

「――少尉さん」

ヘルメットから出ている音声マイクや視線誘導装置のコードを計器盤につないでくれているメカニックが、ぼそっと言った。

「少尉さん、このキャノピーは、ロックしておきませんから」

「え？」

川西は顔を上げた。

ベテランらしいメカニックは真顔《まがお》で、

「離陸する時に、機首がぐーっと地面に近づきます。ヘリが頭を下げるもんですから。もしつんのめって機首が地面に突き刺さったら、すぐにキャノピーをはねのけてお逃げなさい」

「お、おどかすなよ」

しかしメカニックはさらに真顔になった。

「いいえ少尉さん、おら冗談で言ってるんでねえだ。未熟なパイロットがこのハインドを離陸させようとすると、時々そういうことが起きるだよ。この機体は、初心者には前後が長すぎるんだ」

それだけ耳打ちすると、メカニックはキャノピーを下げて機体から離れていった。

「あ、おい、君!」

だがもう一人のメカニックが、ヘリの周囲を確認して『離陸ＯＫ』のサインを出してしまう。

「ちょ、ちょっと」

ヘリの周りで出発準備を手伝っていた作業員たちが、帽子を振り始めた。

「ちょっと、パイロットは誰なんだ——?」

川西は窮屈な砲手席のシートで肩を回し、後ろに一段高くなっている操縦席のキャノピーの中を見ようとした。だが、

「くそっ、逆光で——」

『川西くん』

川西のヘルメットに、インターフォンの声が入った。

「カ、カモフ博士」

『どうだね一番前の座り心地は?』

「はかせぇ」

『大丈夫だ、パイロットの腕前は確かだよ』

「ほ、本当でしょうねぇ?」

川西は、まるで高所恐怖症の気の弱い男の子が西日本富士急《ふじきゅう》ハイランドの〈ええじゃないか〉コースターの一番前の席にくくりつけられてリフトをカタンカタンカタンカタンのぼっていく時のような声を出した。

キュンキュンキュンキュンキュン――！

（エンジン音が高くなった――）

川西はすべてをストップさせて、いったんおしっこに行きたくなった。

キュンキュンキュンキュンッ！

わあちょっとタイム！　と川西が叫ぼうとした時、

『よし行こう、ひかる』

『離陸しますわおじさま』

インターフォンに入った声を聞いて、川西はびっくりして振り向いた。

（えっ――パイロットは女の子？）

〈episode 06につづく〉

## episode 06

## TREASURE（宝物）

## ●帝国海軍浜松基地　士官食堂　十一月二日　10：00

忍と里緒菜を初フライトへ連れていく前に腹ごしらえしようと、森高美月は朝食の後片づけが終わった士官食堂の厨房《ちゅうぼう》に頼んで、特別に食事を作ってもらった。

「しっかし、大変なことを引き受けちゃったなぁ――」

好物の〝さばみそ定食〟をぱくぱく掻っ込む手を止めると、美月は丼とお箸を持ったまま天井を見上げた。

「うーん……」

口をもぐもぐさせながら、美月は考え込む。

――『われわれには時間がないのだ、森高中尉』

（たったの三カ月、か）

――『われわれには時間がない。〈アイアンホエール〉が復活してふたたび襲ってくる来年の春までに、水無月忍を〈究極戦機〉ＵＦＣ１００１のパイロットに育てなければならないのだ！』

郷大佐の声がよみがえった。

美月に与えられた任務は、とりあえず水無月忍と睦月里緒菜の二人を三カ月の期間で最新鋭戦闘機〈ファルコンＪ〉に乗れる技量にまで訓練せよというものだった。

（――しかしなあ、相手は飛行機がどうやって飛ぶのかも知らない女子大生とアイドル歌手だもんなあ……）

――『森高中尉、水無月忍はアイドル歌手ではありません。今はアイドルを卒業して、女優です』

「うるさい」

美月はつぶやくと、また白い丼のごはんをぱくぱく食べ始めた。フライトの前は絶対お腹を空かせていてはいけなかった。普通に暮らしていたらわからないことだが、人間の脳というものはものすごくエネルギーを使う器官で、空きっ腹では空の上でたちまち判断力が低下してしまうのだ。

## ●浜松基地　女子パイロット更衣室

「忍、これどうやってつけるんだろう？」

「里緒菜、そのベルトきっと逆よ」

十時からの入隊式が中止されて、急に『フライトスーツを着てブリーフィング・ルームへ出頭するように』と言われた忍と里緒菜は、女子パイロット更衣室で支給されたばかりの新品のフライトスーツに袖《そで》を通していた。

「ねえ忍、こんなの着せられて、ひょっとしたら今日これからフライトするのかしら？」

「うーん」

忍はオレンジ色の訓練用フライトスーツを着終わってあちこちのジッパーを閉めて、ロングヘアを頭の後ろで結びながら首をかしげる。

「ひょっとしたら、そうかもしれないわ」

「まさか。あたしたち、まだ飛行機がどうやって空を飛ぶのかも、よく知らないんだよ」

里緒菜はやっとつなぎのフライトスーツに身体を通したが、いろんなところにジッパーやベルトや、締めなきゃいけないボタンがついていて、ややこしくてたまらなかった。

「さっき世話役の小月さんが言ってたじゃない。わたしたちは〝特別〟なんだって。きっと、素人の女の子がどのくらい短時間でパイロットになれるのか、海軍が実験しているのかもしれないわ」

でも里緒菜は口を尖らす。

「忍ってポジティヴな考え方をするのねぇ。あたしはなんだか気味が悪いわ」

忍はすっかり支度《したく》ができて、新品のヴァイザー付き飛行ヘルメットを棚《たな》から両手で持ち上げて、案外軽いのね、なんて笑っている。

「ね、里緒菜。もし今日飛ばせてもらえるんなら、素晴らしいじゃない？ ゆうべ自由が丘のわたしの部屋でワイン飲みながらグチっていたことなんて、きっと吹っ飛んで消えちゃうよ」

「そうかなあ」

「それにほら」

忍は手のひらをひらひらさせてロールしながら低空を飛ぶシーハリアーの真似をして、

「わたしたちの教官って、あ、あの人なんだよ」

「あっそうか、あの海ツバメ色の戦闘機の人なんだ」

## ●浜松基地　エプロン脇通路

バルルルルル

キィイイイイン

海軍の新人パイロットを養成するここ浜松基地には、訓練生なら誰でも最初にお世話になるＴ３初等プロペラ練習機からＴ４中等ジェット練習機、バルカン砲や熱線追尾ミサイルも発射できる本格的なＴ２改超音速高等練習機までがずらりと揃っていた。毎年百名近くが採用される飛行幹部候補生はここでＴ４までの訓練を修了すると、成績によって戦闘機コースと大型機コース、それにヘリコプターコースに振り分けられる。大型機コースの者は四国《しこく》にある別の訓練基地に移り、そこでさらに輸送機と対潜哨戒機《しょうかいき》のコースに分けられる。ヘリコプターコースは鹿児島《かごしま》の基地で専門訓練に進む。訓練はとても厳しいので、途中で脱落する者も少なくなく、特にみんなが憧れる戦闘機コースは、選抜されるのも難しいしＴ２改を乗りこなしてＦ／Ａ18やシーハリアーに進むのはもっと難しくて、だいたい戦闘機パイロットを目指して入隊した者の七～八人に一人しか念願を果たせないといわれている。今年からは海軍の戦闘機のラインナップに最新鋭の国産ＡＦ２Ｊ・Ｍが加わるから、戦闘機コースへの競争はさらに熾《し》烈《れつ》になるだろう。

「ねえ忍、あたしたちひょっとしていきなりファルコンに乗せられるのかな――？」

パイロットのブリーフィング・ルームは司令部と別の建物になっていて、二人はエプロンと格納庫の間を歩いていかなければならなかった。里緒菜は、〈REMOVE BEFORE FLIGHT〉と書かれた赤い布製のピンを鼻先につけられて駐《と》まっている森高中尉のＡＦ２Ｊを指さした。胴体下面に鮫のひれのようなＣＣＶフィンをつけたピカピカの〈ファルコンＪ〉だ。

「まさか。初めはきっと、プロペラの単発機よ。ほらあそこにいる」

忍は、訓練機が出払ったあとのエプロンに引き出されて、出発前の点検を受けている銀色のＴ３初等練習機を指さした。

**●浜松基地　司令部廊下**

腹ごしらえをすませた美月が、ぶつぶつ言いながら歩いていく。

「訓練生は二十歳《はたち》の娘が二人か……生意気だろうなー、あたしも生意気だったからなー、二十歳の頃は。怖いもんなしだったもんな。今でもそうだろうって？　うるさい」

うーむ、と美月は腕組みをして唸った。

「なめられないようにしなくては！」

**●浜松基地　ブリーフィング・ルーム**

ブリーフィング・ルームは、教官パイロットと訓練生がフライトの前と後に打ち合わせや反省会をする、教室のような場所だ。フライト訓練は訓練生二人に教官一人がついて、マンツーマンで教えられるから、地上教育の教室と違って黒板に向かうのではなくて、教官と訓練生がテーブルに差し向かいで座る。

美月がブリーフィング・ルームに入っていくと、午前フライトの訓練生が残らず出払ってがらんとした中に二人の女の子が待っていた。フライトスーツにロングヘアを後ろで結んで、テーブルのひとつに着いている。

「起立」

左側の、背の高い、ちょっと普通の人と違う抜けるように色の白い女の子が、立ち上がりながら号令をした。

がたがたっ

「敬礼」

二人の女の子は、さっき世話役の小月少尉に習ってきたのか、一応は海軍式の敬礼をした。海軍では狭い軍艦の中で敬礼をするので、ひじが隣の人に当たらないよう、ぴったりと脇につけるのである。

「あー、はい」

美月は、なるべく軽く見られないように咳払いしながら答礼すると、座ってよし、とうながした。

教官用の椅子にかけた美月は努めて偉そうにふんぞり返ると、

「あ、ごほんごほん。あー、あたしが森高です」

「はい」

「はい」

「今日からあなたたちの教官です。よろしく」

「はいっ」

「はいっ」

二人の女の子は、椅子で背筋を伸ばし、きちんと座って美月を見ている。特に左側――背の高いほうの色白の子の姿勢がよいので、美月は『あれ？』と思った。

（ははーん、こっちが水無月忍か――なるほど女優やるくらいだから姿勢がいいや。顔も小さいし――顔の小ささは、あたしとタメ張るな）

美月は海軍の女性パイロットの中でも一番小さいサイズの飛行ヘルメットを使って

いるのを自慢にしていたが、今日から同じサイズを使うパイロットがもう一人出てきてしまった。

もちろん忍がパイロットになれればの話だが。

「あー、二人ともしっかりついてくるように」

「はいっ」

「はいっ」

なめられないように威厳をつけたつもりだったが、二人の新人訓練生が思ったよりすごく素直なので、美月はちょっと、拍子《ひょうし》抜けした。

「あんたたち、でも、素直ねえ」

美月がふんぞり返るポーズをやめて、思わずそう言うと、

「はいっ、わたしたち」

色白の水無月忍がニッコリ笑って、

「森高教官を、尊敬しているんです」

ね？　ね？　と忍と里緒菜は顔を見合わせて笑った。

ずだだっ！

「あっ、どうしたんですか教官？」

「森高教官！」

忍と里緒菜は、椅子からずっこけてテーブルの下にもぐり込んでしまった美月を、二人で助け起こさなければならなかった。

## ●浜松基地　管制塔

ガラス張りの管制塔から見下ろすと、森高美月に連れられて二人のフライトスーツ姿の女の子がエプロンを歩いていく。美月はさっさと歩いていくが、あとに続く二人は後ろ姿がぎこちない。

「いきなり乗せるんですか？」

訓練機の連続離着陸《タッチアンドゴー》訓練を管制しながら、若い管制官の一人が言う。

「無茶苦茶じゃないですか。航空力学どころかT３のエンジンのかけ方も教えないで——」

「あれが〈森高流〉なのよ」

すり鉢状に傾斜したパノラミック・ウインドーの前で腕組みをして、出発の様子を見守る制服の女性士官が言った。

「飛行機はリクツでは飛ばないわ。英語だって、文法からじゃなくて口真似から覚えたほうが早いじゃない？」

「しかし愛月大尉、素人の女の子を〈究極戦機〉のパイロットに三カ月で養成するなんて、無理じゃないんでしょうか？」

ネオ・ソビエトの〈アイアンホエール〉は、いつまでも待ってくれないわ」

愛月有理砂は、切れ長の鋭い目を伏せ、ため息をつく。

「あの、操縦だけは天才の森高中尉に、わたしたちは頼るしかないのよ」

# 1

## ●アムール川上流　ネオ・ソビエト基地へリポート

キュンキュンキュンキュンキュン
『離陸しますわおじさま』
ヘルメットのインターフォンに入ってきた声に、川西少尉は驚いた。
（パイロットは女の子なのか？）
機首最前部の砲手席に座らされていた川西は、自分の後ろに一段高くなっている操縦席を振り返って見ようとした。
が、
キュンキュンキュンッ
ヴォオオオッ！

「わわっ、わっ」

ふいに身体がふわりと浮き上がる感覚がして、川西少尉はあわててシートにしがみついた。

ヴォオオオオ
ミル24ハインドD大型攻撃ヘリコプターは、ネオ・ソビエト基地の北側へリポートから空中に浮き始めた。

――『おら冗談で言ってるんでねえだ。未熟なパイロットがこのハインドを離陸させようとすると、時々そういうことが起きるだよ』

「うわあっ　神様！」

ハインドの機首の砲手席は、機が離陸のためにいったん浮き上がって機首を下げた時、本当に地面に突き刺さりそうになった。しかも整備員がさっき川西に耳打ちしたとおり、どうやら後ろの席に座っているパイロットはあまりベテランではないらしい。機体の中心から一番遠い川西の席は、ハインドが不安定に機首を左右に振るたびに、ジェットコースターがぐいんぐいんと急カーブする時みたいに振り回された。

「ひゃあっ」

　いざという時、脱出しやすいように座席のショルダーハーネスをしていなかった川西は、左右に振り回されて赤外線暗視装置《ノクトビジョン》付きのヘルメットを透明キャノピーにぶっつけた。

　がつんっ

「あいてててっ」

　ヴォオオオオッ

　ヘリはようやく上昇に移った。

　高度が上がっていく。

　シベリアの、いつの季節も緑の針葉樹林が、ネオ・ソビエト基地を取り囲んで広がっているのが見えてきた。

（ふう……）

　川西はわずか十数秒のことで大汗をかいてしまった。

（命が縮まったぜ）

　キイイイン

　アムール川上流の原野を切り開いて造られたネオ・ソビエトの秘密基地は、まるで緑の針葉樹の海にぽっかりと浮かぶ孤島のようだった。

　キイイイン――

頭の上で二基のイゾトフＴＶ３-117タービンエンジンは快調に回転し、ミル24は朝の光をはね返す、海のように広いアムール川の上空に出た。

『どうだひかる、ミル24は』

インターフォンに、後部兵員輸送キャビンに乗っているカモフ博士の声が入った。

『操縦が難しいと聞いていたが、そうでもないじゃろう？　はっはっは』

『はいおじさま、訓練用の機体より、ちょっとだけ難しかったですわ』

やはり操縦しているのは、女の子だ。

ネオ・ソビエトに女性パイロットというのは、極めて珍しかった。

『よし、このまま星間飛翔体の不時着地点――〈北のフィヨルド〉へ直行するのだ。コースはわかるな？』

『はいおじさま。川に沿って北上すればいいのですね』

しっかしなあ、と川西はつぶやいた。

「何がちょっとだけ難しかったですわ、だ。こっちは命が縮んだぜ」

『川西少尉』

カモフ博士の声。

「はっ、はい」

『接近警報装置に気をつけて、しっかり見張れ。歩兵用地対空ミサイル《SAM》が一番怖いぞ』

「はいっ」

ミル24は、調査船が遭難したという〈北のフィヨルド〉目指してアムール川上空を飛んだ。

## ●呉海軍工廠　空母〈翔鶴〉艦内大格納庫

「はー、これが」

白衣姿の魚住渚佐について歩きながら、日高紀江は格納庫の床からはるかに見上げる。

「これが、〈究極戦機〉ですか――」

こーん、こーん、と自分たちの足音がこだまする、薄暗い巨大な格納庫。この七万トンクラスの航空母艦の内部を四層にわたってぶち抜いて造られた、〈究極戦機〉専用の空間だ。

「――なんだかこうして、黒光りする大きな物体を一生懸命見上げるのって、修学旅行で奈良の大仏さんを見た時以来です」

「時々そう言う人もいるわ」

先を歩きながら渚佐が言う。白衣のポケットに手を入れて、ズックのデッキシューズの踵を履き潰しながら〈究極戦機〉ＵＦＣ１００１の本体が納められた巨大な格納容器の周囲をぐるりと回る。格納容器の陰になってしまって、あたりはほんのりと暗かった。

「この格納庫の空気が、奈良の大仏殿に似ているって。わたしは、忘れてしまったけれど――」

「はぁ」

はるか頭上の水銀灯に照らされて、巨大な種子のような形のスペースチタニウム製特殊格納容器は、台座の上に直立している。

「格納容器の高さは三五メートル。内部は三重になっているわ。最終外被の内側に、液体窒素のプールに浸かって〈彼〉は眠っているわ」

ちょっと来て、と渚佐は手招きして紀江を整備用のコンソールの前に立たせる。

「透視モニターよ。中が見える」

操作の仕方をやってみせる渚佐。

カチャカチャッ

――『〈究極戦機〉の保守？　あたしそんなことできません』

『機械のことなどわからんでいい。どのみちあの超兵器の中身のことは、設計者の葉狩博士以外にちゃんとわかっている人間なんていやせんのだ』

『でも、なんであたしなんですか？』

『魚住博士から、スーパーコンピュータを扱える助手がほしいと言ってきたんだ。君はＪＣＮ８０００の操作ならクラブで踊るのと同じくらい得意だろ？』

「国防総省のＪＣＮ８０００を扱っていたのなら、ここのシステムにもすぐに慣れてもらえるわね」

「は、はい」

（あ〜あ、もうガスパにもＡＴＯＭにも911にも、行けないのかしら……）

カチャッ
「こうよ。このコマンドで容器の中が映る」

「あ、は、はい」

渚佐の白い指が、キーボードを滑った。

カチャカチャカチャッ
ブーン——

モニターに黄色い像が表れた。ぼんやりとブレている。

「——？」

「見えにくいかしら？」

渚佐は、鋭い直線と微妙な曲面のシルエットを指さす。

「なんだか――お腹の中の赤ちゃんみたいな姿勢ですね……これが〈究極戦機〉ですか？」

「これは戦闘形態よ。このほうが楽みたい。深く眠っているわ」

「初めて見ました」

「初めて？」

「〈レヴァイアサン〉が降臨して地上を荒らし回った二年前の戦いでは、まだ見習いの情報士官だったんです。住民の避難とか、そういう連絡ばっかりで……へえ――実物は、こういう形だったんですか」

渚佐は、うなずいた。

「自分の星へ帰れなくなってしまった、星間飛翔体の生まれ変わった姿よ」

「〈究極戦機〉が出動すると、通り道の地域は重力が狂うから住民を避難させて陸上通信線は迂回《うかい》経路に切り替えてっていうマニュアルがありましたけど、どういうことなんですか？」

「彼がGキャンセル駆動で『翔《と》ぶ』からよ。自分を束縛する重力を消去してしまうの」

「重力を、消去？」

「機体の内部は１Gのままで、理論上は短時間で光速まで加速できるわ。もっとも核融合炉に亀裂《クラック》が入っていて、彼は全開時の一五パーセントまでしか出力を上げられないの。それ以上出すとクラックが広がってしまうのよ。だから現実として光速は無理だし、核恒星系にも帰れない」

渚佐は、いい？　と言うとモニターを消した。

「日高中尉。覚えてもらうことがたくさんあってよ。とりあえず整備マニュアルは残らず読んでいただこうかしら。マニュアルといっても、葉狩博士が自筆で書いたバインダーだけれど」

渚佐は、整備オフィスのラックへ歩いていくと、電話帳のように分厚いバインダーを三冊選んでデスクの上にどさどさっと置いた。葉狩真一の手製のマニュアルである。

「三日後に〈翔鶴〉は出港するわ。それまでに目を通しておいてね」

そう言うと、渚佐はすたすたと整備オフィスを出ていく。

「あ、あのう魚住博士……葉狩博士はずっと行方不明なんですか？」

「そう、行方知れずよ」

渚佐はドアから振り向いて言う。

「ヒマラヤの奥まで陸軍の捜索隊が出かけていって、捜しているわ。でもこの一カ月、手がかりはゼロよ」

整備オフィスに一人残った紀江は、仕方ないから資料検索用のOAデスクに腰を下ろして、バインダーを見ることにした。

（はー……あたしこれからしばらくの間、この宇宙から来た超兵器と付き合わなきゃならないのかしら）

強化ガラス張りの向こうに、黒光りする巨大な格納容器の台座が見えている。格納庫の床面に位置するこの整備オフィスは、〈究極戦機〉が出撃する際には閉めてしまう。格納容器がオープンする時に大量の極低温液体窒素が放出されるからだ。今開け放されている入り口のドアは潜水艦のハッチのような造りになっていて、密閉用の円いハンドルまでついている。

「あーぁ」

紀江はあくびをした。

「コーヒーでも飲まなきゃ、やってられないわ」

今朝《けさ》赴任した時のタイトスカートの中尉の制服のまま、紀江は誰もいないオフィスの奥へ行って給湯室を見つけた。

「コーヒーメーカーの粉は――」

かーん、かーん、だだだだだ、と補修工事の行われる音がかすかに響いてくる。それでも船底に近い大格納庫の床面は静かで、メカニックたちも上陸休暇《ショア・リーヴ》に出払っていて、誰もいないのだった。

「あった」

紀江は大きな缶入りのキーコーヒーを見つけると、中身をコーヒーメーカーに放り込んでスイッチを入れた。

パチ

「あ、ラジカセも置いてある」

静まり返っていてなんだか気味の悪かった紀江は、その〝葉狩〟と白のマジックで所有者名の書かれた黒い大型ＣＤラジカセを給湯室の棚の上から取り下ろした。ついでに小さなラックに収まった十枚ほどのＣＤも見つける。

「なぁんだ、みんな水無月美帆か」

もっとダンサブルなクラブミュージックないのかしら、とぶつぶつ言いながらも、静まり返った巨大な寺院の奥に詰め込まれているような気分をなんとかしようと、紀江はラジカセとＣＤをかかえてＯＡデスクに戻る。

「ええと、コンセント――」

紀江は知らなかったが、そこは失踪した若き天才・葉狩真一が〈究極戦機〉の整備作業の指揮を執《と》る時に使っていたデスクだった。

「あった」

紀江は、十枚のCDの中から〈MIHO MINAZUKI COLLECTION IV〉というタイトルの一枚を抜き出すと、ラジカセにセットしてスイッチを入れる。

キュルル——

「あ、コーヒーが沸《わ》く」

給湯室からこぽこぽという音がして、紀江はまた立ち上がる。

ついたての陰で、コーヒーメーカーが白い湯気と香ばしい香りを立てていた。

カチャ

マグカップを置いて、コーヒーを注ぐ。その紀江の背中で、水無月美帆のCDの一曲目が、ストリングスのイントロとともに始まる。

『〽誰の胸の中にも
　輝く恋があるの
　甘い時間へと
　運んでゆく　Treasure——』

ブラックでたっぷりと注ぎ、カップを持った紀江はデスクへ戻りながら意外な『ふ〜ん』という顔をする。

「いい曲じゃん」

『〽抱きしめるたびに
　ふえていくわ
　悲しみをつつむ強さたち
　あなたがいるから　始まるすべて
　愛という　なまえで』

紀江は、なんという曲だろう、と歌詞カードを見た。

「〈Treasure〉――トレジャー、宝物か……」

コーヒーを手にした紀江はつぶやきながら、葉狩博士のバインダーをめくり始めた。

**●アムール川上流**

キィイイン

双発のタービンエンジンは快調に回り、三人を乗せたミル24は、シベリアの大河の上空を三〇〇〇フィートの高度を保ちつつ飛んだ。

キィイイン

（河口はまるで津軽海峡《つがるかいきょう》みたいだったけど、ここまでさかのぼるとようやく川らしくなってくるな——）

機首の砲手席に座った川西は、視界誘導用の暗視ゴーグルをヘルメットの額に上げて、左右の景色を代わる代わる見下ろしていた。計器パネルの地対空ミサイル警報装置にも時々目をやるが、ミサイルの噴射炎の赤外線を探知して音と赤いライトで知らせる接近警報装置は、静かに沈黙したままだ。

「カモフ博士」

川西はヘルメットのインターフォンで、後部キャビンに訊いた。

「博士、どのくらい飛べば〈北のフィヨルド〉に着くのです？」

『半日以上かかる。そう焦るな』

初老のロシア人科学者は、なめらかな日本語で答えてきた。

『ヘリの燃料が保《も》たないから、途中の発掘中継キャンプで補給して、着くのは夕方だ』

「発掘中継キャンプ、ですか？」

『アムール川源流地域の、モンゴル系先住民の村の近くに臨時の補給キャンプを設営してある。探検に必要な物資と非常食糧、ヘリの燃料もあるはずだ。そこで補給して、できれば現地人の案内人《ガイド》を乗せていく』

「あのう」

　川西は遠慮がちに、

「星間飛翔体の不時着した〈北のフィヨルド〉という谷間は、現地の漁師も怖がって近寄らないって聞きましたけど」

『迷信じゃよ』

　カモフ博士は笑いとばした。

『一世紀前に星間文明の飛翔体が火の玉になって不時着してきたのを、連中は悪魔が天から降りてきたと信じておるんだ。ところが不時着の寸前に、飛翔体は曳航《えいこう》していた球体カプセルを切り離して捨てた。カプセルには〈レヴァイアサン〉と同類の、凶暴化した巨大な核生命体が封じ込められていたらしい。それがツングース上空で核融合爆発を起こした。シベリアには大災厄をもたらしたわけだ。連中が悪い伝説として恐れているのも無理はない』

　もっともそのおかげで、星間飛翔体の残骸は一世紀もの間、手つかずのまま、フィヨルドの谷底で眠っていてくれたわけだがな、と博士は付け加えた。

『だから心配せんでいい、川西少尉。フィヨルドには白熊も狼もおらんよ』

「そ、そうですかぁ」

『フフフ』

川西のヘルメット・インターフォンに、女の子の笑い声が入った。

『気が小さいのね、少尉さん』

ううっ——

川西は笑われたので、思わず背後の操縦席を振り向いた。

（ちぇっ、キャノピーが逆光で、見えないや）

このヘリを操縦している若い女の子は、いったい何者だろう。

僕がさっきからびくついているのは、君のへたくそな操縦のせいもあるんだぞ、と言ってやりたかったが、カモフ博士を『おじさま』と呼ぶくらいだからネオ・ソビエトの幹部の家系かもしれない。川西は唇を嚙んで、文句を呑み込んだ。

『発掘中継キャンプ、こちら〈アルバトロス1《ワン》〉』

操縦席の女の子が、源流地域の臨時補給キャンプに駐在している補給部隊の小隊を呼び出し始めた。

『発掘中継キャンプ、聞こえますか。応答してください』

ザー

『ひかる、中継キャンプへはまだ三時間もかかる。遠すぎるんじゃないか』

『いえおじさま、この高度なら届くはずですわ。燃料補給の準備を、早く始めてもらったほうがいいでしょう？』

女の子のパイロットは、ＶＨＦ無線機でそれから数回、はるか上流の中継キャンプを呼び出した。だが、ヘルメットのレシーバーには雑音しか入ってこなかった。

ザー

『変ね――』

## 2

### ●浜松基地　エプロン

「これがＴ３」

オレンジ色のフライトスーツを着た二人の女の子——忍と里緒菜を前にして、美月は銀色の単発練習機の胴体をポンと叩いた。

「海軍のパイロットなら、誰でも最初にお世話になる機体だよ。民間の小型機なんかよりはるかに馬力があって、アクロバットもこなせる。操縦は易《やさ》しくないけれど、変な癖はないわ。いい飛行機だよ」

「はい」

「は、はい」

訓練生と教官が前後に座るようになっている、二人乗りの単発プロペラ練習機。でもそばに寄って見ると、コクピットの位置は忍や里緒菜の頭よりもずっと高いところにあって、思った以上に大きな機体だった。

「さあ、誰から乗る？」

「え」

「え」

忍と里緒菜は、顔を見合わせた。

**●浜松基地　管制塔**

「おう、エンジンが回りだした」

ガラス張りの管制塔には、この浜松基地の司令である雁谷准将はじめ、郷大佐、井出少尉までが詰めかけて、忍と里緒菜の初フライトを見守っていた。

「どっちが乗った？」

「忍のほうです」

双眼鏡を目にあてたまま、白い制服の井出少尉が言った。

「前席に忍、後席に森高中尉が搭乗しました。いやぁ、僕の言ったとおりですよ郷大佐」

「何が言ったとおりなのだ？」

プロペラの回りだしたT3を、腕組みをして心配そうに見ながら、郷大佐が訊く。

「ご覧なさい郷大佐」

井出少尉は双眼鏡を差し出して、

「僕の言ったとおり、可愛い娘《こ》がコクピットに座ると、絵になるでしょう？」

「貴様、井出少尉っ」

郷は毛の生えた腕で色白の井出少尉の胸ぐらを掴み上げた。

「貴様っ、今回の緊急極秘養成計画には、地球の命運がかかっておるのだぞ！　自分の趣味で面白がるやつがおるかっ！」

## ●T3コクピット

バルルルル！

（ものすごい音――――！）

後席の美月の操作でエンジンがかかると、それまで少し上を向いた姿勢で停《と》まっていたT3の機体は、プロペラに引かれるようにして水平になった。前輪のストラットが伸び縮みして、お辞儀をするような機首の運動を吸収する。

バルルルル
パーキング・ブレーキで停まったまま、Ｔ３はアイドリングに入った。

『水無月候補生、聞こえるか？』

忍のヘルメットのインターフォンに、後席の美月の声が入った。

「はい、聞こえます」

忍は乗り込む前に教わったとおり、操縦桿《スティック》についたインターフォンの通話スイッチを押して答える。操縦桿は軽く握り、砲口舵《ラダー》ペダルにも両足を乗せておくように言われた。

『ようし、さっきも言ったとおり、今日はすべてあたしが操縦するわ。あんたは飛行機の動く感覚を、とにかく舵《かじ》を通して身体で感じるんだよ。いいね？』

「はい、教官」

忍はヘルメットの頭でうなずく。でも首がうまく動かない。

（なんだかがんじがらめで、座席にしばりつけられているみたいだわ）

プロペラ練習機のＴ３には射出座席がないので、搭乗者はフライトスーツの上にパラシュートを背負って乗らなくてはならない。パラシュートは角型の巨大なリュックサックみたいな代物で、すごく重い。さっき機体の脇でメカニックが背負わせてくれたが、気をつけないとすぐに後ろへひっくり返りそうになる。その装備で胴体の脇についた小さなステップに足をかけ、フラップを踏まないようにして主翼の付け根にのぼり、そこからF1マシンのシートに座るような要領でコクピットに入る。

（乗るだけで体力がいるんだもの――舞台の稽古《けいこ》で筋力トレーニングしておいてよかったわ）

二時間半の舞台を二週間にわたってこなすために、忍は相当なトレーニングをしている。劇場を公演のために借りると、もったいないので舞台の公演は契約期間いっぱいに毎日行われるのが普通だ。途中で休みを空《あ》けても、劇場は一日だけ別の公演を入れるわけにはいかないから、賃借料は全日使ったものとして取られてしまう。だから公演は休みなしに続く。舞台の劇に出る女優は、絶対に公演の途中で身体をこわすわけにはいかないのだ。

姉の美帆に至ってはもっと大変で、体調を崩してツアーのコンサートを一回でもキャンセルしたら、入場料の払い戻しでプロダクションは数千万の損失を出してしまう。風邪をひいたらその朝に会社に電話をかければいいOLとは、全然違う生活をしているのである。

（夏の舞台では、二週間毎日、それも土日には昼・夜の二部公演に耐え抜いたんだ。体力には自信があるわ。負けるもんか）

忍は早くもヘルメットの内側の頬に伝ってきた汗を革手袋の指で拭いた。自分の両肩を固定しているショルダー・ハーネスと、腰を固定している五点式のシートベルトを確かめた。

後席では美月が、左脚のひざの上にシステム手帳の大きさのノートを広げていた。ノートは美月が訓練生時代に自分で作った、T3の操作法のアンチョコである。片手でめくりながら、びっしり書き込まれた操作手順を軽くおさらいする。

（アフター・スタート手順……あれをああしてこれをこうやって、タワーに許可もらって滑走路へ走っていって手前でエンジン・ランナップをやって、ほいでもって離陸の速度は——）

普通、パイロットが複数の機種を同時に飛ばすことはない。操作法を勘違いしたら危ないし操縦感覚が機種によって全然違うからである。〈ファルコンJ〉のすぐあとでプロペラのT3に乗り換えるなどという芸当は、美月のようにテストパイロットクラスの腕前がないと、不可能というか自殺行為である。

「よーし、だいたい思い出したわ。行こう」

美月はコクピットの透明キャノピーの上に両手を出し、親指を外に向けて『車輪止め《チョーク》外せ』と合図した。待機していた二人のメカニックが、主翼の下にさっともぐって主車輪のチョークをひっぱって外した。

「浜松タワー、〈レディバード1《ワン》〉、リクエスト・地上走行《タクシー》」

『〈レディバード1《ワン》〉、タクシー・トゥ・ランウェイ27《ツーセブン》』

「ラジャー」

『水無月候補生、キャノピーを閉めなさい。行くわ』

「はい」

忍は革手袋の両手を頭上に伸ばし、指を全部引っかけて強化プラスチックのキャノピーを前方へスライドさせてパシンと閉めた。横を見ると、消火器を足元に置いて機の発進《ランプ・アウト》を見守っているメカニックの隣に、蒼《あお》ざめた顔つきの里緒菜が立っている。

(里緒菜、行ってくるわ)

忍が手を振ると、里緒菜は『う、うん』とうなずいて手を振り返した。

(里緒菜、乗る前から緊張してる——大丈夫かな)

●**管制塔**

「今、ランプ・アウトしました」

井出少尉が走りだしたT3を双眼鏡で追う。

「操縦は森高か？」

「当然でしょう」

「どれどれ、私にも貸せ」

　雁谷准将が井出少尉から双眼鏡を取り上げる。

●T3コクピット

『水無月候補生』

「はい」

　T3は後席の美月の操縦で、浜松基地の滑走路27《ランウエイ・ツーセブン》へと向かう誘導路を走る。前席の忍の目の前には、カウリングと回るプロペラの向こうに誘導路の黄色いセンターラインが延びていた。

『飛行機は、地上ではラダーペダルで前輪をステアリングさせて走るんだよ。あたしの足の動きをよくなぞってごらん』

「はい」

　後席と連動したラダーペダルに両足を乗せていると、美月の足の操作でペダルが微妙に動くのがわかる。黄色いセンターラインの上をキープしながら、銀色の翼を広げたT3は滑走路目指してまっすぐに走る。

『ペダルを踏んでも反応は遅いんだ。自動車じゃないからね。センターラインからずれそうになったと感じたら、素早く小さく修正してやる』

「はい、教官」

地上を走るだけでも、けっこう大変そうだ。

離陸する滑走路と平行になった誘導路を、T3は離陸ポジション目指して走ってゆく。

『プロペラ機は、離陸する前にエンジン・ランナップをやるんだ。今からやってみせる』

「はい」

美月は滑走路に入る手前で、T3の機体を斜めに止めて、パーキング・ブレーキをかける。
バルルルル
「まず初めにイグニション・チェック。六気筒のシリンダーのひとつひとつに点火プラグがふたつずついている。右系統と左系統を片方ずつ切って、働いてないプラグがないか、確かめるんだ」

美月はインターフォンで説明しながら、スーパーチャージャー付きライカミング四〇〇馬力エンジンのイグニション・スイッチを〈BOTH〉の位置から〈LEFT〉に切り替える。

「右系統を切った。回転計の回転毎分《RPM》がちょっと下がるから、見ていてごらん」

『はい』

「50RPM以内なら異常はない。次は左系統を切る」

レシプロエンジンのプロペラ機は、機械構造としてはジェット機よりもずっと複雑にできている。上下に往復するシリンダーのピストン運動でカムを回転運動に変え、回転軸《シャフト》の回転をさらに油圧の定速回転装置《ガバナー》に伝えて可変ピッチプロペラを回す。これは高圧燃焼ガスで軸受けのベアリングに載ったタービンを回すだけのジェットよりも、はるかに複雑な構造である。

「プロペラ機は、いろんな仕組みが複雑に合わさっているから、離陸の前に全部ちゃんと働くかどうか試運転するんだ。面倒だけど、命にかかわる大切な手順だよ」

『はい教官』

「イグニションを〈BOTH〉に戻したら、次はプロペラ・ガバナー・チェックだ」

## ●エプロン

里緒菜はコンクリートのエプロンに立ったまま、忍を乗せて出ていったT3が滑走路の手前で斜めに止まってプロペラをブンブンいわせているのを見つめていた。

(やだ、ひざがかくかくするわ——)

里緒菜は、小さいと思っていた単発の練習機が意外に大きかったこと、忍の背負ったパラシュートがすごく重そうだったこと、エンジンの音がものすごかったこと、プロペラの起こす風がすごかったこと、何もかもにびっくりして、まだ乗ってもいないのに忍のランプ・アウトを見送りながらひくひく震えだしていた。

(——し、忍は、平気なのかなあ……)

自分の声も聞こえなくなるような大馬力のエンジンも、回転するプロペラも、里緒菜が着ているオレンジ色のフライトスーツも、頭上を飛びすぎるT4ジェット練習機の二機編隊も、昨日まで里緒菜が在籍していた聖香愛隣女学館の広尾キャンパスにはひとつとして存在しないものであった。

キィイイイイン——

(あたしって本当に、戦闘機パイロットになるのかしら——嘘じゃないのかしら……？）

脇に抱えていた白い飛行ヘルメットをコンクリートの地面に置いて、里緒菜は両手でほっぺたをひっぱってみた。

「あいた」

痛かった。

## ●T3コクピット

『ビフォーテイクオフ・チェックリスト』

エンジンのランナップを一通りすませ、後席の美月が離陸前のチェックリストを読み上げ始める。でも初めて練習機のコクピットに座った忍には、何がどれなのかさっぱりわからない。

（でも、エンジンのチェックをしたから、きっと次はそのほかの装備のセッティングを確かめるんだわ――）

さっきエンジンの回転計を見ろと言われた時に、忍は計器パネルの左の下のほうにある円《まる》い小さな〈RPM〉という計器がなんとなくわかった。カンだろうか。

「タンクセレクター、レフト」

　美月は後席でチェックリストを読み上げながら機体の装備を離陸のためにセットしていく。

　タンクセレクターをレフト、というのは左右の主翼に内蔵されたふたつの燃料タンクのうち、左翼側から燃料を送るようにセレクトしたという意味だ。

　忍は、美月がまるで一カ月も稽古《けいこ》を続けてすっかり口になじんだ舞台の台詞《セリフ》を言うみたいになめらかに、流れるように操作手順を進めるのを聞きながら、これはどんな操作をしているんだろうと計器パネルを眺めていた。

『ブースターポンプ、オン。

　ミクスチャー、リッチ
　プロップ、最高回転数《ハイRPM》』

　燃料系統やプロペラ回転数のセットをしているらしい。

（なんて手順が多いのかしら――こんな小さな単発機なのに）

　エプロンでエンジンをかける前のプリフライト・チェックを入れたら、ここまでの操作手順はおそらく百を超すだろう。それを森高美月は、ほとんど記憶《メモリー》で行っていた。

『――水無月候補生、前席のコンパスを読んで』

「はい？」

頭の上のキャノピーについた小さなバックミラーで見ると、後席の美月が忍の計器パネルを指さしている。

『あんたの目の前の、ディレクショナル《D》・ジャイロコンパス《C》だよ。指示を読んで』

「は、はい――今、二四〇度です」

忍は、ちょうど操縦桿の前にある、真ん中の飛行機のシルエットが描かれた円い計器の指示を読んだ。

『ようし、こちらも二四〇度。ジャイロコンパス、クロスチェック』

そうか、前席と後席のコンパスの指示が一致しているか確かめたのか、と忍は理解してうなずく。

## ●管制塔

「ずいぶんかかりますね」

井出少尉が、なかなか離陸しようとしない滑走路脇のT3を見て言う。

「プロペラ機だからな。離陸前のチェックには時間がかかるのだ。ジェットみたいに単純にいかん」

郷大佐が言うと、雁谷准将も双眼鏡で見ながらうなずく。

「ウォーミングアップも離陸前のランナップも要《い》らないジェットに比べると、レシプロのプロペラ機というのは本当に手がかかる。私も訓練生の頃はメンター（T3の前世代の初等練習機）で苦労した。操作手順がなかなか覚えられなくてな——郷大佐、なかなか立派じゃないか森高は」

「は？」

「三年ぶりに乗ったというのに、ちゃんとT3を操作しとる」

「どうせアンチョコでも見ながらやっとるんです」

## ●T3コクピット

バルルルルル
さらにフラップがUP位置にあること、補助翼《エルロン》、昇降機《エレベーター》、方向舵《ラダー》の三つの舵の微調整装置《トリム》が中立の位置にあることが美月によって確認された。

『ようし次は操縦系統《フライトコントロール》のチェックだ。左右の翼を見て』

「は、はい」

忍がヘルメットの頭を回して見ると、主翼の後端でエルロンがクリッと動く。後席で美月が操縦桿をフルに倒したらしく、連動するスティックが忍の右ひざに当たった。

『今、エルロンをフルに右へ切った。左の主翼のエルロンが下がって、右の主翼のエルロンが上がる。こうすると機体は、空中では右ロールに入るんだ。わかる？』

「はい、見えます」

『今度はフルに左』

美月は反対のことをやってみせる。

『今度はエレベーターだ。水平尾翼を振り返って見る』

「はい」

窮屈な肩を回して尾翼を見ると、美月の操縦桿の操作に合わせてT3のエレベーターがイルカの尾ひれのようにくいんくいん上下するのが見えた。

（へえ、可愛い）

T3って可愛いな、と感じてほっとしたのか、忍はようやく後席の教官に質問する余裕ができた。

「あのう、教官、質問してもいいですか？」

『いいよ』

「どうして、舵がちゃんと動くかまでチェックするんですか？」

何から何まで、どうしてこんなにチェックするんだろう。たとえば、車に乗る時にハンドルを右に切ったら前輪が右へ向くことをいちいち確かめてから走る人はいない。

忍は不思議だった。

『いい質問だ』

ラダーペダルを左右にフルに踏み込んでチェックしながら美月が答えてくれた。

『一万回に一回くらいだけどね、整備の時に操縦系統のケーブルが誤って逆向きに取りつけられるケースがあるんだ。気づかずにそのまま離陸すると、すぐ死ぬ』

「は、はい」

忍も一緒に首を回して垂直尾翼を見る。ちゃんとラダーが操作された方向へ正しく追従して動くのが見えた。

『だからパイロットはね、飛び上がる前には必ず、フライトコントロールのチェックをやる。これはジェットに行っても、どんな飛行機でも同じだ。飛行機は一度飛び上がったら、止まって直すことはできない』

「はい」

『このことは、よく覚えておくんだ。さあ、ビフォーテイクオフ・チェックリストは終わり』

### ●管制塔

『〈レディバード1《ワン》〉、ナウ・レディ・フォー・テイクオフ』

　美月の声が離陸の許可を求めてきた。

　ヘッドセットをつけた主任管制官がマイクの送話スイッチを入れて、

「〈レディバード1《ワン》〉、離陸してよし《クリア・フォー・テイクオフ》。風は二八〇度から七ノット《ウインド・280ディグリーズ・アット7ノッツ》」

『ラジャー』

### ●T3コクピット

『行くわよ水無月候補生——っていちいち呼ぶのめんどくさいわ、水無月忍。いい？　あたしの受け持ち生徒になったからには、命を預けてついておいで。あたしはあんたを一人前の戦闘機パイロットにするために来たんだ』

「はい」

『あたしは、やるからには、あんたをあたしと同じレベルにまで引きずり上げてみせる。あたしを信じて言うとおりについてくるんだ。きっとファルコンにも乗れる。その先へだって、きっと行ける』

「は、はい」

『ようし離陸する。ファイナル・サイドを目視確認、着陸機がいないことをチェック！』

バルルルルル！

美月は後席でラダーペダルを踏み込んでパーキング・ブレーキを外す。

がくん
銀色のＴ３の機体は、滑走路手前のランナップ・ポジションからゆっくりと前進する。

バルルルルル
前席の忍の白いヘルメットの頭が左を向いて、この滑走路の最終進入コースに着陸機が入ってきていないことを確認する。

「教官、着陸してくる飛行機は、いません」

忍はファイナル・アプローチコースがクリアであることを確認すると、ヘルメットのマイクに報告する。

『ようし。パイロットは滑走路に入る前には、必ずファイナル・サイドを確認するんだ。右見て左見て、道路を横断する時と一緒だよ』

「はい」

Ｔ３がイエロー・ラインに乗って、浜松基地の滑走路27《ランウエイ・ツーセブン》にラインナップする。

『27』という滑走路方位番号が目の前いっぱいに描かれ、その向こうには地平線まで、白いセンターラインがまっすぐに延びていた。

（滑走路だ――！）

『忍、引き算だ。39引く17はいくつ？』

いきなりそんなことを訊かれ、忍は面喰らう。

「な、なんのことですか？」

『言われたことに素直に応《こた》える』

「は、はい。39引く17は――22です」

美月には、パイロットとして天性のカンがある。

（ふーん、初めて座らせて、離陸直前に引き算ができた――）

有能なパイロット教官というものは、訓練生の持っている素質やセンスを素早く見抜いてしまうものだ。美月は、さっき初めてコクピットに座らせた時からの忍の背中を、本能的に観察していた。

（――さっき回転計を見ろと言ったら自然に見ていたし、コンパスと言えばすぐに理解したし――不必要にきょろきょろしないし、チェックリストの最中に質問までしてきたわ）

いきなり引き算をさせてみたのは、確信を得るためだった。凡人なら、いきなり乗せられた離陸直前のコクピットで、暗算なんて無理だ。

（この子、意外にセンスがいいかもしれない――ようし）

『忍、テイクオフしてごらん』

後席の美月がそう言った時、忍は意味がわからなかった。

「は？」

『離陸してごらんって言ったのよ』

きついショルダー・ハーネスに逆らって、思わず振り向く忍。

「あ、あのう、今日は、ぜんぶ教官が操縦してくださるんじゃ、なかったんですか？」

『気が変わった』

「ええっ？」

●エプロン

「まだ離陸しないなあ……どうしたのかなあ」

里緒菜は心配そうに、滑走路の離陸ポジションにラインナップして止まったままプロペラを回しつづけているT3を見つめた。

●管制塔

「離陸しませんねぇ」

井出少尉が首をかしげる。

「おおかた、森高が離陸の手順を忘れて立ち往生《おうじょう》しとるんだろう、まったくだから言ったこっちゃない！」

「いや、待て」

文句を言う郷を、雁谷准将が制した。雁谷は双眼鏡を最大ズームにすると、滑走路上のT3のコクピットを拡大して仰天した。

「おっ、おい！　森高は忍に離陸させるつもりだ！」

## ●T3コクピット

『忍、そのひとがパイロットの適性をどのくらい持っているかなんて、実はコクピットに座って十分も立ち居ふるまいを見てれば全部ばれちゃうんだよ。飛び上がらなくてもね』

「教官、わたし、操縦法なんて知りません」

『あたしはね、あんたには素質がありそうだと思う。だからいきなりでも、やらせてみたい。大丈夫だよ、危なそうになったら後席でテイクオーバーするから』

「でも」

白い滑走路のセンターラインを目の前にした忍には、何をどうすればいいのかさっぱりわからない。

「教官、何を、どうすればいいんですか?」

その時、ヘルメットのVHF受信機に声が割り込んできた。

『森高中尉、雁谷だ！　無茶な真似はやめろ。何も知らんアイドル歌手にいきなり操縦させるつもりかっ?』

『司令、忍はアイドル歌手じゃありません。あたしの訓練生です』

涼しい声で答えながら、美月は忍にラダーペダルに両足を乗せるように命じる。

『ブレーキを踏んで。あたしは足を離すわ。飛行機が動かないように』

「は、はい」

忍は両足でラダーペダルを踏む。Ｔ３が忍の爪先で止まっているのがわかる。後席の教官はもう足を離している。

バルルルル
『いいかげんにしろ森高、忍は大事な〈究極戦機〉のパイロット候補だぞっ』

郷大佐も割り込んで怒鳴る。

だが美月は退《ひ》かない。

『時間がないんです。こうでもしなくちゃ、三カ月で〈究極戦機〉は飛ばないんですよっ！』

忍には、言い争いも半分くらいしか耳に入ってこない。この飛行機をいきなり飛ばせだなんて――何も予備知識はない。操縦桿を引けばたぶん上昇する、その程度が想像できるだけだ。

『〈究極戦機〉のパイロットが、欲しくないんですかっ』

ふと耳に飛び込んだ言葉が、忍に何かを教える。それは自分にものすごくかかわりがある。予感のようなもの。

（〈究極戦機〉――？　なんのことだろう？）

だが、考えている時間は一瞬もない。

『さあ忍、離陸だ。言うとおりにやってごらん！』

「は、はい！」

『ブレーキを外せ。踵は床に下ろせ』

「はい！」

こうなったら、乱暴な教官の命じるままに従うよりなかった。B型の忍はふだん、他人《ひと》に流されたりはしないのだが、混乱する頭とは別に、手足は動いていた。

（なんだか身体が、喜んで従っているみたい――ええいもう、任せるしかないわ！）

『ラダーは親指の付け根で踏む。踵は床につけて、離陸滑走路中に間違ってブレーキをかけないようにする』

「はい！」

ごとん、ごとんとアイドルパワーでT3は前進し始める。

『操縦桿を持って。目はセンターラインの一番奥を見る。そこから目を離さないでスロットルをフル・フォワードに！』

「はいっ！」

忍は左手のスロットル・レバーをゆっくりと一番前まで押し進めた。

『レッツゴー！』

ブワァアーンッ

びりびりびりっ、ものすごい振動。

「きゃあっ」

加速Gで、ヘルメットが後ろへ持っていかれる。

「きゃ、きゃあっ」

走りだしたと思ったら、たちまち機首がグインッと左を向く。

「曲がるっ」

センターラインの上にいたT3は、ズリズリッと左へ偏向し始めた。

『あわてるな、プロペラのジャイロ効果で出力上げると左を向くんだ。右ラダーを踏めっ！』

「はいっ！」

『センターラインの一番奥から目を離すなっ！』

「はいっ！」

●エプロン

ブワァーン
単発プロペラの爆音を上げて、銀色のＴ３がようやく滑走路を走りだす。
「わあ、走った走った」
里緒菜は飛び上がって手を叩いた。

●Ｔ３コクピット

ブワワァアーン！
風防ガラスの向こう、滑走路のセンターラインが白い蛇のようにしなって見える。
ゴーッ
ブワンブワンブワンブワン
Ｔ３は左右に蛇行しながらぐいぐい加速する。
（まっすぐ走れ！　まっすぐ走れっ！）
ラダーの反応が鈍い。忍は両足をがくがく動かして、Ｔ３の機体がセンターラインからそれないようにコントロールしようとするが、蛇行はいっこうにやまない。

『滑走路からはみださなきゃ、上等だ！　今、四〇ノット――五〇ノット』

速度が上がると、今までは鈍かったラダーの効《き》きが、急に鋭くなってくる。

「わっ！」

センターラインを大きく乗り越え、反対側へはみ出すT３。

『舵が効いてきたんだ忍！　小さくコントロール！』

「はいっ！」

『六〇ノット、六五――V１、ローテーション！　今だ操縦桿を引けっ！』

後席で美月がコールし、忍は右手に握っていたスティックを、思いっきり引いた。

**●管制塔**

「テイクオフしたっ」

「おお」

「おう」

「上がった！」

●エプロン

「飛んだ、飛んだっ」

Ｔ３の機体は、滑走路を離れると少し右へ偏向しながら里緒菜の頭上を飛び越していった。

ブワァアーンン
「しのぶーっ」

里緒菜は首が痛くなるくらい、銀色に光るＴ３を目で追った。

●Ｔ３コクピット

ピピピピピーッ
ピーッ
『失速警報！　操縦桿引きすぎだっ、戻せ！』
「きゃあっ」
エンジン・カバー《カウリング》で水平線が見えなくなるくらい機首を上げたＴ３は、離陸上昇速度を大幅に切って失速に入りかける。
ガクガクッ
ガクッ
『操縦桿を前に押せ、忍！』
「は、はい」
ブァアーン
Ｔ３は機首を下げて上昇角を減じた。

速度が、取り戻される。

『離陸上昇の速度は、八〇ノットだ。速度計を見て』

「はい」

『滑走路を蹴ったらもう右ラダーはいらない。足を中立に』

「はいっ」

『滑走路の中心線の延長上から右へずれている。前方をごらん。浜名湖の、海側の岸の線が、離陸経路の目標だ』

「は、はい！」

忍には、外の景色を見ている余裕なんか、全然なかった。

## ●管制塔

「本当に忍にやらせているようだ」

双眼鏡でふらつくT3の後ろ姿を追いながら、雁谷准将が言う。

「機首を上げすぎて失速《ストール》に入りかけたぞ」

「危なっかしくて見ておれん！」

郷が両手を握り締めてわなわなと震わせた。

「あの低高度でストールに入ったら、回復させる暇もなくおだぶつだぞ！」

「へえ、すごいや。命がけですね」

井出が言うと、興奮して外を見ていた雁谷と郷が振り返り、ものすごい剣幕で、

「馬鹿者っ！　飛行機が命がけなのは、古今東西当たり前だっ！」

「馬鹿者っ！　飛行機が命がけなのは、古今東西当たり前だっ！」

# 3

**●呉海軍工廠　空母〈翔鶴〉艦内大格納庫**

「この人が、葉狩博士か――」

紀江は、一人だけの整備オフィスの中で、葉狩真一手製のバインダーを広げていた。

魚住渚佐から読むように言われた、〈究極戦機〉のシステムについて解説する三冊の整備マニュアル。それは、葉狩真一が〈究極戦機〉を造り上げた経緯の説明から始まっていた。

「〈究極戦機〉ＵＦＣ１００１――その原形は、外宇宙より飛来した星間文明Ｔ《ト》ＯＷ《ウ》の星間飛翔体・通称〈針〉と呼ばれる無人の小型超高性能宇宙艇である……」

マニュアルは時にワープロ、時には手書きでＡ４のページにびっしりと埋められている。

最初のページは、その〈究極戦機〉の原形となった星間文明の飛翔体——銀色の、本当に針のようなシルエットの明らかに地球のものではない全長三〇メートルくらいの物体が、どこかの格納庫の中に横たわり、それをバックに葉狩真一自身が写っている写真で始まっている。

「ふうん——『ウォーリーを探《さが》せ』のウォーリーをもうひと回り細くして、白衣を着せたような——独特のファッションセンスだなあ……」

真一を探せ、か——紀江はつぶやいて、この若い天才科学者は、今頃どこにいるのだろうと思った。

「世をはかなんで失踪したとか聞いたけれど……でも写真のこの天才さん、嬉しそうに笑っているじゃない？」

針のような銀色の飛翔体を背にして、白衣のポケットに手を突っ込んだ円い眼鏡の葉狩真一は、笑っている。

「なんだか——宝物を探し当てて手に入れたトム・ソーヤーみたい……本当に嬉しそう」

写真の中の天才は、宝物のような研究対象が手に入って本当に嬉しいのだろう、得意そうに微笑んでいる。

葉狩真一にしろ、さっきの魚住渚佐にしろ、周囲《まわり》のみんなからは変わってるとか言われているけれど、案外とても幸せな人たちなんじゃないだろうか、と紀江は思った。この星間飛翔体に積まれていた人工知性体は、バイオテクノロジストの葉狩にとって宝物のような研究対象だっただろう。渚佐にとっては飛翔体の先進の核融合炉。きっと一生かかって研究しても興味は尽きないはずだ――

（あたしには、宝物なんて、あったかしら……）

紀江はちょっと、頬杖《ほおづえ》をつく。

（……六本木のクラブ？　きれいだねと言ってくれる男の子たち？　うーん……一生かけて大事にしていこうなんて、ちょっと思える代物じゃないな）

九時から五時まで、そしてアフター5。六本木にいた紀江は、幸せな生活のつもりだった。でも一風変わって見えるここの人たちみたいに自分が宝物を持っているだろうかと考えると、わからなかった。

コーヒーのマグカップを脇に置いて、紀江はマニュアルを読んでいくことにした。

「最初のページでは幸せそうな天才博士――どうして失踪したのかしら？」

でも、そんな葉狩真一がすっかり世をはかなんでしまったのだから、〈究極戦機〉を開発しての〈レヴァイアサン〉との戦いは、一番の当事者の真一にとって、よほどすさまじいものだったに違いない。

二ページ目には、〈究極戦機〉がどうして誕生したのか、手書きで記されていた。

「……無人の星間飛翔体をコントロールしていた、いわばパイロットである人工知性体は、ネオ・ソビエトの核攻撃によって地球上へ降下させられた超大型生体核融合ユニットすなわち〈レヴァイアサン〉の駆除を行うため、飛翔体および自らのボディを改造し、戦闘マシーンとして造り変えることを申し出てくれた。

これには三つの理由がある。

その1、飛翔体は自己防衛用の武装を持っていたが、彼すなわち人工知性体には、『自己防衛以外の他者への攻撃』という行為が初めからプログラムされておらず、飛翔体そのものだけでは〈レヴァイアサン〉に攻撃をかけることができない。地球人の〈パイロット〉が乗り込んで、彼に『指示を出す』必要があったこと。

その2、飛翔体の動力源であるボトム粒子型核融合炉は、軌道上でネオ・ソビエトの水爆四発を至近距離で受けた際、融合炉容器に長さ約一センチのヘア・クラックを生じてしまっていた。この小さな亀裂は、同融合炉の出力を一五パーセント以上に上げると広がってしまう。彼が銀河中心部の母星へ帰るためには、出力一〇〇パーセントで亜光速まで加速したのち空間を曲げて跳躍する必要があり、事実上もう彼は核恒星系へ帰れなくなってしまったこと。

その3——」

紀江は、眉にしわを寄せながら葉狩真一の手書き文章を読んでいった。コーヒーを一口飲んで、続ける。

「その3、地球上の人類が所有する兵器では、超大型生体核融合ユニット、すなわち〈レヴァイアサン〉を倒すことができないこと——〈レヴァイアサン〉は星間文明が某未開惑星の環境を改造するために投入していた数千基の生体環境改造マシーンのひとつであり、かつ自らの放射能で凶暴化していた。飛翔体が曳航していた〈レヴァイアサン〉は不良品として太陽に投棄され処分される予定であった。そのまま地上に放置すれば、地球の環境がどのように改造されてしまうかは〈レヴァイアサン〉が狂っている以上、予測することもできず——なんだって？」

紀江はもう一口、冷《さ》めたコーヒーをごくりと飲み込んだ。

「二年前の怪獣騒ぎ——そんなに危ない戦いだったのか……」

一般市民は、せいぜいゴジラが出た程度にしか怖がっていなかった。それでも帝都西東京の半分は破壊されてしまったのだが。地球の生態系全体が存亡の危機にあったとは——

「——以上の理由から、帝国海軍が中心となり星間飛翔体〈針〉を地球人がパイロットとして搭乗する有人戦闘マシーンに改造する緊急プロジェクトが発動された。当該戦闘マシーンは、地球最高のものとなることから仮に〈究極戦機〉と呼称されることになった。開発コードはＵＦＣ、設計番号は１００１――」

　ふう……紀江はため息をついて、次のページをめくる。

　開発経緯はさらに続く。

「……有人コントロール系統に問題が生じる。人工知性体は、地球人の持つ〈攻撃性〉を必要としているが、知性体の要求する思考波長パターンの〈攻撃性〉を有しているパイロットが見つからない。知性体は、『見さかいないくらいの瞬発的攻撃性』つまりカッとして血がのぼると見さかいなくあたり構わずぶち壊しまくるくらいの攻撃性がなければ〈レヴァイアサン〉には勝てないと主張するのだが、わが帝国軍には海軍にも空軍にも沈着冷静なパイロットしかいない。開発主任として私は頭を抱える……」

　大変だったんだなあ、と紀江はつぶやく。

〈究極戦機〉開発記はさらに続く。国防総省が軍のパイロット全員の性格データを、猛烈な勢いで検索し直したらしい。

「数日後、海軍と空軍からパイロットの候補が三名上がってきた。『見さかいない攻撃性』の戦闘機パイロット三人――なんてことだ、三人とも女の子じゃないか！　それにナンバー１の愛月有理砂はともかくとして、ナンバー２の望月《もちづき》ひとみは射撃がへたくそで戦闘機を降ろされたヘリコプターのパイロット、ナンバー３の森高美月は腕はいいらしいが素行不良のふだつきときている……本当に大丈夫なのか――？　頭を抱える」

**●浜松沖　海軍演習空域Ｒ《レンジ》144　Ｔ3コクピット**

ヴァアーンン
『そうだ忍。上昇の姿勢は、プラス五度、ちょうどカウリングの上面と水平線がくっつく角度だ』

「はい！」

忍は右手で操縦桿、左手でスロットル・レバーを握ったまま、頬の汗を拭く余裕もなかった。

『速度計を見てごらん。定常上昇速度の一〇〇ノットぴったりだ』

「はい！」

『計器を見て速度を合わせようとしても、駄目だ。飛行機の姿勢をしっかり安定させるんだ。そうすれば正しい速度があとからついてくる。男と一緒だよ。追いかけたって向こうからは来ない。あんたがしゃんとしていい女だったら、いくらでも「お食事行きませんか」って向こうから寄ってくるんだ』

「はい」

忍は美月の指導にうなずきながら、銀色のT3の機首の姿勢が一定に動かないように、気持ちを集中させていた。

ヴァアアーン
T3は上昇する。浜松基地の場周経路《トラフィック・パターン》を離脱して南へ針路を向けると、すぐに海だ。渥美半島の沖合いには帝国海軍専用の演習空域・R《レンジ》144がある。六〇マイル四方の演習空域には許可を受けた海軍機しか入ることができず、ここでは実弾の射撃訓練もできるようになっている。

忍には、きらきらと輝く太平洋の海面も、遠くにかすんでいる志摩《しま》半島の影も、水平線の真っ白い雲の群れも、眺めて楽しんでいる余裕はなかった。

(水平線は、カウリングの上――上昇速度は、一〇〇ノット――)

でも、忍の右手のわずかなコントロールにもT3は反応して、銀色の機首を忠実に上げたり下げたりする。確かに忍が、今この飛行機をコントロールしているのだ。

(機首がちょっと上がりすぎるとスピードは減って、機首を下げると増えるのか――)

面白いわ、と忍は思う。一〇〇ノットの定常上昇速力で、T3は最良上昇率を保ちながらぐんぐん昇ってゆく。

『忍、今、高度はいくら?』

「え、えーと」

『高度計は、あんたの右』

「は、はい。針がくるくる昇っています。ええと今、四七〇〇メートルです」

『メートルじゃなくてフィートだ』

「はい」

『五〇〇〇フィートで水平飛行《レベルオフ》に移行させてごらん。機首を適当に下げて、自分が水平になったと思ったら止める』

「は、はい」

美月は、後席で忍のレベルオフ操作を見守っていた。

さっきいきなり離陸させてから、演習空域で水平飛行に入る今まで、美月は操縦桿にさわっていない。口は出したけれど、機のコントロールはすべて忍がやったのだ。

高度計の針が五〇〇〇に達する少し手前で、忍が操縦桿を前に押して機首を下げる。

ぐいんっ

力加減がわからず勢いよく機首が下がり、マイナスGがかかって身体が浮いた。

(うぇっ、さばみそ定食が出ちゃうわ)

でも高度計は、ほぼぴたっと五〇〇〇フィートで止まった。

(ふーん……ここまでやるか——)

『教官、これで水平でしょうか?』

忍がインターフォンで訊いてくる。

「ようしいいわ。ほぼ水平。今の水平線の位置をよく覚えて。今、水平線はどこに見える?」


忍は、右手の操縦桿をなるべく動かさないようにしながら、なるべく自分が規準にできそうな目印を探した。

「あっ、ありました。風防についているこの円い予備の計器みたいなものの、上のはじです」

『それは予備磁気《スタンバイ・マグネテイック》コンパスっていうんだよ。ようし、あんたから見える水平線の位置がそこから動かないようにして』

「はい」

『そうすれば、高度は狂わない』

「はい」

『スロットルを、マニフォールド・プレッシャー22インチまで、ゆっくりしぼれ。速度は巡航速度の一四〇ノットで安定するはずだ』

言われたとおりに、スロットルをしぼる。

ブァーンン
計器パネルの左側の下のほうにある〈MANIFOLD PRESS.〉と書かれた計器の赤い針が、上昇出力としてセットしておいた30から、22のあたりまで下がっていく。

（これが、エンジンの出力を表す計器なんだな——）

覚えておこう。

『忍、旋回させてみよう。右へ傾けてごらん』

「は、はいっ」

洋上演習空域の高度五〇〇〇フィートに浮かんだ小さなT3は、銀色の腹を見せて傾斜《バンク》を取り、旋回に入っていく。

ビイイイーン
（わあ水平線が傾く！）

カウリングの向こうで水平線が傾き、機は右へ旋回し始める。

『もっとバンクを取れ、忍』

「もっとですか？」

『かまわないから九〇度まで傾けるんだ。Ｔ３はアクロだってこなせるんだから！』

（ようし）

忍は操縦桿を、思いきって深く右へ傾けていく。

ぐん、と傾きが増して右側の窓に海面が見えてくる。顔の横に海があるようだ。

『まだ四五度。もっと傾けて』

不思議な感じがした。目で見ると自分は地球の表面に対して四五度を超えてどんどん深く傾いていくのに、身体の重さはシートにまっすぐかかっていて傾いている感じがしない。

（きっと、Ｇのせいだわ）

腕が重くなる。ヘルメットも、身体も全部、重くなってくる。

『六〇度。まだまだ、もっと傾けて！』

「あっ、教官、高度がどんどん下がってます」

『いいんだよ、バンクを取ると地球に対する上向き揚力《ようりょく》が減るから高度が下がるんだ。今日はそれが目と身体でわかればいい』

「はい」

『今、バンク九〇度。主翼の上向き揚力は全然ない。機体はスパイラル・ディセントに入った』

ビィイイイン！

Ｔ３はクルクルと螺旋《らせん》を描きながら降下していく。

「どうだ忍、面白いかっ？」

水平線が頭のちょうど真上に縦になっている状態のコクピットで、美月はインターフォンに訊いた。太陽の位置がぐるんぐるん変わるので、コクピットの中で影が回る。

（忍、なんとか飛行機を好きになってくれ。あんたがパイロットにならなければ、〈究極戦機〉は二度と動かないんだ――）

（すごい、すごいわ――！）

2.5Ｇがかかっているコクピットの中、忍は夢中で回転する水平線を見つめていた。

（わたしのコントロールで、Ｔ３が旋回してる！）

なんという景色だろう。

光輝く海面、吹っ飛ぶように回る太陽、水平線の白い雲。

『どう忍？　あんたが操縦してるんだよ』

「はい教官、すっごく、気持ちいいです！」

こんな気分、自分が周囲の世界に向かって爆発的に広がっていく気分。解放感。

（この感じは——なんだろう懐かしい）

忍はハッとする。

（まるで——そうだ、あの時だ。十四歳の時に渋谷公会堂でデビューコンサートをした時の、最初に幕が上がる時の感じ——いや、それ以上だわ！）

長いことそんな感じがあったことすら、自分は忘れていた。

ビィイイイイン
螺旋急降下を続けるＴ３。
青黒い海面が、次第に近づいてくる。
『ようし忍、回復しよう。スティックを中立に。機首をやや上げて』
「はいっ」
海面上一〇〇〇フィートで、Ｔ３は再び水平飛行に戻った。

## ●浜松基地　管制塔

「戻ってきます！」

　井出少尉が双眼鏡を最終進入コースに向けて叫んだ。

「森高中尉と忍のＴ３です」

「やれやれ」

「無事に帰ってきたか」

　がやがやとガラスに張りついている男たちより少し後ろには、切れ長の目をした女性士官が立って、パノラミック・ウインドーの向こうを見ていた。

「――」

　目を細める。おそろしく目のいい彼女には、双眼鏡なしでも最終進入コースを降下してくるＴ３の機体の様子がはっきりと見えるのだった。

　美月――無茶して、と愛月有理砂の紅《あか》い唇が動いた。

## ●浜松基地　エプロン

有理砂が管制塔のある建物から出ると、エプロンでは戻ってくるＴ３を迎えるために、整備班が待機していた。

カツカツカツ

ハイヒールの音をコンクリートの地面に打ちつけながら、制服の有理砂は早足で整備列線へと歩いていく。

あら、と切れ長の目がふとゆるむ。

有理砂は数人のメカニックの中に、懐かしい後ろ姿を見つけて声をかけた。

「中嶋《なかじま》整備班長」

有理砂に呼ばれて、黒いキャップをかぶったメカニックが振り返る。

「おう、有理砂じゃねえか」

浜松基地の整備班長は、目の端《はし》に笑いじわのたくさんある中年男だった。

「なんだい、古巣に里帰りかい？」

日に灼《や》けた中年男は、人懐こそうに笑った。

有理砂は、エプロンの端で帰投してくる訓練機を待つ整備班に並んで立つ。

「ちょっと、特別任務で立ち寄りました、班長」

自分よりも背の低い整備班長に、有理砂は丁寧に会釈《えしゃく》をした。

「お久しぶりです。わたしが訓練生の頃は、お世話になりました」

「なんだい偉くなったな、もう大尉さんか」

中嶋班長は、有理砂の制服の胸を見上げるようにして言う。

「ここで訓練してたひよっこの頃は、キリモミやっちゃあゲーゲー吐いてたよな。あんたの降りたあとのコクピットは酸《す》っぱくてなぁ――」

「班長」

海軍のたいていのパイロットは、浜松基地の古参整備員に頭が上がらない。新人訓練生の頃に、自分の吐いたものを何十回も拭いてもらっているからだ。

「はっはっはっ。どうだい、〈究極戦機〉には最近、乗ってるかい？」

「班長、ＵＦＣのことは、国防機密です」

「かまやしねえよ。ここで何をしゃべっても爆音で聞こえやしねえ」

班長は、エプロンの隅のほうで所在なげに立っている睦月里緒菜にあごをしゃくって、

「なぁ有理砂、ちょっと気になるんだが。あんたもひょっとして、あのお嬢ちゃんたちのお付き合いか？」

「そうですが、国防機密です」

「なぁ、いったいあのお嬢ちゃんたち、なんなんだい？　体験搭乗の女子大生か？」

「海軍飛行幹部候補生ですわ。れっきとした少尉候補生ですよ」

「本当か？」

中嶋班長は管制塔を見上げて、

「今あそこに来ているのは、空母〈翔鶴〉の郷大佐だろう？　それに、Ｔ３の教官席に乗っていったのは戦艦〈大和〉のふだつき森高だ。いつからあのはねっ返りが訓練生の教官なんて引き受けるようになったんだ？」

「ですから、国防機密です」

「あんたらみんなで集まって、あの嬢ちゃんたちをどうしようっていうんだい？」

その時、
ブォオオーン
整備班が並んで見ている向こうを、美月と忍を乗せたＴ３が着地《タッチダウン》した。

キュンッ
滑走路の上に、パッと白い煙が立った。

おお、おう、と整備班のメカニックたちがざわめく。遠くの滑走路の上で、タッチダウンした銀色のＴ３が勢いあまって飛び跳《は》ね、二〜三度バウンドしてからふらふらと蛇行して減速に入っていく。

「あら──」

有理砂は思わずつぶやいた。

「──いやだわ。着陸まであの子にやらせたのかしら──？」

●T3コクピット

キキキキキキ！

『そうだっ、そうそう、ブレーキは一定の力で踏む！』

「はいっ」

『どうだ忍、あたしの言うとおりにしたらちゃんと着陸しただろう！』

「教官、今のは、〈着陸〉のうちに入るんでしょうかっ！」

キキキキーッ！

『当たり前だ。海軍の着陸はね、狙ったところに両脚を叩きつければいいんだ。あとは着艦フックで勝手に止まる！　今ので上出来だ！　そこの誘導路へ入ろう』

「はいっ！」

バルルルル
のたうち回っていたT3は、やっと減速して滑走路を出てゆく。

## ●浜松基地　管制塔

「無事に降りたようだな」

誘導路を走ってエプロンへ戻ってくるT3を見ながら、雁谷准将が一息つく。

「水無月忍、素質はありそうじゃないか？」

「寿命が縮まりますよ准将」

「まあそう言うな、郷大佐。確かに、新人訓練生の適性を見極めるには、いきなり操縦させてみるのが一番だ。森高は忍がどの程度できそうか、早く見極めて対策を立てたかったんだろう。多少危険だが、間違ってはおらん」

「危険が、多すぎます」

郷はハンカチで汗を拭きながら、

「忍にもしものことがあったら、地球の運命はどうなるのです！」

## ●浜松基地　エプロン

里緒菜は、吹きさらしのエプロンで、忍のT3が戻ってくるのをずっと立って待っていた。

（来た——！）

次は自分の番、という怖さをなんとかするためにも、早く忍の飛んだ感想を聞きたかった。

バルルルル

メカニックの誘導に従ってランプ・インしてきたT3は、里緒菜の前でブレーキをかけ、がくんと停止する。

パリパリパリ

キュンキュンキュン——

燃料がカットオフされて、プロペラが停止する。

「里緒菜！　里緒菜！」

里緒菜が駆け寄るより先に、前席のキャノピーを開けて忍が叫んだ。

「すごいよ、すっごく、素敵《すてき》だよ！」

「忍——」

でも里緒菜は、コクピットからメカニックに助けられて降りてくる忍を見て、面喰らってしまう。

「どうしたの忍、びっしょり」

ヘルメットにフライトスーツの忍は、まるで服のままでサウナに入ったかのようにずぶ濡れであった。

「ああ——汗みたい。ダイエットになるね」

忍は、白い顔でニッコリ笑った。

**●浜松基地　管制塔**

「郷大佐、ところで忍と里緒菜の地上教育の授業だが——」

エプロンで抱き合って飛び跳ねている二人の女の子を見下ろして、雁谷准将が言った。

「は？」

「確かに航空工学と、航空力学、気象、航法その他、地上で授業をする予定だったな」

「はい。フライトの合間《あいま》に詰め込む計画ですが——」

「私にやらせろ」

雁谷は、自分を指さした。

「准将が、授業をなさるのですか？　駄目です」

郷はきっぱり反対した。

「どうしてだね？」

お言葉ですが、と前置きしながら郷は、

「准将が授業をやると、途中で食べ物の話や花鳥風月の話に脱線して、ちっとも進まないではありませんか」

「そんなことはない。それに、これからのパイロットは、幅広い教養も必要なのだ」

「でも、ノルマンディで獲《と》れるカキとノルウェイで獲れるカキの違いがわかったところで、戦闘機パイロットになんの役に立つのですか！」

「まあそう言うな」

郷は、実は雁谷准将の食い物の味やワインの銘柄にこだわってみせるところが、大嫌いなのであった。ふんっ、食い物なんて、腹がいっぱいになればいいんだ。化学調味料？　けっこうじゃないか――郷は納豆《なっとう》に〈味《あじ》の素《もと》〉をかけて食べるのが大好きだった。

〈ワインは八三年が当たり年だって？　ふん、酒が飲みたい時は〈さつま白波〉お湯

割り六：四が一番さっ）

「郷大佐、里緒菜のフライトがすんだら、さっそく授業をセットしたまえ」

「駄目です准将、今回の緊急極秘養成計画は一日一刻を争うのです！」

「そういう重要な計画だから、司令の私がじきじきに教えるのだ」

「そんなこと言って、ちょっと可愛い娘《こ》が来るとすぐに鼻の下伸ばして」

「何を言うか、上官に対して失礼だぞ！」

「絶対、駄目です！」

「郷大佐、雁谷准将、喧嘩はやめてくださいっ！」

## ●浜松基地　エプロン

「どうだった、忍？」

「大丈夫よ、里緒菜」

不安そうにしている里緒菜に、まるで風呂上がりのような忍は微笑む。

「最初はちょっと怖いけど、飛び上がったら全部忘れちゃうわ」

「そうかなぁ――」

「水無月候補生」

忍のあとからT3を降りてきた美月が、声をかけた。

「はい」

忍は振り向く。

美月は、フライトスーツの腰に手を当てて、

「どうだった、初フライトは？」

「はい。素敵でした」

「そうか」

美月は笑った。

「飛ぶことを〝面白い〟と感じられたら、あんたはやっていけるよ、水無月忍」

「はい」

「あたしは今日、操縦桿にほとんどさわらなかった。あんたはセンスがいい。明日からしごくからね。しっかりついといで」

「はい、教官！」

忍は笑った。

「ようし」

美月はうなずいて、今度は隣の里緒菜を見る。

「じゃ、睦月候補生」

「え、は、はい」

里緒菜は、ひっと悲鳴を上げそうになった。

「あんたの番だよ。さっさとヘルメットかぶってパラシュート背負《しょ》って、前席に乗る」

美月はあごで背後のT3をさした。

# 4

## ●アムール川　源流地域

パリパリパリパリパリ
冬になりかけた針葉樹の森の上空を、ミル24が通過してゆく。あたりは一面、ジャングルのようなシベリアのタイガだ。
すでに二～三度雪の降ったタイガの上空を、ネオ・ソビエトの大型攻撃ヘリは行く。
キィイイイイン
『発掘中継キャンプ、応答してください。こちらは調査船捜索隊〈アルバトロス1《ワン》〉』
ザー
『発掘中継キャンプ、聞こえますか？　こちらはフィヨルド調査船の捜索隊です。へリで二〇キロ南まで来ています。五分で到着します。聞こえたら応答してください』

ザー
VHF無線機には、ノイズしか入ってこない。

『ひかる、もう何十回も呼んでいるじゃないか』

後部兵員輸送キャビンに乗るカモフ博士がインターフォンで言う。

『中継キャンプの補給部隊は、無線機が故障しているのかもしれんぞ』

『おじさま、補給部隊が持っている無線機は一台だけではないはずです。変だわ』

『連絡を絶《た》ったのは、フィヨルドに入っていった調査船だけのはずだろう?』

『そのはずなんですが』

いったい、どうしたんだ――?

操縦席のパイロットと博士との会話をインターフォンで聞きながら、川西少尉は首をかしげた。

〈昨夜、〈北のフィヨルド〉へ不時着宇宙船の部品を発掘に入った調査船が連絡を絶ち、僕たちが捜索に出てきてみれば中継キャンプの補給部隊まで応答しない――アムール川の源流で、何か起きているんだろうか――?〉

それともあちこちで、無線機のバッテリーが上がりまくっているのかな。でも調査船もキャンプの補給部隊も、自家発電とバッテリーの二重装備で無線も複数持っていると聞く。いくら貧乏なネオ・ソビエトでも〈北のフィヨルド〉と連絡が途絶えれば〈アイアンホエール〉の整備に支障をきたすから、装備は十分にしているはずだ。

「博士、雪嵐でも来たんじゃないですか？」

川西は、ミル24の機首砲手席《ガンナーズ》から前方を眺めて言った。

「基地を出た時には晴れてましたけど――見てください……」

キィイイイン

ミル24はタービンエンジンの爆音を響かせて密林のような川岸の上空を飛ぶ。一五〇ノットの巡航速度で目の下の針葉樹林が吹っ飛ぶように後ろへ流れていくが、目を前方へ上げると、いつの間にかどんよりとした雲がアムール川の上を覆《おお》っている。

（黄色いようなグレーのような、何か気味の悪い雲だな――）

川西は、真冬の新潟に大雪を降らせる雲を連想していた。

その雲が、どんどん手前に接近してくる。

『かなり低い雲です、おじさま。高度を下げないと有視界では前進できません』

『よしひかる、気をつけて進むんだ』

『速度を落とします』

ヒュイイイン

タービンの音が低くなり、同時に雲の中に入らぬよう、雲低高度以下に急降下《ダイブ》するミル24。川岸の針葉樹の群れがみるみる近くなってくる。

ゴォオオオオ

「あ、あのう——ひかるさん、でしたよね？」

川西はインターフォンで後席のパイロットに言った。

「雲、かなり低いですよ。大丈夫ですか？」

ヘリコプターは有視界でしか飛べない。ミル24は西日本の最新鋭機のような、慣性航法装置《INS》に連動したオートパイロットなんか持っていないから、たとえ姿勢指示計器があっても、雲の中でパイロットが姿勢錯覚《バーティゴ》におちいったりしたらそれでおしまいなのである。そのくらい川西だって知っている。

『ご忠告ありがとう。もっと高度を下げるわ』

ぐんっ

「わっ」

機首が乱暴に下がった。

砲手席のキャノピーの風切り音とともに、針葉樹林が目の前に迫ってくる。

グォオオオ

機首の川西の席は、針葉樹のてっぺんにはたかれそうになる。

「ひゃあっ」

川西は、情けないと思いつつまた悲鳴を上げる。

「当たる！　木に当たるっ」

パシッ
『わかってる！　水面の上に出るわ』

ぐいんっ
ヘリは今度は急激にバンクを取って、密林のようなタイガの上空から完全に水の上に出た。

キィイイイン
『ウェザー・レーダーを見ろ、ひかる。どうなっている？』

『おじさま、この先、かなり広範囲を濃密な低い雲が覆っています』

『視界はこれ以上よくならんだろう。キャンプを見つけられるか？』

『なんとかします』

ひかる、という名前のパイロットは、再びＶＨＦで発掘中継キャンプを呼び出し始めた。

『中継キャンプ、応答してください。こちら〈アルバトロス１《ワン》〉。聞こえたら応答してください。こちらは捜索隊の〈アルバトロス1〉。すぐ南まで来ています――』

ヘリはアムール川の水面の真上をすれすれに飛んでいたが、黄色いようなグレーのような濃密な雲は、半径一〇〇メートルほどの視界を残してすっかりあたりを包み込んでしまった。

キィイイイン

『――中継キャンプ、お願い応答して。燃料が残り少なくなっています。こちらは――』

ザー

(何も見えなくなってきたぞ――どうなるんだ、いったい――？)

川西の砲手席からは、ヘリがどっちへ向かっているのかもわからなくなってきた。すぐ足元の水面しか、見えないのだ。

(基地を出て、だいぶになる……)

腕時計を見る。

(……やばい、かなり高緯度だから、もう日が暮れるぞ)

23ミリガトリング砲と、対戦車ミサイルの照準／射撃コントロールが配置された砲手席で、川西は、これからどうなるんだろう？　と薄暗くなってきた周囲を見回していた。

『中継キャンプ、応答してください。こちらは――』

ザー

無線には、やっぱりノイズしか入ってこなかった。

〈episode 07につづく〉

JASRAC 出1505485-501

本書は二〇一〇年三月に朝日新聞出版より刊行された『わたしのファルコンI』を改題し、大幅に加筆・修正しました。

文芸社文庫

# 天空の隼 新・天空の女王蜂Ⅰ

二〇一五年六月十五日　初版第一刷発行

著　者　夏見正隆
発行者　瓜谷綱延
発行所　株式会社　文芸社
〒一六〇－〇〇二二
東京都新宿区新宿一－一〇－一
電話　〇三－五三六九－三〇六〇（編集）
〇三－五三六九－二二九九（販売）
印刷所　図書印刷株式会社
装幀者　三村淳


ISBN978-4-286-16620-9

［文芸社文庫　既刊本］

## 贅沢なキスをしよう。
中谷彰宏

いいエッチをしていると、ふだんが「いい表情」に。「快感で人は生まれ変われる」その具体例をあげて、心を開くだけで、感じられるヒント満載！

## 全力で、1ミリ進もう。
中谷彰宏

失敗は、いくらしてもいいのです。やってはいけないことは、失望です。過去にとらわれず、未来から今を生きる——勇気が生まれるコトバが満載。

## フェイスブック・ツイッター時代に使いたくなる「孫子の兵法」
村上隆英監修　安恒　理

古代中国で誕生した兵法書『孫子』は現代のビジネス現場で十分に活用できる。2500年間うけつがれてきた、情報の活かし方で、差をつけよう！

## 「長生き」が地球を滅ぼす
本川達雄

生物学的時間。この新しい時間で現代社会をとらえると、少子化、高齢化、エネルギー問題等が解消される——？　人類の時間観を覆す画期的生物論。

## 放射性物質から身を守る食品
伊藤　翠

福島第一原発事故はチェルノブイリと同じレベル7に。長崎被ばく医師の体験からも証明された「食養学」の効用。内部被ばくを防ぐ処方箋！